ぼくは恋をしらない

崎谷はるひ

幻冬舎ルチル文庫

CONTENTS

✦目次✦ ぼくは恋をしらない

✦カバーデザイン＝小菅ひとみ（CoCo.Design）
✦ブックデザイン＝まるか工房

イラスト・蓮川　愛✦

ぼくは恋をしらない

灰汁島セイは、自分がかなりの人見知りであり、あがり症でもあり、対人恐怖症の気も若干あり——要するにオタクでコミュニケーションが不得手で根暗な人種、いわゆる陰キャの自覚があった。

一応、小説家と呼ばれる職業についていたりするわけだが、メインはライトノベル。そのジャンルを好むひとたちの間ではそこそこ知られているかもしれないが、トップレベルの売れっ子というわけでもない。

そもそもは大学時代、趣味でネット投稿したライトノベルが出版社の目に止まり、スカウトされての商業誌デビュー。就職も決まっていたので二年ほど兼業作家をしたのち、身体を壊しかけたのをきっかけに小説一本に絞った。

紆余曲折あって文芸作品なども手がけることにはなったが、世間認知はゼロに等しく、『漫画絵のついたオタクっぽい話を書くオタク』の領域にいる自覚もバリバリにある。

デビューからはもう、十年とすこし経つ。刊行ペースは年三冊から五冊ほど。近年はありがたいことに担当に恵まれ、仕掛けも熱心なおかげで、コミカライズにドラマＣＤ、アニメなど、多様なメディア化の恩恵にも浴している。

販売戦略に必須と言いくるめられ、顔出しインタビューを受け、否応なくひとに会う機会も増えた。死ぬほど苦手なたぐいだが、灰汁島なりになんとかかんとか頑張って、ひきつり笑顔でこなしてきた。

仕事に関わる皆さんは、灰汁島のような陰キャ丸出し、ガチガチの態度にも慣れていた。灰汁島もコミュ下手のわりに、相手の気遣いを感じ取れないほど無神経でもないものだから、しくしく痛む胃をおさえつつ、最低限愛想笑いもしたし、聞かれたことにもちゃんと答えた。

それは相手がちゃんとおとなでやさしく、また仕事として見た場合には『原作者』である灰汁島の立場はわりと強いほうだったので、配慮された結果だということはわかっている。

だからこそ、灰汁島はこの現状に、困惑するしかない。

「あああああの、ほん、ほほほんとに灰汁島先生ですよね」

「……あ、ハイ」

「いやあのおれ、いやぼく、いや、もう、ほんっ……ほんとにファンで、えっ？　どうしよう？　灰汁島セイ？　ガチで？」

挙動不審なオタクそのものの言動で、目のまえにいる青年は口早にまくしたてている。

そして灰汁島も、これだけはだいぶ慣れたよそゆきの笑顔を顔に貼りつけたまま、著しく混乱している。

これが、たとえばサイン会であるとか、トークショーだとかの会場であり、相手がただのファンだったなら、よくある話でもあった。そして、同じ人種だなあ、と灰汁島はのんびり微笑ましく、相手が落ちつくのを待っただろう。

けれども、ここは灰汁島がメイン出版社とする白鳳書房。

今回の取材まえの顔あわせ用の控え室にと、会議室のうちひとつを使わせてもらっていた。本来はパーティションと会議机だけが並ぶ殺風景な室内。そこに衣装とメイク直しのためのおおきな鏡とハンガーラックが持ちこまれ、机のうえにはメイクさんの化粧道具がずらりと並んでいて、妙な違和感があった。

しかし、目のまえの非現実的美形の、ありえざる取り乱しようがすごすぎて、そんなものはまるで霞んでしまっている。

「……あのえっと、瓜生さん」

「はいえっ、あっはい瓜生です！　ここ今回はよろしくおねっ……しゃす！」

目のまえでのぼせあがり震えまくり、ガチガチになって挨拶を嚙んだ青年は、瓜生衣沙という。

すらっとした体軀に、あまく整った清潔なちいさな顔。子役デビューで長い下積みを経た彼が脚光を浴びたのは、声優としてだった。大人気アニメのサブキャラで注目を集めたのち、もともとの顔のよさに目をつけられ、同作品の二・五次元舞台でそのまま同じ役柄に抜擢。

近年は歌唱力の高さや演技力を認められ、いまや舞台に映画、テレビドラマにと、引っ張りだこの若手人気俳優だ。

灰汁島もたまにはテレビを見る。情報番組やバラエティで見かける、笑顔が爽やかな青年が、ぶるぶる震える手で、何度も落っことしそうになった鞄(かばん)から荷物を取りだすのを、どこか現実味のないような気分で、ただ眺める。

「あのサイッ……サイン、お願いしていいですか」

「え、はあ、いいですが」

本来ならば、だから、こういう反応は陰キャの灰汁島のするべき反応であるのでは。どうにも納得いかないものを覚えつつ、灰汁島は反射的に差しだされた本を受けとる。

『ヴィヴリオ・マギアスとはぐれた龍(りゅう)の仔(こ)』――デビューして間もない時期の作品であるそれは、今回アニメ化が決定した、灰汁島の原作文庫だった。

アニメ化にあわせての新装版は、初版で装幀(そうてい)を手がけたイラストレーターではなく、アニメーターが描き下ろしたキャラクターのイラストが表紙で、つい先週出たばかり。スリップも挟まったままで、一切手垢(てあか)のついていない新品なのは小口部分を見ればわかる。

(気がきくマネージャーかなんかがいるんだな)

初顔あわせに、気を遣って買ってきてくれたのだろう。灰汁島の隣にいた担当編集が、如才なく頭をさげる。

「わざわざ持ってきてくださったんですか、ありがとうございます！　言ってくだされば、こちらからお持ちしましたのに」

灰汁島も「申し訳ない」と告げるため、文庫に落としていた目線を再度、目のまえの俳優に向け、口を開きかけた。

（……あれ？）

上気した頬もうつくしい人気俳優と目があったその瞬間、灰汁島は気づいた。なにかが違う。そして違和感の理由を脳内で明文化するよりもはやく、瓜生はすごい勢いでまくしたてはじめた。

「新装版もすごくいいですよね！　おれそれ初版で持ってるんですけど、読みこみすぎてぼろぼろにしちゃって……じつはそれ、四冊めで。あ、新装版では二冊めなんですけど」

「え、よん……？」

聞き違いかと首をかしげた灰汁島に、「はい、四冊めです！」と元気よく瓜生は言った。

「キナたんの絵もすっごい好きだったんです！　一冊めは自分用で、二冊めは予備っていうか保存用で。新装版のは今回のお仕事いただいたんで、脚本とあわせてチェックするのに付箋つけたりしてて。あ、まあほぼ覚えてるんですけど、初版と違うところもあったし念のためで。だからこれは、サインいれていただいてのガチ保管用で！」

「は、はあ」

怒濤のような言葉たちが、灰汁島の耳を右から左に素通りしていった。ちなみに『キナた

ん』とは、初版版のイラストレーター、『赤羽テルキナ』の愛称だ。

ただし、現在ではペンネームを『赤羽照久』に変更しているため、その名前で呼ぶのはわりと古参のファンしかいない。

（ん？　あれ？　なんか……？）

ただでさえきらきらしている目を、さらにきらきらさせている彼を、灰汁島はじっと見る。何度見つめても、テレビや雑誌で見た、瓜生衣沙だ。今回、灰汁島のアニメ化される作品での、主役として声を演じる、瓜生衣沙だ。間違いない。間違いない――はずだが。

「あーもう、ほんとあの、ほんとファンであの……うっ……すみません、ちょっと」

ついには涙ぐみはじめてしまったけれど、それは、いまをときめく大人気の俳優さまが、とる態度ではないのではないか。むしろ感極まるのは、灰汁島の役割なのではないか。

頭のなかに吹き荒れる疑問符の嵐をよそに、灰汁島はポケットに手をいれて、「あの」と声をかけた。

「これ、よかったら、どうぞ」

取りだしたのは、駅前をとおってきたときに配られた、カラオケ店の広告いりポケットティッシュだ。こうもぐすぐすしているのは瓜生の顔的にまずいのではないかと思っての行動だったが、真っ赤になった目をさらに見開くからぎょっとした。

「せ、先生、やさしい……」

「え、いや、ふつうで」

灰汁島が差しだしたそれを、瓜生は両手をぶるぶる震わせながらつかみ取った。ぐしゃっと、安っぽいビニールパッケージが音を立てる。

「こ、これもらっていいですか？　宝物にするんで」

「いや、洟かんでください」

「もう本当に大ファンなんです……！　ああ、どうしよう……！」

（いや、こっちこそどうしよう、これ）

灰汁島は人生のなかでもトップクラスにはいる困惑に、ただただ目をしばたたかせた。

目のまえにいるのは本当に瓜生衣沙なのだろうか。しげしげと見おろすけれど、容姿はやっぱり瓜生衣沙だったし、そもそもそうでなければ、白鳳書房の会議室で対談まえの顔あわせなんて場に、灰汁島が赴くわけもないのだ。

（それにしても……）

艶のある黒髪は無造作なようでいて、おそらく腕のいい美容師が計算尽くの『ナチュラルカット』なのだろう。ちいさな顔に、すこし垂れ気味のおおきな目、鼻は高く、顎も細い。すらっとした首に鎖骨の張りもうつくしい。顔あわせということで私服らしいけれど、ラフなファッションでもスタイルがいいのがよくわかる。

さすがは、女性誌の選ぶイケメンランキング上位ランカーだと、灰汁島も数分まえまでは思っていた。

だが、顔をくちゃくちゃにして、そこらへんで配っていただけのポケットティッシュを押し頂き、おんおんと泣いている姿は、どう見ても世間のイメージとかけ離れすぎている。

「……早坂さん、ぼくはどうしたらいいんでしょうか？」

「どうしましょうねえ……」

遠い目の灰汁島が、いつも頼りになる担当編集、早坂未紘に問いかければ、彼もまた唖然とした顔になっていた。

早坂がこうも困り果てているのはめずらしい。童顔気味のかわいらしい顔だちだが、腹の据わりは彼の部署でもトップクラスと言われている辣腕編集なのだ。

「えっと、これ、写真撮るとか、無理では？」

「……あの、マネージャーさん、呼んできます？」

灰汁島が漏らした言葉に答えたのは、文芸ではなく今回の記事を掲載する、情報雑誌班の編集者だ。メディア担当の彼女もまた、きれいに整った眉が歪むのを隠しきれていない。

「いや、そこまででも……あちらも打ち合わせしているはずですし」

答えたのは早坂だった。灰汁島もいままでの経験から、マネージャー氏はおそらく、この場にいるよりさらに偉いひとたちへの挨拶だとか、打ち合わせだとかをしているのだろうと見当がついている。

（となると、いまのところこのひとの手綱取れるのって誰も……？）

ちらりと周囲を見渡せば、早坂と彼女だけでなく、ラノベ編集部の編集長や情報雑誌のカメラマンもいる。そして瓜生のあまりの反応に、誰もがどうしたらいいのだろうかという顔をして固まっている。

灰汁島は、天井を仰いだ。そしてちょっとだけ、脳が現実逃避をはじめるのを感じる。

出版社の会議室には何度か来たことがある。サイン本を大量に頼まれたときとか、パーティションで区切られた端っこで黙々と、数百冊ぶんのサインを書き続けたりしたものだった。

ちょうど、そう、あの角のあたりに会議机を出して、大量の新刊を積みあげて――。

「あれ、そういえばこれ、『終末のペトリコール』のサイン書いた部屋？」

ぽつりとつぶやくと、当時は担当でなかった早坂が「そうなんですか？　よく覚えてましたね」と驚いている。

「だって百冊もサイン書かされたの、あのときが最初ですよ」

灰汁島が苦笑まじりに言えば、「えっ」という鼻にかかった声がした。思わず早坂と揃ってそちらを見やる。感極まった顔で、ポケットティッシュを握りしめる瓜生がいた。

「えっえっ、『終ペリ』の初版サイン本、ここで書いたんですか！　あれ、おれ手にはいらなくて……！」

ことここにきて、ようやく灰汁島は理解した。

（このひと、ガチ勢だ）

さきほどの『キナたん』でも薄々わかってはいたのだが、灰汁島の初期作品である『終末のペトリコール』の、ごく一部マニアの間でしか使われていない略称を口にしたあたり、これはもはや本物だと言わざるを得ない。

（瓜生衣沙なのに）

瓜生衣沙だけど、ガチのマジでファンでいらっしゃるらしい。

ぼんやり思う灰汁島の目は遠い。そして気づかない瓜生のファントークは止まらない。

「オク（オークション）で落とすのはなんか違うから、すっごい欲しいけど持ってないんです。あっ、でも二版めからはちゃんと！　持ってます！」

「あの、それも保存用と読む用……とか……？」

「基本ですから！」

「そうですかー……」

ものすごい美形が、涙と鼻水でものすごくひどい顔のまま、それでも生来のきらきらの目をこちらに向けて、拳を握っている。

これほんと、いったい、なんだろう。自分はどういう世界線に紛れこんだんだろう。

もはや目眩（めまい）すら覚えた灰汁島は、今回の企画を持ちこんできた早坂を、横目にじっとりと睨（にら）んだ。もちろん、そんな程度の視線がこたえるような早坂ではなく「いまマネージャーさん来るそうです」と、いつものニコニコ顔で言う。

さすがに灰汁島の顔がひきつった。

「……おれときどき、どうやってあなたの胃に穴あけたのかなって、わからなくなります」

「原稿続けざまに落としてネット炎上させてプチ失踪でしょ、忘れないでくださいね」

ぼそりと、小声にいやみを乗せてみるけれど、爽やかな笑顔のままはたき落とされる。その件については百パーセント自分が悪い自覚があるので、灰汁島はけっきょく目を逸らした。

「忘れないけど、いまの早坂さん、その程度で胃にダメージ食らいそうにない……いって！」

一瞬真顔になった早坂から、脇腹に肘をいれられ、灰汁島は声をあげた。ひきつり顔で、横にいる小柄な彼をおずおずうかがう。二十センチ近く身長差があるはずの早坂なのに、すこしも見おろしている気分にならない。

にこっと微笑んだ早坂が、笑顔のまま、おだやかな声で言う。

「灰汁島先生、くれぐれも編集にやさしく」

「作家にもやさしくして……っ、あ」

小声の応酬だったのだが、さすがに目のまえの瓜生には当然見えていたのだろう。いささかきょとんとしたような顔でこちらを見ているその表情は、ガチ勢まるだしの状態よりはだいぶ、落ちついてすら見える。

「す、すみません！　やかましくして」

「申し訳ないです、つい」

だが、早坂が詫び、灰汁島もまたあわてて頭をさげたあとの瓜生のリアクションには、ふたたび遠い目をすることになった。

「すごい、早坂さんって、本当にあの『みひ』さんなんですねえ……！　ツイッターの漫談、リアルで見られて感激です……！」

「……は、おれ？　あ、いえ、そんな……はは、ははは……」

ついには早坂も灰汁島と同じ表情になったのが横目でもわかった。そして今度こそ、雑誌班の担当編集がマネージャー氏を呼びに行くべく走って部屋を出ていく。

誰でもいい、誰かこの状況から連れだして。

まるで、女性向けライトノベルヒロインのようなモノローグを浮かべながら、灰汁島はひたすら、顔面にひきつった笑みを貼りつかせた。

＊　＊　＊

さかのぼること二年まえ、初期作品である『ヴィヴリオ・マギアスとはぐれた龍の仔』の、アニメ化が決定したことから、灰汁島の混沌ははじまった。

同作はそこそこのスマッシュヒットで、ドラマＣＤからのアニメ化も期待されていた。実際アニメ制作会社側からの提案で企画も進行していたため、本来なら問題なく制作にはいれたのだが、灰汁島の過去の担当編集が、いろいろあって塩漬けにしていた案件だった。

それを、現担当である早坂が掘り起こし、きっちりプロジェクトとして起動させてくれたのだ。

――アニメ化ないんですか、ってリプライに『残念だけどたぶん無理』って返してたでしょう。残念ってことはやりたいんだろうなと思いまして、ちょっと頑張りました。

そんなふうに言ってくれた彼は、言葉どおり本当に頑張ってくれた。各方面に交渉を重ね準備を整えた結果、深夜アニメ枠でまずファーストシーズン二クールの放映が確定。その他いくつかのプラットフォームでネット配信。くわえて、新人ながら画力のある漫画家のコミカライズとコミックス発売のタイアップも始動。この際だからと文庫自体も新装版、さらに番外編新作の単行本刊行もと、怒濤のようにことが動いた。

ありがたかったし、嬉しかった。自分もやれる限りのことはやろうと、特典書き下ろしなどはすべて承知するつもりだった。

だが、灰汁島にとって想定外だったのは、販売促進として早坂が持ちこんだ企画に、関東、関西での二度の大規模サイン会、そして『主演声優との顔出し対談』があったことだ。

その企画書を持ちこまれたとき、灰汁島は真っ青になった。それはもう必死で抵抗した。泣いたし、地団駄も踏んだし、およそおとなとして見苦しいような勢いで抵抗もした。

けれど、いままで灰汁島の心境を汲んで、顔出し企画はやんわりと断ってきてくれていた早坂が、今回ばかりはまったくもって引かず、話しあいはしばらくの間、平行線をたどった。


その日もまた、毎度の打ち合わせ場所である、自宅付近の古めかしい喫茶店『うみねこ亭』で、かぐわしいコーヒーの香りにまみれつつ、灰汁島はテーブルに突っ伏していた。

「無理です無理……絶対無理……」

「やるまえから無理とかやめましょうよ。というか、もう企画進行してますから。サイン会だって了承してくれたでしょう」

「サイン会はまあ……そりゃ……読者さんへのサービスだっていうから……例の件で心配させたし、迷惑もかけたし……」

うだうだとテーブルにつけた頭を揺する灰汁島に、早坂は追撃の手をゆるめない。

「炎上騒ぎのお詫びと恩返しがしたいんですよね。不義理して一方的にフォロー切ったのに、わざわざ戻ってきてくださった方たちに、楽しんでもらいたいんですよね？」

「そう……ですけどぉ……」

灰汁島はごにょごにょと言いながら、居心地の悪さを覚えた。

早坂の言った『ツイ消しプチ失踪事件』は、現在ではネットアーカイブだけでなく、ウィキペディアの『灰汁島セイ』の項目にまで掲載されているほど有名な話だ。

　概要欄には、かつて担当だった編集者にストーカーまがいに追いまわされ、スランプも相まって衝動的にツイッターログを削除し、自殺をほのめかすような言葉とともに行方をくらましたことが時系列に沿って記述。

　その際、担当編集を名乗る『みひ』というアカウントがフォロワーに情報提供を呼びかけ、それによって灰汁島を連れ戻し、あらゆる意味で作家生命をつないだことまでが、まるで、ちょっとした短編小説かのようなボリュームで綴られてしまっていた。

　炎上騒ぎにもなったし、当然、人騒がせな灰汁島に対しての批判はあった。だが、ことの発端となった担当編集の悪辣さを、匿名でこそあれ、灰汁島の知人を名乗る作家らがリークしたことや、直接は知らないが、と前置きしてその記事を拡散したインフルエンサーの擁護する発言などもあって、最終的には概ね灰汁島へ同情的な空気で終わった。

　ウィキペディアの記事はその最たるもので、追いつめられた灰汁島の哀れさを描くと同時に、まるで救いの神かのように立ちあがった『みひ』の行動はドラマチックな筆致で語られ、一部ではすっかり人気の的になった。事件後の『みひ』のツイッターフォロワー数が二桁から四桁に跳ねあがったと言えばわかりやすいだろうか。

　そしてその『みひ』こそが、目のまえの担当編集、早坂未紘そのひとというわけで、当然灰汁島は、彼に頭があがらない。

「おれはちゃんと、灰汁島さんのやれる範囲のことをやりましょうって言いましたし、本当に無理ならやめてもいいって言いましたよ？」

「そうですけど……っ！」

しれっとした顔でカフェオレボウルを両手に持つ早坂を、テーブルになついたまま灰汁島は上目に見た。しかし、けっきょくは沈黙に耐えかね、「ああううう」と無意味に唸ったあと、ごつんとテーブルに額をぶつける。

「なにしてるんですか、灰汁島さん」

「なんでもないです……」

わかっているのだ。やるしかないことは。というより、初手で断りきらなかった時点で、灰汁島が迷っていることを見抜かれたうえでの、早坂のこの態度なのだ。

じっさいこういうとき、早坂はいっさい恩着せがましいことを言わない。本当の意味で、灰汁島の意思を尊重してくれてしまう。

たとえそれが、販促計画に反して、早坂が上長から叱責を受けることになったとしても、「灰汁島が本当に無理なら」断ってどうにかしてくれるのだろう。

（だからけっきょく、やらないとなあ、って思っちゃうんだよなあ……）

上手に踊らされているのかな、と思わなくはないが、そうして踊らせてくれるのも編集の手腕だと灰汁島は思っている。

すくなくとも彼は、高圧的な物言いでこちらをコントロールしようとは、絶対にしないし、話しあいの余地は常にある。

だからこれは、灰汁島のあきらめの悪いあがきと、そして早坂へのあまえだという自覚はある。

そして根比べになってしまえば、灰汁島と早坂のどちらに軍配があがるかなど、火を見るよりもあきらか。なにしろ相手は『待ち』にかけてはプロ中のプロ、編集者なのだ。

「だいぶしんどいし、かなり怖いけれども、最悪というほどでもないので、ちょっと無理して頑張れば、たぶんできるんじゃないかなと思ったので、やるって言いましたし、やるしかないので、やりますけども……」

灰汁島が異様にまわりくどく往生際の悪いことを言うと「だからこちらも譲歩してますよ」と早坂は苦笑する。

「対談が掲載されるメディアもひとまず三誌に絞ったし」

「わあ、みっつもあるんだぁ……」

泣きたい。ごんごんとテーブルに額をぶつけつつ、灰汁島は遠い目で笑う。

「いまのところ自社に絞ってます。『メガアニ!』と『文藝白鳳』と『エパティーク』と」

アニメ雑誌と、灰汁島が寄稿したことのある文芸誌、ここはわかったけれど、なぜか女性誌の名前まであがって首をかしげる。

「えと、『エパティーク』ってファッション誌では」

「こちらは対談がメインというか、むしろ瓜生さんグラビアインタビューのついでに掲載する販促記事です」

「あ、そっか、瓜生衣沙……」

「ここ三年、あの雑誌のイケメンランキング上位ランカーですから」

対談相手が相手だったことを思いだして、なるほどと灰汁島はうなずいた。

「基本、対談のセッティング自体は一度で終わりますからだいじょうぶですよ。大半はあちらの取材ですし、灰汁島さんは添えだと思ってればいいですから」

言って、早坂が指さしたのは、さきほど彼が食べ終えた昼食のサンドイッチのつけあわせであるパセリだ。彩りとしてだけでなく、じつは消化を助ける働きもあるらしい香草ほど、灰汁島は使えるものだろうか。

「……がんばりますけどもぉ……」

うだうだとうなだれ、テーブルになついたままの灰汁島に、早坂がため息をつく。

「もう、なにいつまでもグダグダしてるんですか。決めたんだからしゃきっとしましょうよ」

「無理ですよぉ！」

ぴしゃりと言った早坂に、灰汁島は半べそで顔をあげた。

「ぼくのメンタルよわよわなの、早坂さん誰よりも知ってるでしょう！」

「……うーん……」

いつもやさしい早坂が、即答せずためにはいった。彼が担当になってもう五年以上になる。作家人生の半分ほどを世話になっている彼だけに、だいたいのリアクションは読めるようになっていた。この沈黙は、いやな予感がする。

「な、なんですか……」

顎を引いて対ショック体勢にはいれば、「いや、それなんですが」と早坂はまじめに言う。

「灰汁島さんの認知って、大幅に歪んでるなあって思うことがあって」

「えっ、な、なに」

「まあたしかに、灰汁島さんって面倒くさいところはあるんですが、メンタル弱いかって言われるとじつは若干、うなずきかねるんですよね」

「え……」

意外なことを言われたと思った。なのになぜか、心臓がどきりとした。理由はまったくわからないながら、どこかしらうしろめたいような、なにかを暴かれてしまった寄る辺なさにも似た、そんな感覚だった。

黙りこんだ灰汁島に、早坂は言葉を探すように視線を斜めに向けながら、語りかけてくる。

「そうでなきゃ、ＳＮＳだろうとなんだろうと、『自分のことば』で発信するのって、そう長いこと続けられるもんじゃないのでは」

「そんなの誰だってツイ廃なら……」

「万単位の人間相手に、十年以上同じアカウントでやってるひとって、じつはそう多くないですよ?」

充分、おつよいのでは。煽りでもなく早坂が本気で言ってくるのを感じ、灰汁島はテーブルに突っ伏していた身体を起こし、椅子の背にもたれて肩をすくめた。

なんだかよくわからないけれど、なにかを見破られてしまったような据わりの悪さと、真逆の解放感を同時に味わい、自分でも奇妙な感じだった。

「……アカウント消して失踪しようとして炎上しましたが」

「十年の間で、たった一回ね。正直あの数のフォロワーがいる作家が燃えるのは自然発火的にも起こりえますから」

「デジタルツールに自然発火って……」

「おれの下手なたとえはどうでもいいので。けっきょくいま、灰汁島さんはツイッターも作家もやめてないので、それがすべてかなと」

にっこりする早坂こそ、メンタル強者だなあというのはしみじみ感じる。やさしいし、おだやかだし、仕事もできて言葉も的確。いままで縁のあった編集のなかで、いちばん信頼もできるしやりやすい。

だが、グダグダとあまやかしてくれる相手では、けっしてないのだ。

「とにかく、決まっちゃったんだから。顔出し！　頑張りましょう！」

「いやだぁあ……」

「大丈夫、ちょっと身体に合う服着て背筋伸ばせば充分イケメンは作れる！」

「作られたくないぃぃ……」

灰汁島は頭を抱えた。年がら年中ジャージ姿でいる理由は、自宅仕事で昼夜逆転気味であるため、楽な服だけ着ていたいというのもあるが、既製品の服がどうしようもなく似合わない、というのがある。

背だけはにょきにょきと学生時代に伸びて、大学以後測っていないが一八六センチはあった気がする。けれど当時の体重は、貧乏学生だったのもあって六十キロを切るのはざら。頬骨も浮くほどで、あだ名は『ガイコツ』つまりはぺらぺらの、吹けば飛ぶような体形だった。

「そこも認知歪んでる気がするんですよねえ。いまの灰汁島さん、そこまでゲッソリ痩せてる感じじゃないし」

「……まえに入院したとき、看護師さんに叱られて、筋トレと栄養管理は気をつけました。いまより十キロくらい、痩せてたので。骨密度的にやばいって言われて」

灰汁島のなかでも心の闇に引っかかる一件を口にすると、早坂は表情は変えないまま、静かな目でじっと見つめてきた。

マンションから転落しての、骨折入院。業界の一部には事故かどうか危ぶまれている――

自殺未遂ではないかと疑われているあの話を、灰汁島はまだ早坂にもしていない。

迷っていると、早坂がにこりと笑った。

「いまはどれくらいありますか?」

「えと……ろ、六十一? くらいはあった気がします」

痩せすぎて筋肉量が足りずにいると、鬱状態に陥りやすいのだと、入院した際の医師や看護師にはこんこんと諭された。落ちこんだら食え。陽の光を浴びろ。メソメソする灰汁島を叱らず、ときに厳しく、大体はやさしく助言をくれたあのひとたちは、本当にかみさまみたいにやさしかったと思う。

「お医者さんに体力落ちると落ちこみやすくなるからって指導受けて、まず体温とか基礎代謝って……でもジムとかは恥ずかしくて行けないから……」

「え、じゃあどうやって身体作ったんです? だいぶ筋肉つきましたよね」

自分が担当になってからだけでもだいぶ変わったと言う早坂に、ぼそぼそと答える。

「通販でプロテイン買って、あとユーチューブの筋トレ講座参考に……」

ひっそり、自宅のベッド下にある筋トレ道具を思いだし、灰汁島は恥ずかしくなった。

(格好もつかないくせに筋トレだけやってるとか……いや、べつに誰かに見せるためじゃないし、体力作りは必要だし)

誰もなにも言っていないのに自分に言い訳して、そんな自分にまたうんざりする。そもそもが自意識過剰なのだ。早坂はまったく気にした様子すらない。

「じゃあ自力でそこまで身体作ったんですか？　偉いな……！」

「いえ、や、偉くないし、そんなマメにやってるわけじゃ」

「見るたびしっかりした感じになってくなあって思ってたんで、いいジムあったら教えてもらおうと思ってたんですよ」

ばかにするどころか、真っ正面から褒められた。早坂はそういうひとなのだ。知っている。なのに灰汁島の口は、また勝手に言い訳じみたことをつらつら語り出す。

「修羅場くると時間感覚くるうから、定期的になにか習いに行くとか、むずかしくて」

「あ～……それはあるあるですね。月謝も無駄になりがち」

作家、漫画家に限らず、編集でもそんなもんですとうなずく早坂に、「そうなんですか」と灰汁島は首をかしげた。

「……でも、彼みたいなひとならきっと、ちゃんとしてるんでしょうねえ」

渡された資料のなか、ひときわ目立つ、『主演・瓜生衣沙』の文字。プリントされた写真をちらりと眺め、灰汁島はため息をついた。

（二・五次元系の役者さんは美形度が高いっていうけど、ほんとだなあ）

一般にも人気コンテンツとして名が知られてきた『二・五次元舞台』。名前のとおり二次元と三次元の狭間（はざま）で夢を見せる演劇ジャンルをさす。漫画やゲームを元にするためか、演者にはそれこそ漫画じみた姿のよさが求められ、昨今ではそちら出身の人気俳優も多数。

そして瓜生は言うまでもないトップスターであり、近ごろはゴールデンの番組やドラマでも引っ張りだこだ。演技だけでなく、トーク番組でも軽快な話術で笑いを引き起こしていたし、若いのにすごいなあ、頭いいんだなあ、と、灰汁島もたまにテレビで見ると感心していたくらいだった。

そんな美形と、元ガイコツが、並んで写真を撮られるのだ。想像するだけでも、悲鳴をあげてのたうちまわりたくなる。

「ものすごく意識高い生活送ってそう……」

ぽつりとこぼした灰汁島に、早坂は「枠が違いすぎますよ」と苦笑する。

「そもそも、見せるための仕事するひとと一緒にしちゃだめでしょう。このひとたちは、ある種、身体を整えること自体が仕事ですよ」

「それはまあ……。ググったけど、このひとも二年まえといまで、体形が別人ですよね」

「この手の舞台って演目はハードだし、場合によっては初日から千穐楽の間に十キロ痩せたりするそうで」

「ヒエ……」

瓜生が現在、仕事のメインとしている二・五次元系舞台では、自身の身長に近いほどの長髪のカツラや、装飾的で動きにくい衣装を身に纏(まと)ったうえで、ダンスや殺陣に動き回る。

見た目の華やかさの裏では、とてつもないハードな負荷がかかっているらしい。

「だから、みんながっつり身体作るらしいですよ。保たないから」

「一公演で十キロ痩せるんじゃ、そりゃそうですね」

プロフィールをあらためて見ると、瓜生の身長は一七五センチ、体重五十八キロ。頭がちいさく手足が長いので、スチルだともっと高身長に見える。

灰汁島より十センチ以上低いのに、体重はそこまで大差がない。細く見えるのにと驚いたが、これはあれだ、いい筋肉だからだ。

「……もうちょっと筋トレ頑張ろうかなあ……」

せめてこのピッカピカの美形に会うまでには、もうすこしなんとかできるものならしたい。隣に並んで写真を撮る拷問が避けられないなら、ガイコツからせめて、人体模型くらいまでにはランクアップしたい。ぼそりとつぶやくと、早坂が首をかしげた。

「それランクアップって言いますかね……?」

「レベルアップですかね?　なんかとにかくこう、ひととしてもうすこしどうにかしたい」

切々と訴えたら、早坂はやっぱり首をかしげて苦笑しつつ、「じゃあトレーナーになってくれそうなひと紹介しますか」と了承してくれた。

「知りあいが、ダンス教室で講師やってるんですけど、フィットネス系の仕事もしたことあるって言ってたんで」

聞けばそのダンサー、ステージネーム『イブキ』も、かつては二・五次元舞台に立ったことがあるそうだ。

「おれより友人のほうがもうすこし親しいんで、そっちから話つけてもらいますね」

「えっと、ご友人って……」

「銀座のギャラリーに勤めてる、秀島先生の知りあいの……」

「あ、志水さん、はいはい。神堂先生のシリーズの表紙、そこの紹介でしたっけ」

「そうです。で、志水さんの中学からの同級生が、ステージの演出家みたいな仕事もしてて」

「早坂さん、まじで顔広いすね……」

「たまたまですよ。友人が顔広いのと、こういう仕事してるから、縁があるだけで」

宝飾デザイナーの恋人がいて、その身内であり天才と言われる画家にも文芸の装幀を頼んでいて、さらにはダンサーと演出家。

ますます早坂の人脈が謎になっていく。基本的にこの十年、友人は減りこそすれ増えた覚えのない灰汁島は、ただただすごいなあ、と感心するばかりだ。

「ともあれ、伊吹くんおだやかだし、やさしい性格なので、灰汁島さん向きだと思いますよ」

「そ、そうか……じゃあ、あの、よ、よろしくお願いします」

とりあえず早坂が保証してくれるなら「やさしい」という言葉に嘘はないだろうと、灰汁島はへどもどと頭をさげた。

＊　＊　＊

そうして紹介された『伊吹先生』に身体作りを指導してもらい、体重も五キロほど増やし、筋肉もつけ、なんとか人間らしい見栄えにすべく、灰汁島は努力した。

そこそこ忙しかったこの二年近く、イケメン俳優の横に立っても、せめて恥ずかしくないように、カメラを向けられても困惑してフリーズしたりしないように、頑張ってきたつもりだった。

しかし、いま灰汁島が味わっている困惑は、想定したのとまったく違う類いのものだ。

「うう……灰汁島先生のサイン本……しかも生サイン……」

ガチめに目も鼻も真っ赤にして、たったいまサインしたばかりの灰汁島の本を抱きしめてぐすぐす言っている、この早口オタクまるだしの青年が、本当にあの資料写真やネットで見た、きらぴかの俳優なのだろうか。

いったいこれどうしたら、と周囲を見まわすけれども、周囲もまた困り果てている。

（どうしよう。誰か助けて。ていうか早坂さん戻ってきて）

頼りになる担当を心で呼ぶけれども、その担当はいま、この場を去ってしまっている。

——あっちょっと失礼して、監督さんやスタッフさんらへ挨拶してきますね！

早坂のあの、わざとらしい説明台詞を、灰汁島は一生忘れまいと思った。

——嘘でしょ、置いていかないでくださいよ！

——これだけ灰汁島さんのファンなんだから、サービスしてあげてください！

小声での応酬は早坂の逃げ切りで終わり、結果、灰汁島は冷や汗がダバダバと流れるのを感じている。

（このあと写真撮影あるんだよな……汗じみとか出ないかな）

緊張のあまりそんな珍妙な心配まではじめる始末だ。ともかく、べそべそとするばかりの瓜生のまえでこれ以上黙っているのも耐えられず、どうにか話題をひねりだす。

「え、えっと。この間出てらした舞台の配信も、拝見しました。探偵役、すごいハマっててよかったです。劇中歌もすごく、よくて」

我ながら陳腐なことしか言えていない。恥ずかしさで倒れそうだと思ったが、瓜生は「えっ」と声をあげ、感激したようにまたもやそのおおきな目を潤ませた。

「探偵役ってことは、『テイクアウト』の配信ですか？　先月の……」

「あ、そうです。『デリバリー探偵シリーズ』が原作のやつ……ミュージカルの」

いいぞ、とりあえず会話になっている。灰汁島はおのれを鼓舞した。配信サイトでおすすめにあがってきたのを、ひととおり順繰りに見たのは無駄ではなかったとひっそり拳を握る。

「あ、あと『終焉と魔弾のコリオリカ』も出てらっしゃいましたよね」

「うわ、そんな古いのまで⁉　ていうか、おれあのころはまだ二・五はじめたくらいで、端役だったんですけど」

「じつは、あれのキャストさんが、ぼくのトレーニングの先生もやってくれてて……」

「え、まさかイブキさんですか？　最近あんまり舞台ではご一緒してなくて」

「なんか、ダンス教室のほうが忙しいみたいです。人気の講師らしくて」

口下手な自覚がある灰汁島だが、派手に取り乱してくれた瓜生のおかげで逆に冷静になれた部分もあり、会話は思った以上に自然に続いた。

緊張は相変わらずひどいけれど、『予習』のおかげで話題はつなげた。なにより、これだけ熱心かつ純粋にファンだということを疑わせないでくれる相手との対話は、率直に言って悪くない。

（まあ、もしかしたらこれも、演技っていうかお世辞かもだけど……）

役者さんで、嘘は上手なのかもしれない。だがそれでも、お世辞を言おうとしてくれるだけありがたい。なにしろ仕事相手ですら、こき下ろす以外しないような人間もいるのだ。

——おれはこの話むかつくし、クソみてえな主人公とか大っ嫌いだけど、ってことはつまりクソなオタクには受けるってことだから、売れると思う。よかったな？

（……あんなのも、いるんだから）

脳裏によぎった声に灰汁島は愛想笑いすら忘れて真顔になる。

「……先生？」

灰汁島は瓜生の声にはっとなり「いえ、なんでも」と不器用に笑う。

「そ、それより、『終ペリ』そんなにお気に入りだったんですか」

「あ、はい！　もうほんと最後のシーンで、めちゃ泣けて。『別れ際にかける言葉なんて、どうやったっていつも平凡で陳腐だ。けれどそれこそがいとおしい』っていう文章が最高に痺(しび)れまして……！」

「お、覚えてるんですね」

「読みこみすぎてページの端、毛羽立つレベルなので！」

十年もまえに書いた、だいぶ青い文章を口頭で告げられ、灰汁島は赤くなる。恥ずかしい。でもやっぱり、悪くない——というか、嬉しい。

瓜生の口から怒濤のように繰り出される、著作へのアツイ語りは、付け焼き刃の知識などではとうてい無理だというくらいはわかる。それこそ灰汁島が、数本の舞台配信を見た程度で、芝居についてろくに語れることがないのが証拠だ。

（ちゃんと読んでくれてて、それだけでもありがたい）

本音でないなら褒めてほしくないという潔癖な考えを持つひともいる。だが灰汁島は、お世辞でも、十二分にありがたいと感じるほうだ。すくなくとも、世辞を言う程度の価値をこちらへ見いだしてくれているということなのだから。

――ほんと、使えねえな。

「……っ」

またもや、あの男の吐き捨てるような声がよみがえり、灰汁島は硬直する。といってもほんの一瞬だったのに、目のまえの瓜生は気づいたようだった。

「先生、どうかされました？」

「あ、いえ、なんでも」

心配そうな表情と声を向けられ、はっとした灰汁島が取り繕うよりはやく「すみませんでした」と瓜生が眉をさげた。

「考えてみたら、取材これからなのに、おれ、はしゃぎすぎてますよね。本番では大人しくしますので」

「あ、そっか、取材……」

うっかりしそうになったが、このあとアニメ化に際しての雑誌用の対談、ならびに瓜生は、ネット配信用の動画撮影があるのだ。

最初は灰汁島のほうも、新刊刊行の告知動画を撮る案もあったそうなのだが、それだけは許してくれと泣きついて勘弁してもらった。だが、代わりに写真だけはと押し切られての、このセッティングと衣装なのだった。

瓜生の怒濤の勢いに押され、忘れかけていた不安感がじわじわとよみがえってくる。

（ひょっとしてぼくの緊張をほぐすためにオタトークしてくれた……とか？）

そうも思ったが、それにしてはオタク度がガチすぎた。ないか、とかぶりを振った灰汁島は、胸焼けに似た感覚を覚えはじめる。不安で全身が硬直し、血流が悪くなったのだ。

「う、緊張してきた……」

「だいじょうぶですよ！　先生は、おれがフォローするんで！」

にこっと笑って「任せてください」と胸を張る瓜生は、さすが芸能人と言うべきか、とにかくきらきらとしていて自信たっぷりで、眩しかった。

この眩しいひとと一緒に写真に写るなんて、いったいなんの拷問なんだろう。泣きたい。どうしようもなくじめじめした気分の灰汁島を知ってか知らずか、瓜生はひどく楽しそうだ。

「それに、先生めちゃくちゃかっこいいから。おれも見劣りしないようにしないと」

「いや、それはお世辞にしたって言いすぎでしょ」

持ちあげすぎにもほどがある。さすがに苦笑してツッコめば、きょとんとされて灰汁島が驚いた。

「……あの先生、もしかしてきょう、なんでこんなに女性スタッフ多いかわかってない……とか？」

「え？　女性誌にも掲載されるからですよね？　あと瓜生さんいるし」

こちらもきょとんとして返すや、「え」と固まった瓜生が周囲を見まわす。つられて灰汁島も視線をめぐらせ、たしかにさきほどよりも女性スタッフが増えているような気がした。

そのうちのひとり、この企画を担当したアニメ雑誌の女性編集と目があえば、一瞬で赤くなり、なにやら興奮したように握った手を上下される。

「え、あれどういうリアクション？」

よくわからん、と小首をかしげれば、なぜか瓜生が唖然としていた。

「嘘でしょ、先生マジですか……」

「え、なにがですか」

「なにがって、なんできょう、わざわざ顔出し対談になったと？」

変なことを訊くなあ、と思いつつ「アニメ化のタイアップ告知だからですよね？」と、わかりきったことを灰汁島は答えた。

「それは、まあ、そうなんですが」

「瓜生さんに出ていただけるからには写真必須だし、おれは『添え灰汁島』なので」

果たして立派なパセリになれるものだろうか。緊張できりきりとしはじめた胃をさすると、一時期この仕種ばかりさせてしまった担当のことが頭に浮かんだ。

「……って、早坂さんが言ってたんですけど」

「ああ、みひさんが……」

灰汁島の言葉に、瓜生はすこしだけ引っかかるような表情をした。

「どうか、しましたか」

ごくわずかに表情を翳らせた瓜生に、灰汁島が問いかける。はっとした彼は、次の瞬間『瓜生衣沙』の顔で微笑んだ。

「いいえ、なんでも。いい仕事、しましょうね」

「……おお……」

しっかりと作られたよそゆきの笑顔はやはり、レベルが違って眩しい。

感心しつつも見惚れて言葉をなくす灰汁島に、瓜生は仕事モードで顔を繕ったことに、すこし恥じいるような顔をした。

「っと、いまさらアー写顔してもしょうがないですよね、すみません」

「や、そんな」

「ほんと、先生みたいな天然でかっこいいひとうらやましいです。背も高いし」

「え……」

なにそれ皮肉？　こんな身長ばっかりのひょろひょろオタクのどこがかっこいいの。

思わず固まった灰汁島は内心皮肉にぼやき、しかしふと、会議机のうえに置かれたおおきな鏡に目がいったことで、自身のひねくれた言葉を撤回せざるを得なかった。

（あ、そっか。きょう、ぼく、作ってもらったんだった）

この日の午前中、早坂から相談を受けた同社ファッション誌のスタイリストにより予約されたカットハウスで、指示どおりに髪を切られ、眉まで整えられている。そしてこれまた同じスタイリストが灰汁島の長細い体形に見合う、インポートのカジュアルスーツを調達してきてくれた。

そうでなければここには、クセの強いぼさぼさの髪に年間をとおしてジャージ姿のもっさりした男がいるだけで、およそ編集部のほうでも顔出し取材だなどと言いだすわけもない。

「あのこれ、天然じゃないですよ。うちの担当さんとか、ファッション誌のスタッフさんとかの力作です。ふだんはジャージ一択なんで」

ジャケットの襟をつまんだ灰汁島が苦笑しながらそう告げると、瓜生はきょとんとしたあと「え、でも……」とつぶやき、ぐっと顔を近寄せてくる。

ふわっといい匂いがした。おとこのひとなのに、なにこのいい匂い。灰汁島は動揺する。

「な、なんですか」

「先生、顔まったくいじってないですよね」

瓜生の言葉に、灰汁島はぎょっとし、ぶんぶんとかぶりを振った。

「いじる？　って整形とか？　ないないない、なんでそんなのするんですか」

「そこまでじゃなくてもメイクとか、アイプチとか……いっさいしてないですよね？」

「し、してないです。あ、えっときょう、髪と眉は整えてもらいましたけど」

至近距離でまじまじ見つめられ、目力の強さにたじたじとなった灰汁島の声がうわずる。

「ほら、やっぱり天然物じゃないですか。だいたい、自宅でのラフなファッションなんかあたりまえですよ、おれだって家だとほとんどスエットですもん」

にこ、と笑った瓜生が、近かった顔をようやく離してくれた。ほっとするような、残念なような心地がするのは、あのあまい匂いも彼の距離に準じて薄れたからだ。

さすが人気芸能人、ほんのりとしたいい匂いが一瞬だけ鼻先をかすめ、それでいてしつこくなく消えていく。もっと嗅ぎたいと感じるまえに記憶の香りだけが残る。

(香水のつけかたまでオシャレだなあ)

これはすごい、と内心で灰汁島は感心した。

「いや、でも、……そ、それ言うなら瓜生さんだって、なにもしてないでしょう」

「あはは、そこはほら。メイクさんプロですし!」

そんなふうに言うけれど、まだ本番まえとあって瓜生もすっぴんだ。そして産毛が見えるくらいの距離で見ても、肌は毛穴もわからないくらいの美肌だったし、つけ睫毛かと一瞬疑うほど長い睫毛は、自前で密度が高かった。

なにより、カラコンもないのにおおきな黒目と、青みがかった白目の清潔な透明感。きれいすぎて、もはやそれだけでものすごい圧と迫力がある。目力というのはこういうものを言うのだなと、その目で見つめられるたびに思った。

「メイク関係なく美形ですよね、瓜生さん。テレビとかで見るよりきれいでびっくりです」

「……え」

しみじみと灰汁島が言えば、ややあって瓜生の顔がまた、赤くなる。あれっと思って首をかしげると「あ、あはは」と真っ赤な顔のまま瓜生が誤魔化すように笑った。

「あの、だから、おれ、だ、大ファンなので……せ、先生に、ほ、褒められると」

「あ、う、瓜生さん?」

「に、認識された……っ」

しまった、またガチファンモードにはいってしまった。冷や汗をかきつつ灰汁島がちらりと見やった会議室の時計。取材開始まで、あと三十分もない――いや、まだ三十分も、ある。早坂はまだなのか。マネージャー氏はまだなのか。気づけばこのヘンテコな空気に耐えかねたのか、それともいまをときめく芸能人が思う存分取り乱せるようにか、室内には灰汁島と瓜生のふたりしかいなくなっている。

(もうとにかく、誰か……助けて)

灰汁島はまたもやヒロインのごとき言葉を思い浮かべ、ひきつり笑顔を浮かべるしかなかった。

＊　　＊　　＊

その日の夜半、よれよれになって自宅に辿りついた灰汁島は、スーツを着替えもしないまま、冷蔵庫から愛飲している無糖の炭酸飲料を摑んで、ソファベッドにへたりこんだ。

「つっかれた……」

誰に言うでもなくつぶやいて、冷えたペットボトルを呷った。久々に酷使した喉に炭酸が直撃してむせる。それでも半分ほど飲み干すと、急激に潤った粘膜のせいで涙が出てきた。肺ごと吐きだすような長いため息をついて、湿った目尻を拭う。足先を動かすと、積みあがっていた本が崩れて、うわ、と顔をしかめる。

反射的にスマホをとりあげ、ツイッターを開く。

【取材の仕事で疲労困憊。帰ってきたら散らかった部屋の積み本を蹴り崩した。足が痛い。もうやだ】

毎度のごとく、どうでもいいぼやきをつぶやくと、即時にいいねがつく。通知欄には見慣れたコア層のファンのアイコンが並ぶ。常連の熱心な数人を見つけて、なんとなくほっとした灰汁島は【ただいま】とひとことをツイートする。ずらりと並ぶ【お帰りなさい】【お疲れさまでした】などの言葉たちに、ホームだなあ、としみじみする。

ひとりきり、迎えるひとの誰もいないリアルの空間よりも、仮想空間であるネットの『居場所』にアクセスするほうが安心感があるのは、灰汁島がこのツールに自覚的に依存しているからだろう。

ことに、数年まえの炎上騒ぎで一度、衝動的にフォロワーを全解除し、それでも戻ってきてくれた熱心なひとびとには感謝している。そのなかで、ぽこんと飛びこんできた『常連客』のアイコンに灰汁島は目を細めた。アイコンは初期設定(デフォルト)の卵のままだが、もう十年近くずっとフォロワーでいてくれる相手のツイッター名は『孤狐』。IDは完全に無意味な数字とアルファベットの羅列なので、読み方はわからないが、脳内では勝手に『ここ』と呼んでいる。

【先生、お怪我(けが)はないですか？　お仕事お疲れさまでした。自分はヴィマ龍アニメに備えて再読ロード中です。とうとみのかまたり……】

(孤狐さん、いつもありがとう)

相互フォロー以外は返信しないというルールを決めているので、毎回感想や反応が熱心な長いフォロワーに心のなかで礼を言う。単なる熱心なファンというだけでなく、本当の意味で恩人でもあるからだ。

――あの日、先生の居場所の情報教えてくれなかったら、おれも駆けつけられなかったんですよ。

灰汁島が前担当の件で追いつめられ、どこでもいいからと逃げ出した日。あてどなく彷徨(さまよ)ったあげくに見つけてくれたのは早坂だったが、その早坂に灰汁島の居場所のヒントを教えてくれたのが、この『孤狐』だった。

寒い時期で、ジャージ一枚でコートすらなく、寒空のなか震えていた。いまよりもっとずっと痩せていたから骨まで冷えきって、全身に痛みを覚えたくらいだった。

曇天の冬空を見あげて、さみしくて、哀しかった。世界が敵だらけの気がして、孤独感と自己憐憫（れんびん）にひたりきっていた。

でも、ひとりではなかった。

【ただ、ファンなんです。灰汁島先生の言葉が好きなんで、ツイッターでもなんでもいいから、読んでたいんですよね。なので、ジャンルとかどうでもいいし、媒体もどんなんでもいいから、書いててほしいです。それだけなんです】

早坂から「本当はだめなんですが」と言って送られてきた、当時のスクリーンショットの一部は、いまだ灰汁島のＰＣのなかに大事に保存してある。

基本的に情報収集アカウントのようで、ふだんのツイートなどはなく、リプライも灰汁島に対してのみという、徹底したファンアカウント。それが、炎上している作家の担当に直接アクセスするというのは、たぶん、本人からすると相当な横紙破りだったのだろう。必要な情報を交換したのちは、いっさい連絡してこないでくれ、自分もしないと、早坂に言ったそうだ。

――相手も望んでいないようだから、あえて灰汁島さんから礼を言ったりはしないほうがいいと思いますが。それでも、あなたを気にかけてくれたひとがいることは知っておいたほうがいいと思って。

灰汁島がだいぶ落ちついてから教えてくれた早坂にも、そして『孤狐』にも感謝している。彼らがいなかったら、いまの灰汁島はないのだ。

それにしても、さきほどぶつけた足が痛い。

「この部屋、ぼちぼち限界かな……」

仕事場兼自宅である、2LDKの単身用マンション。引っ越したのは五年ほどまえ、とにかく急いで転居したかったために、空いている物件をおさえただけだったので、さほど広い部屋でもない。

当初は間取りのとおり、仕事部屋、寝室、リビングダイニング、と使い分けていた。だが、年々増えていく仕事と趣味双方の書籍がすさまじいことになっていった結果、二部屋はほぼ書庫と化し、LDKの部分に灰汁島の活動区域が集中してしまった。

本来は食事用だったテーブルにはノートPCとタブレットが常設され、本を積みあげすぎて寝場所のなくなったベッド代わりに、このソファベッドを使っている。

そろそろ床が抜けそうで怖いと早坂に言ったら「それ以前に人間の住居じゃなくなってきてますよ。なんなら手伝うんで、片づけるか引っ越しましょう」と真顔で返された。

灰汁島はむかしから片づけられない人間だったわけではなく、散らかっているのはそれなりにストレスだ。どうにかしたい。

さりとて引っ越しも片づけも時間のいることであって、いまの状況ではまず時間の捻出(ねんしゅつ)

が厳しい。なにより気力がない。

「……なんだったんだろ、きょう」

あのあと、無事に対談と取材、写真撮影は終了した。あれだけ灰汁島をドン引きさせた瓜生の態度は、いざカメラやインタビュアーがはいってきたらそこそこなりをひそめていた。ところどころトークが暴走することもなくはなかったが、早坂によれば、記事や動画を編集する際に「熱心な原作ファン」くらいのところに落ちつけてくれるだろう、とのことだった。

——むしろ二・五系のファンはこれくらいアツイほうが喜ぶので！

アニメ雑誌や女性誌の担当者もそう太鼓判を押していたので、問題はないらしい。

灰汁島自身は不慣れということもあって、対談中の写真を数点、ちいさく掲載するのみ。あとはメインの瓜生のカットで誌面を埋めるという話だ。

ふつうなら、こうして呼び出されての取材などのあとには、大抵相手側との親睦を深めるための食事などがあるものだが、多忙な瓜生はこのあと別件の仕事があるのだとかで、終了次第マネージャーに背中を押されて去っていった。

——もう行かないといけないんで、あの、本当にきょう、ありがとうございました。

自覚的に相手の機微が読めないタイプである灰汁島ですらわかるほど、全身から残念そうなオーラを放つ瓜生は、一緒の食事ができないことにしょげかえっていた。

役者であるからか、彼の表情や感情の身体表現はとてもわかりやすく思えた。もちろんそれが演技である可能性も十二分にあったけれど、すくなくともわかれを惜しむ空気と、本当にがっかりした様子は、嘘ではないようだった。

「……なんで、やっちゃったかなあ」

ため息をついた灰汁島は、移動中は鞄のなかでほったらかしていたスマホを取りだす。画面をタップすると、進行中の案件についてのメッセージとメールがいくつか。長文そうなものはあとでPCから確認するか、と表示を減らしていけば、あまり使っていないメッセージアプリからも通知が来ていた。

差出人名——瓜生衣沙。登録したばかりの相手の名前が、やたらぴかぴかきらきらとして見える。ただでさえ登録相手の少ない自分のスマホに、なんで芸能人の名前があるんだろう。現実味のなさにいまだぼんやりしてしまうけれども、放っておくわけにもいかない。

おそるおそるメッセージを開いてみれば、丁寧な言葉が並んでいた。

【先生、本日は本当にありがとうございました！　一方的に話しすぎてしまって、お疲れのところすみません……でも大ファンの先生に会えて、本当に感激でした。サイン本も、大事にします、ありがとうございます！】

「今度は収録でお会いできますね、楽しみです！　……だって」

ほんとかよ、と皮肉を言おうにも、あのみっともないほどの取り乱しようを思いだすに、単なる社交辞令とは言いきれなかった。

それにしても、だ。その日に会ったばかりの相手が帰宅するタイミングを見越して、挨拶と、次につなぐ言葉をかけてくるとは。

（ものすごくマメだ。コミュ強者って、こういうところから違うんだな）

しかし、レスポンスはどの程度の間尺でやればいいものか、わからない。とりあえず即時返信は引かれるかと思って数分はおいてみたが、このまま放置するのがまずいことだけが明白だ。

いささか戸惑いながら無視もできず、灰汁島も頑張って返信をする。

「う……これ、ＰＣで返信できないんだっけ……」

慣れないアプリの操作感が掴めないのと、フリック入力が苦手で、おそろしくもたついてしまう。おかげでキーボードなら数分で仕あがる文章が、その何倍もかかってしまった。

【こちらこそ、不慣れなところをいろいろフォローいただきありがとうございました。次はもうすこしまともに話せるように頑張ります】

この日起きたことを多少織り交ぜつつ送ったメッセージは、そこそこの長さになった。自分はつくづく口より指のほうがおしゃべりだと灰汁島は思う。それでもキーボードを打つのとタッチ入力とでは脳直具合が違うから、だいぶ抑えられている。

そして文章だけならすこし取り繕えるのは、彼も同じらしい、と思った。

【早速のご返信、ありがとうございます！　今後もご迷惑でなければ、メッセージ送らせて

いただけると嬉しいです。作品の感想なども、ぜひ送らせてください】

「……ふつうだ」

直接相対したときのようなオタク構文はなりをひそめ、年齢に見合った、丁寧だが押しつけがましくはない文章だった。絵文字やスタンプの使い方もバランスがいい。なるほど、リア充はこういう『言語』を使うのか。

「勉強になるなあ」

思わず分析モードにはいっている自分に気づき、職業病だなあと思う。字面の並び、使われた単語、とじひらき。

表情や声音というものが加味されないぶん、書き言葉のチョイスと選択には相手の中身がそのまま出ると灰汁島は思っている。そして瓜生の綴った言葉は、本人の印象よりずいぶん落ちついて思えた。

この『ことばづかい』は、きらいじゃない。

「こちらこそ、今後も、よろしくお願いしま、す……と」

再度の当たり障りのない返信をしたのち、スマホを放り投げてソファベッドに寝転がる。

灰汁島はふだん他人と会うことがないだけに、対面での会話をすることに極端なくらい耐性がない。平気なのはせいぜい、間合いに慣れた早坂くらいで、きょうのように知らない相手が大量に――といっても編集部のスタッフとインタビュアー、カメラマンくらいで、十人足らずだったのだが——いる状態になると、もうそれだけで疲労困憊になる。

（社会人としては、瓜生さんみたいにきちんとするのが正しいんだろうけど）

そんなそつのないことができるくらいなら、灰汁島は灰汁島として生きていない。

じつのところ灰汁島は、ツイッターこそサービス開始時から使っていても、個別のメッセージアプリはほとんど使用していなかった。というのも、灰汁島のデビューした直後くらいまではここまでスマホがはびこっておらず、個人的な連絡といえばもっぱらメールか電話。いまよりずっと個人情報の重たかった時代、おいそれと交換するのも怖くて、軽い知りあいにはほとんどツイッターだけで連絡を取っていた。

そうこうしているうちに仕事が立てこんで、ひたすら家にこもって原稿、原稿、原稿の日日。もとより多くなかった知りあいたちがケータイからスマホに乗り換え、メールからメッセージアプリに移行していったその波に、灰汁島は乗りそびれた。

会話する相手のいないひとり暮らしの作家は、基本的にネットに依存する。そこでしか「ひと」と言葉を交わす機会がないからだ。

そうして気づけば、立派なツイ廃のできあがり。

「いや、それがまさか……」

メインのＳＮＳはインスタグラム、改行の多い文章を書きタグをちりばめ、撮り慣れた感たっぷりの自撮りや仲間との写真をアップする人種と、仕事さきと親戚以外ほぼ住所録の埋まっていない灰汁島の端末が、つながってしまった。

「なんだこれ」

ハハハ、と乾いた笑いを漏らし、灰汁島はベッドに転がった。

「なにが起きてんだろなあ、これ」

いやな言いかたかもしれないが、灰汁島は自分の「分」を知っている。

コンスタントに原稿を書けて、固定ファンのおかげでそこそこの部数が確定していて、ありがたいことにメディア化もしてもらえている、世間から見たら立派なヒット作家だろう。

けれど、長くはない。

たぶん、十年、数十年と経ったのちに残っていくような、そういう『名作』が書ける作家ではない。そもそもライトノベルは時代と流行、それもオタク文化にマッチングしているのが最適解のジャンルだし、はやりすたりの入れ替わりもはやい。むろん、不朽の名作になるロングセラーヒットもあるけれど、そんなのは業界ピラミッドの上澄みの上澄みだけだ。

それでも数字を出し、多少は出版社に貢献しているという自負はある――いや、あった。

スーパートップ作家じゃない限りは、塵芥のように扱う、そのくせ利用するための原稿だけを欲しがる編集がいるということを体感させられ、心底まで冷めきった。

同時に、ろくに仕事のできない時期にも見捨てないで、面倒な灰汁島に根気強くつきあってくれる編集や読者がいることも、知った。

皮肉なことに前者に打ちのめされていなければ、後者の存在を、そのありがたみを理解することもないのだ。

（思いあがるな）

アニメ化も、あくまで早坂が頑張ってくれた結果だし、いまちょうど流行のファンタジー系アニメの枠が足りなかっただけのこと。

そして、業界に求められているのは作品などではない。それが生んでくるカネと数字だ。

「ほかにはなんにもないからなあ、ぼくは」

足るを知るというのは、それでも平穏でいるということなのだ。

ため息をついて、もう一度部屋を見まわす。本、本、本の山で、雑然としてはいるけれど、汚部屋というほどではない。けれど、秩序もなにもなく積みあげられた本たちのこの状態が、数年まえから散らかったままの自分の頭のなかを表していると思う。

ここに引っ越すまえまでは、それなりに部屋もこぎれいにしていた。口下手でオタクなのは変わらないけれども、もうすこしは素直にひとの好意を信じていた。

ずきりと、古傷が痛んだ。きれいに骨折した両脚は腕のいい医者のおかげで特に問題なくつながり、その後のリハビリもあって後遺症もない。けれど、なんとなく心が疲れた日には、どうしても疼いてしまう。

——どうせおまえなんか。

メンタルトレーニングも心がけ、どうにか追いだしたはずの声が脳の端っこからどろりと浮かびあがってくる。長い呪いをかけたその声に、胃の奥が氷を押しこまれたように冷たくなり、ぶるりと灰汁島はかぶりを振った。

(だめだ、疲れてるな)

風呂入って、寝ないといけない。そうでなくてもせめて着替えて、じゃないと早坂が見立ててくれたスーツがぐちゃぐちゃになってしまう。

ああでも、面倒くさい。スーツは後日クリーニングに出せばいいだろうか。

(このまま寝ると、いやな夢見そうだ)

眉間にしわを寄せたまま、瞼を押さえつけてくる睡魔に負けそうになっていれば、手に握ったままだったスマホがぶるっと震え、灰汁島の意識を引っ張りあげた。

【本当にきょうはありがとうございました。お返事も丁寧にくださって、感激です。大ファンの先生とお話しできて、本当に、本当に、いい日でした！　ゆっくりお休みになってください。お疲れさまでした！】

瓜生からのさらなる返信だった。しつこく会話を続けようとはせず、だがちゃんと次へつなぐ空気を保って、上手に切りあげてくる。こういうところもそつがない。

「……はは、ほんと、きらっきら」

陰キャを自認する灰汁島はすこしだけ腰が引けてしまうけれど、一定以上のテンションで変わらない、明るく朗らかな態度と言葉を持つひとは、とても素敵で好ましい。

すくなくとも、ネガティブな記憶に沈みそうなこのタイミングで、ぴかぴかきらきらの瓜生の言葉は最高に『効いた』。

きらきらの彼に、きらきらの目で見られた自分を思いだす。とたん、脳の奥にあったどろりとしたタールのような呪いの言葉は、ずいぶんと薄ぼけた。

そうして、万年床でスーツのまま寝にはいろうとしたおのれを振り返ると、さすがにうしろめたくなってくる。

「……風呂、はいろう」

のそりと起きあがって、スーツのジャケットを脱ぐ。疲労感に、日課の筋トレのことなど頭から飛んでいたけれど、先日ようやくイイ感じに腕が仕あがってきたと、イブキ先生に褒められたのを思いだした。

「やるかぁ～……」

猫背になってよれよれとバスルームに向かいつつも、灰汁島は身体をひねってストレッチを開始する。

さすがに、あのきれいなひとから、憧れのまなざしをぶつけられた日くらいは、もう少し、ちゃんとした人間でいたかった。

なんで自分程度の作家に、そうまでいれあげてくれているのかは知らないけれど、サイン本を抱えて涙ぐんでいたのは嘘ではないと思いたい。

「……？　あれ、また？」

上半身裸になったところで、スマホがまた着信を知らせた。ポップアップの文字に、灰汁島は今度こそ噴きだしてしまう。

【返信不要・おれのお宝コレクションです】

笑う顔文字つきの文章と共に瓜生から送られてきた写真では、この日渡したサイン本と、彼の言葉どおり初版と新装版の『ヴィヴリオ・マギアスとはぐれた龍の仔』が、あわせて四冊並んでいる。

しかも読みグセのついている一冊には大量の付箋が貼られているし、背後にちらりと見える本の山は、これも灰汁島の各種の著書ばかり。なかにはあまりぱっとしなかった文芸の単行本もあって、そのどれもがしっかり読みこまれたとわかる状態で、けれど丁寧に保管されていて――。

（なんかもう、すごい）

顔が熱くなった。へなへなとその場にしゃがみこみ「あー……」と無意味に声が出る。

ありがたいことに、いままでにも熱心なファンはたくさんいた。けれど、灰汁島があまり直接の交流を好まないのもあって、顔が見える状態で、ここまでストレートにぐいぐいと、好意をぶつけられたことはそうはなかった。

「惚れてまうやろー……」

さすが瓜生衣沙。もうファンになりそうだ。

茶化すようにつぶやいて、灰汁島はそんな自分に思わず笑った。

それでも思いあがらないように気をつけなければ、オタクの距離感は一般人の距離感とは違う。ましてや相手は芸能人なのだ。

「勘違いしてなれなれしくしないように、しなきゃなあ」

それでも心の栄養として、きょうの日の記憶は大事にしておこう。しゃがみこんでいた身体を起こし、まずは日課をこなそうと、灰汁島はストレッチを開始した。

＊　＊　＊

打ち合わせの最中、ぴょこんと響いた着信音に、早坂が首をかしげる。

「あれ、またメッセきてます?」

灰汁島の住まいの近所にある、レトロなかまえの喫茶店『うみねこ亭』。引っ越してきてすぐ、コーヒーの味が気にいって常連になっていた店だが、いろいろあって、すっかり早坂との打ち合わせでは定番の場所となっている。

飴色(あめいろ)に輝くテーブルにカウンター、おおきなコーヒーサイフォンの奏でる音と、かぐわしいコーヒーの香り。カウンター奥にひっそりといる白髭をたくわえた店主のたたずまいと、静かめのジャズが流れる店内に、電子音がすこしばかり不似合いだ。

「すみません。音切ってなかった」

「いえ、うるさいとかじゃなくて、めずらしいなと……きょうそれ、何回めです？」

「四回目……かなあ」

そわそわと肩を揺らすのは、じっとこちらを見る早坂の目になにかを見透かされそうだからだ。もちろん彼は有能で、ひととの距離感を上手にとるし、なにより灰汁島のことをよく知っているから、下世話に追及してきたりはしない。

とはいえ、伏せることもなくテーブルに置いたままの通知では、誰からのメッセージかなどは見えてしまう。

「おともだち増えたみたいで、よかったですね」

そう言ってにっこりと、笑うだけだ。なんとなくむずむずとする唇を噛んで、「おともだちって……」と灰汁島は拗ねたような声をだしてしまう。

「早坂さん、ぼく、子どもじゃないからですよ。おとなになったらともだち増やすの大変ですよ？」

「子どもじゃないからですよ。子どもじゃないんですよ」

からかうでもなく「だから、よかったですね」と微笑まれて、灰汁島はなんともつかない顔になった。

あれから、瓜生は途切れずラブコールを送ってくる。てっきりあれっきりかとか、社交辞令がうまいな……などと思っていた灰汁島の、根っこにこびりついた卑屈さをあざ笑うように、変わらぬ熱量のメッセージは連日。

あまりに頻繁なうえに、いままでデフォルトのSMS以外使っていなかった灰汁島は、いろいろ機能が多いメッセージアプリをいれるようにすすめられ、けっきょく、いれてしまった。

「まさか灰汁島さんが、いまになってライン使うようになるとはねえ」

「……必要ないからいれてなかっただけです」

「おかげさまで連絡つきやすくなって助かります」

ふふ、と早坂が笑い、灰汁島は尻の据わりが悪い。この担当に「便利だからいれろ」と再三言われても首を縦に振らなかったのに、瓜生に言われれば即時だ。

（だって瓜生衣沙だぞ……）

あの瓜生衣沙が「先生ともっと話したいので……だめですかね？」と、遠慮がちに申し出てくるのだ。あれにノーサンキューが言えるのは相当な剛の者だけだろうと灰汁島は思う。

「にしても、おれはなんでそれを、テレビで知るんですかねえ」

にまあ、と笑った早坂に、灰汁島は無言で目を逸らした。

テレビで、というのは、先日瓜生が出たゴールデンのバラエティ番組だ。いよいよ放映が来期に迫った『ヴィヴリオ・マギアスとはぐれた龍の仔』の番宣と、瓜生が座長をつとめる舞台公演の告知——実際はこちらがメインのはずだった——をするために出演したのだが、そこでうっかりアニメに詳しい芸人がいたのがまずかった。

——瓜生くん、もともと原作のファンやったんやって？　嬉しかったやろ？

そんなふうに水を向けられてしまった瓜生は、うっかり、スイッチがはいってしまい。

——ファンとかじゃなくって、ぼくのバイブルなんです！　灰汁島セイ先生の作品、あ、『終末のペトリコール』、『終ペリ』って略すんですけど、『終ペリ』は高校生のときに読んでからもう大好きで、大事なものはぜんぶこの本に教えてもらった的な……！

興奮して口早にまくしたてる瓜生にスタジオは唖然となっていたが、話を振った芸人が「待てキミあれか、ガチのオタクか！」と突っこみをいれ、「はい、オタクです！」と胸を張って応えた瓜生に笑いが止まらず。

——その大ファンの、原作者の先生とも、仲ようしとるんやって？　わりとイケメンさんなんやろ？

——そうなんです、先生、背が高くてモデルみたいにかっこよくて！　お忙しいので、メッセージちょこちょこ交換させてもらってるんですけど……。

えへへと笑いながらちょっと自慢そうに言う瓜生に、観覧者や共演者から「カワイイ」の声が飛んでいた。実際、灰汁島もちょっとかわいいなあと思うはしゃぎっぷりではあった。

ただその原因が自分でなければ、の話だ。

「おかげさまで、イケメン作家と評判になりましたねえ」

「やめてください……」

番組終了後、ネットでもかなりの話題になった。古い瓜生ファンは彼のオタクぶりは有名だと各種のエピソードをツイートしたりして、トレンドに瓜生の名前だけでなく、灰汁島の名前までもがはいってしまった。

あげく「あの瓜生衣沙がイケメンというのはどういう顔だ」と騒がれ、件の雑誌対談の写真がツイッターやインスタグラムにばかすかとアップ。

「言うほどたいした顔じゃないってぶっ叩かれたの、マジきつかったです……」

「でもその後がよかったですよねえ、ン、フフ」

げんなりとした灰汁島に、早坂が笑いをこらえる。アップされた写真を見て灰汁島の容姿がこきおろされているのを見つけた瓜生が、なにを思ったのか「あれは緊張されてたから、本当の灰汁島先生もっとかっこいいんだよ」とムキになって反論してしまった。

「……ていうか、なんであのひと、ぼくの隠し撮り写真なんか持ってたんですかね」

「ガチ勢だからでしょう」

あげくには、取材の合間、休憩中の灰汁島の写真をこっそり撮ったというそれを、一瞬とはいえ自身のインスタにアップ。すぐさま良識的なファンから「許可とってますか？」とツツコまれ、謝罪とともに取り下げたが、時すでに遅し。

クセのある髪をかきあげながら、コーヒーを片手に物憂げに目を伏せる灰汁島の『奇蹟の一枚』は、あちこちにコピーされ拡散されてしまっていた。

「いやあ、いい写真でしたよね、あれ。今度から著者近影に使います？」

「使いません！　詐欺だもん、あれ！」

「詐欺じゃないでしょうよ。イケメン作家のスレまで立ってましたよ、各所に」

「各所ってなんですかもう……しにたい……」

灰汁島は顔を覆う。けれども、早坂は笑うばかりで取り合わない。

「とかいうけど、あんまり気にしてないでしょう、じつは」

灰汁島は「気にしてますよ」とむくれてみせたけれど、早坂の言うとおりさほどうろたえていない自分に驚いていた。

あの日の自分がヘアメイクやスタイリストといったプロたちの気合いのはいった『作品』だったこともあって、思ったほどのダメージはない。ふだんの姿と違いすぎるせいか、雑誌に出たあとも日常生活になんら影響はなく、拍子抜けするほどだった。

実際、瓜生が撮った写真のなかの自分は、いったいこれ誰、というほどかっこよく写っていた。対談が終わり、休憩後に瓜生個人の撮影が開始になるため灰汁島はお役御免だと言われ、ほっとして気を抜いた瞬間だったように思う。

むろん、瓜生からは隠し撮りの件も、勝手にネットに広めてしまったことも、土下座せんばかりの勢いで謝られた。メッセージだけでは申し訳ないとわざわざ忙しい合間を縫って、直接謝罪に行きたいと言われ、事態も事態だっただけにまた白鳳書房で早坂もまじえての話しあいの場を設けた。

「ほんとに気にしてたら、そもそも許さないでしょう、灰汁島さん?」

「……だって、泣きそうな顔してたし、悪気はないのもわかりましたし……」

真っ青になって涙目で頭をさげる瓜生を見ていたら「しょうがないな」と思ってしまったのだ。もともと雑誌の写真はそうでなくてもネットに出まわっていたし、メディアに出るというのはそういうことでもある。次はしないでくださいねとやんわり注意しただけの灰汁島に、早坂はなぜかあきれた顔をしていた。

「おれが顔出ししましょうって言ったときは、ものすごい抵抗したくせに……」

「出ちゃったからでしょう。雑誌発表まえとかだったらもっとぼくだって言いましたよ」

「ええー……」

どうかなあ、とぶつくさ言う早坂の言葉は無視して、灰汁島はコーヒーをすすった。自分でも瓜生についてはいろいろあまくなっているという自覚はある。じっとりと見てくる早坂に、灰汁島はぼそぼそと言った。

「いやだって、瓜生衣沙が泣きそうになってたら、許すでしょ……?」

「まあ許します……ねえ」

なんだかんだ言ってわりと面食いな早坂も、けっきょくは「うん」とうなずいた。

正直に言えば、現状には相当戸惑いつつも、純粋に新しい知りあいができたことは嬉しい。

またそれが美形の芸能人であることも、自尊心をくすぐられる。

そんなおのれはつくづく俗物だなと自嘲しつつ、読書家でもあり趣味も多岐にわたる彼との会話は楽しく、新鮮だった。

瓜生は形だけでなく、本当に灰汁島の著書をすべて読んでいたし、メディア化作品から雑誌のコラム、特典小冊子まで網羅していたのにはもはや感心するしかなかった。

そしてなにより、褒めるのがうまい。

――さすが作家さんですね。語彙が豊富だ！

――そういう観点で見たことなかったです。すごいなあ……。

なにも灰汁島の作品だけでなく、配信で見た舞台の感想ひとつ言うだけでも、褒めちぎられる。もちろん著作については言うまでもなく、どっぷりとあまい蜜に漬けこまれて、だめになるのではなかろうかとすら思っていたが、早坂はそれを杞憂だと笑うように言う。

「新しい交流で、いい影響受けてるようですね。最近、灰汁島さんの文章、ノってます」

「え、そ、そうですか？」

「はい。いいテンションが保ててるっていうか。ぐいぐい来る感じ。今回のプロット、おもしろかったです」

アニメ化作品の番外編単行本がフィックスし、同時期に仕掛けようと言われて手をつけていた、和風スチームパンク『花笠水母（くらげ）』シリーズの新作。自分でもなかなかいい感じだと思えた素案を読み終えた早坂は、そのプリントアウトを手に満足そうに笑った。

「めちゃくちゃいいですよ、これ。新機軸な感じです。もうちょっと膨らませていってもいいかな、って思いますけど、ひとまずこれで進行してみてください。気になるところは電話でも伝えましたが、ここにメモってますので」

「了解です」

うなずいて、灰汁島はメモ帳代わりのポメラを起動させる。

「それじゃあおれはこれで。灰汁島さんは？」

「このまま仕事していきます」

いくつか日程的な部分の確認をとったのち、打ち合わせを終えた早坂は、サンドイッチを手早く平らげ、灰汁島と自分のぶんの支払いを済ませると会社へと戻っていった。

（直帰じゃないのか）

ちらりと時計を見れば、夜の七時をまわっている。灰汁島も忙しいけれども、その仕事のほとんどに関わっている彼は、輪をかけて多忙な様子だった。

「また、血ぃ吐かないといいけど」

早坂も忙しければ忙しいほど生き生きとするタイプではあるけれども、二年まえに胃を壊し、入院手前までいったことは記憶に新しい。彼は灰汁島のせいばかりではないと言うけれども、どう考えても彼の胃にトドメを刺したのはこちらの責任だ。

せめて、仕事で迷惑をかけることはするまいと、あれ以来極力、スケジュール面での無理はさせないように、灰汁島も努力している。

プロットのファイルを開き、早坂が残していったプリントアウトに書きこまれた注意点をチェックしたのち、メモを追加する。それからしばし、自分の書いたものを読み返し、イメージが形になって落ちてくるのを待った。

作家と言っても千差万別で、いろんな作話の方法論がある。灰汁島は、実作にはいるまえのこの、作品世界と自分の感覚がリンクするような段階がいちばん楽しく、また重要だと感じている。ここでうまく摑めれば、あとはひたすら自分の脳内で『見えたもの』をアウトプットしていくだけだ。

過去には稀に、どうにもしっくり来ないまま、相手の要望やスケジュールに追われて書くこともあったが、そういった作品はだいたい、自分でも気にいらなかったし、数字にも正直に反映した。早坂に担当が変わってからは、じっくり向きあう時間をくれるので、そこは本当にありがたい。

テキストを眺め、スクロールバーをいったりきたりさせながら、灰汁島は空いた手で顎と唇をぐにぐにいじる。額の真ん中がひどく熱くなっている気がした。

（過集中にはいってるな）

作品世界への思考に耽溺（たんでき）するのとはべつの意識で、ぼんやりと他人（ひと）ごとのように感じ取る。並列思考は、まだ趣味で文章を書いていた学生時代、家族や友人に執筆中に話しかけられて思考を途切れさせるのがいやだったあまり、脳にパーティションを作ることを覚えたものだ。

メインの思考は、主人公と周囲のキャラクターたちが作品世界を走りまわる像をくっきりさせるべく動き続けている。

同時に、薄くベールを被（かぶ）ったような『現実』のほうでは、追加注文したコーヒーをすすり、脳に糖分をまわすための甘味として頼んだ、チョコレートソースがけのバニラアイスのせワッフルをばくばくと食べながら、ぶるぶると震えるスマホの画面に目をやった。

ＳＭＳに、未登録の相手からの電話アクセスを知らせる通知が数件届いている。灰汁島はぴくりと眉を動かし、ふっと集中が途切れたのを悟った。

「っはー……」

半分ほど残っていたワッフルに、溶けかけたアイスとチョコレートソースをこれでもかとのっけて口に運ぶが、さほどあまく感じない。過集中から戻ってきたとき特有の疲労感が原因のひとつ、それから――この未登録の相手からのアクセスのせいだ。

（早坂さんに、相談しそびれたな）

灰汁島はもともと電話での会話が苦手なこともあり、スマホ従来の『電話』としてのナンバーは、ごく限られた相手にしか伝えていない。昼夜逆転気味なこともあり、用件はメッセージのやりとりが大半で、あとは音声通話アプリを使用している。

早坂などの取引先はもっぱら、スカイプ。数少ない作家仲間や友人には、むかしちょっとだけはまったネトゲのプレイ時に登録したディスコード。

IDを知らずに電話をかけてくるのは、宅配などの業者くらい。そしてそれらのナンバーはすべて、登録済み。

名称なし、ナンバーのみが表示される相手は、つまり――。

（また、あのひとか）

胃の奥に、冷たい石が押しこまれたような感覚。せっかく食べたワッフルが一瞬で凍りついたかのようにも感じる。

コーヒーで流しこもうとしたら、もうカップは空だった。

「すみません、あの――」

灰汁島が店主へ声をかけようとした瞬間、ふと手元が翳る。顔をあげれば、サイフォンで淹れたコーヒーがたっぷり詰まったフラスコと、ミルクポットを手にした店主が、すぐそこにいる。

「あ、えっと」

「おかわり、どうぞ」

静かな低い声で言って、ミルクとコーヒーを半々に注がれる。おかわり、といいながらこれではカフェオレだ。きょとんとなった灰汁島に「いまはそれでしょう」と店主は静かに微笑んで、またカウンターへ戻っていった。

古き良き時代の喫茶店、といったこの店の店主は、ときどきこういうことをしてくれる。客の顔色を見て、必要なものをそっと差しだす。

「……いただきます」

口に運んだそれは、砂糖もはいっていないのに、良質の牛乳のおかげでほんのりとあまく感じた。そしてささくれた神経と胃を、あたたかい飲み物がゆっくりなだめてくれる。そういえば早坂もいつぞやか、灰汁島がひどい心配をかけたとき、ここのカフェオレで癒やされたと言っていた。

（うん、落ちついた）

冷えきってかたくなっていた胃がほろりとほどけるようだった。ほっと息をついて、灰汁島はスマホをふたたびとりあげる。

見たくはないけれど、ＳＭＳの内容を確認してみれば、案の定の相手だった。

【繁浦(しげうら)です。先日ご連絡した件について、ご返信がなく、メール事故かとも思い再度、同じ内容をＤＭにて送らせていただきます。】

瓜生との対談が雑誌に掲載され、彼との交流が深まると同時に、絶対に連絡してきてほしくない人間からの連絡も、執拗になっていた。理由は察せられるだけに、うんざりする。灰汁島の元担当であり、数回にわたる灰汁島の炎上騒ぎ——マンション墜落事件と、プチ失踪事件の原因を作った男、繁浦蔵人。

名前を見るだけで全身がざわざわして、灰汁島は眉間のしわが深くなるのを感じる。

【お互い、いろいろ行き違いもあったと思いますし、やはり一度、顔を見てお話しさせていただきたいと存じます。つきましては今月、私は以下の日程が空いておりますので、ご都合のよい日を指定いただければすぐにでもおうかがいできますので、必ずこちらへご返信ください】

内容は毎回コピー&ペーストしたように同じで、話したいことがあることと、誤解を解きたいという言い訳にもならない言い訳が連なっている。

誤解も行き違いもなにも、このしつこさがいやだと言っているのに、そこを理解していないからいつまでも繰り返す。そもそも、どうして相手の日程に灰汁島があわせて、わざわざ返信してやらねばならないのかと、その根本的なところから間違っている。

何度着拒してもアドレスを変えてはしつこくメールしてくるから、最近は着拒もせずゴミ箱行きにしていた。ツイッターはもちろん、最初のアクセスでブロックしたのだが、以後フォローもせず、アカウントを変えてはＤＭを寄越すのでキリがない。

スマホは二度番号を変えたのだが、どこからか番号を入手しては電話をかけてくるので、逆にこちらの神経が参りそうになり、いまのように番号は維持するが電話に出ない行動へと切り替えた。

「懲りないなあ……」

事情を知らないとある出版社の編集部が、因縁の相手とは知らないまま、灰汁島の担当に繁浦をつけてしまったのが、二年前のプチ失踪の原因だ。

騒ぎのあと、当時の仕事先には白鳳書房の文芸局編集局長である仲井(なかい)から直々(じきじき)に釘を刺してもらったが、繁浦はその会社も退職し、いまはフリーの編集として動いているらしい。

厄介(やっかい)なことに、灰汁島も取引先をいくつか持っているため、数社には当然、個人情報が登録されている。そして繁浦はフリー編集として、複数の会社と契約が可能であり――コンプライアンスなどを無視すれば、灰汁島の連絡先の入手も、たやすいだろう。

前回の炎上騒ぎで業界中に灰汁島と『元担当』の不仲は知れ渡ったのだが、そこはネット記事、繁浦の本名を出すわけにはいかない。たとえ事実を書いたとしても名誉棄損になりかねないため、『わかるひとにはわかる』程度のぼかした状況説明のみ。

業界にも早坂と、仲井のほうから、できる範囲で『灰汁島セイは繁浦NG』の話をまわしてくれたようだが、ことがことだけにおおっぴらにとはいかない。

かといって、たとえば法的に接触禁止などを訴えようにも、『ネットを通じて仕事の依頼をしつこくしてくる』だけの相手に対して禁則事項を設けようもない。

そんなこんな、どうにも手の打ちようがないのが現状だ。

（本当に、面倒くさい）

灰汁島はもはや慣れた手つきで、端末の迷惑電話設定をする。契約キャリアの着拒サービスはアナウンスが流れてしまうので、相手に拒否がばれ、ムキになられてしまうのは経験上知っている。

（いったい、いつまで）

うんざりしつつ、人生でいちばん反りの合わなかった相手の顔が脳裏にちらついた。ついでに、怖気（おぞけ）のたつような記憶も一緒に掘り起こしてしまい、ぶるり、と灰汁島は震える。

「……っ？」

とたん、また着信があった。だがこちらはメッセージアプリのもので、通知欄には瓜生の名前がある。タップすると、そこには瓜生のきれいな顔と、頬ずりするかのように掲げられた本との写真が送られてきていた。

【先生こんばんは！　あの、サイン本届きました、『終ペリ』初版！　もうめっちゃくちゃびっくりです、感激です、ありがとうございます！】

初顔あわせの際に、手に入れられなかったと言っていた過去作。自宅の献本ぶんがまだ残っていたので、サインをいれて事務所宛に送ったのだが、転送もはやかったようだ。

【ちなみにこっちがおれの持ってたほう、初代なんですけど、もうボロッボロ】

泣き笑いのマークとともに、言葉どおり読みこまれ、カバーの端がすれたようになっている文庫の写真があがってくる。ちなみに初代のほかには、保管用と再読用で三代までいるそうだ。

【無事届いてよかったです。四代めとして、かわいがってやってください】

無意識にくすりと笑いながらそう返信すれば【四代めだけど王様です！】というよくわからない言葉が返ってくる。

【本当に最高に大好きな本なので、嬉しいなんてもんじゃないです。サイン本はずれてすっごいショックだったあのころのおれがいま、心のなかで泣きながら踊ってます。……この間、あんな大迷惑かけちゃったのに、いいんですか。神対応すぎて泣きそうです】

写真流出の件なら気にすることはない。奇蹟の写真が奇蹟すぎてむしろ、灰汁島自身ですら「これ、誰」というレベルのものだったせいか、逆に実感もなかった。

【充分謝ってもらったし、気にしないでください。ぼくも気にしてないです】

素直にそう返すと、返信までやや間があった。

そして届いたのは【今度、おれの神様の祭壇作っていいですか】という言葉が添えられた、大量の灰汁島作品の詰まった本棚と、今回のアニメ化に際しての各種グッズたちをバックにしたキメ顔で自撮りする瓜生の写真で、灰汁島は今度こそ噴きだしてしまった。

祭壇とはあれか。ディープなオタクが大量に集めたグッズをびっちりと並べる様が、アニミズムの宗教儀式にもたとえられるやつか。

「もー……なんでそう、オタクなんだろうなあ……」

そしてどうしてこう、灰汁島を楽しくさせてくれるのだろう。

瓜生は、たくさんのいいものをくれる。明るい言葉、好意だけがこもったやさしい言葉。かけねのないそれらを、惜しみなく与えてくれる相手が日本でもトップクラスのイケメンで、灰汁島はやっぱり不思議でならない。

知らず、灰汁島はすがるようにスマホを握りしめ、深く息をつく。

【いつも、本当にありがとうございます。瓜生さんには、励まされてばっかりです。感謝しています】

ようやくちょっとだけ慣れてきたフリック入力で打ちこんだ文章は、短いけれど本心だ。

照れ笑いをするキャラクタースタンプが返ってきて、実際でもメッセージでも饒舌な瓜生が本気で照れたらしいことが、逆に伝わってくる。

（なんだろな。こういうとこカワイイっていうか）

非の打ち所のないイケメンなのに、世間人気としては愛されキャラなのもわかる気がする。完璧すぎるとひとはすこし臆してしまうから、ちょっとゆるいところのある美形のほうが親しみやすい。たぶん彼の『オタクキャラ』も、そんなふうに愛されている。

灰汁島も、最初こそ驚いたが、いまではこの彼の趣味のおかげで親しくなれたのだなと、感謝すらしている。

掌（てのひら）におさまるデジタルツール。いずれもテキストでのアクセスなのに、繁浦と瓜生では地獄と天国ほどの差があると思う。

落ちていた気分を上昇させてくれた彼に、どんどん心が開いていくのがわかる。だからうっかり、軽率に、こんな言葉を贈ってしまう。

【もしお時間あったら、近いうちにご飯とか、どうですか】

【やった‼　ぜひ！　嬉しいです！】

今度はバンザイをして飛び跳ねているキャラクターのスタンプが飛んできて、今度こそ灰汁島は声を出して笑ってしまった。

カフェオレのおかげだけでなく、身体の芯がゆっくりと、あたたまるような心地だった。

＊　　＊　　＊

テレビアニメ『ヴィヴリオ・マギアスとはぐれた龍の仔』――略称『ヴィマ龍』の放映が開始されるころ、灰汁島の新作第一稿が書きあがった。

アニメ自体の評判はなかなかよく、深夜にしては視聴率も好調。配信サイトのアクセス数も、初回からランキング上位に食いこみ、ＤＶＤなどの予約も上々で、いまの調子でいけば充分リクープできるだろうと言う話にほっとした。

ツイッターでも毎度の顔ぶれは嬉しそうに感想を伝えてくれて、なかにはもちろん『孤狐』もいた。返事もしないのに、連投ツイートで伝えてくる熱い感想は本当にありがたかった。

【原作とは違う構成になってましたけど、すごくいいアニオリだったと思います！】

メディア化に対していちばん、原作者が気にする部分をフォローするようなポストすらあって、ほっとする。

アニメ人気のひとつには、瓜生の影響もかなりおおきいらしく「あの瓜生衣沙がそこまで入れこむ作品なら」と、物見高く見る人間も多かった。『ヴィマ龍』の物語自体が、世を拗ねたひねくれ魔術師と、訳あり捨て子らしい、ひとに化けることも可能な龍の幼体が、行く先々でひとびとに出会い、事件を解決していく冒険譚。

瓜生はその魔術師の役を演じ、仔龍はヒトガタ幼児の姿では女性声優が、龍の姿ではこちらもイケボで人気の声優があてているわけだが、作画とキャラデザのうつくしさも相まって、想定した以上の女性ファンがついたらしい。

ハイファンタジー風に童話調のイラストだった初版版では狙えなかった客層だったため、新装版文庫も緊急重版が二度、三度と続き、灰汁島はいままでにない動きにすこしだけ圧倒されるような気分だった。

「二次創作なんかでもじんわり人気らしいですよ。ＢＬ系で」

「あー……そういうつもりで書いてなかったけど、アニメになってビジュアルついたらちょっと、納得しました」

主人公の魔術師『カタラ』は、原作小説では容姿の描写を『銀髪で長身である』以外、さほど細かくしていなかったのだが、アニメのキャラクターデザインは優美な長髪美形として描かれていた。そして、とあるできごとから『カタラ』に拾われ、なつき、ともに旅をすることになるショタキャラの龍『サヴマ』は、いざというときには強大なちからで魔術師を守る。そのさまが『尊い』として人気を博していた。

灰汁島としては義理の兄弟や家族としての絆を描いたつもりだったが、そうしたところからなにかを嗅ぎとる腐女子の方々をとくに否定する気もない。

作品は、世に出た段階で作家だけのものではなくなる。とくに小説などは読んだひと自身のイメージが、たとえ挿画があったとしても千差万別であり、文字情報を脳内で再構築して味わうエンタメは、おそらく映像がないぶんだけ個々人のなかで違うなにかとして読みとられるものだ。

アニメーションなどのメディア化も、そういう「解釈のひとつ」であると灰汁島自身は思っている。

アフレコに立ちあってくれないかと言われたが、仕事を理由に断った。アニメはアニメとして作ってほしかったし、そこに灰汁島への忖度を混ぜてほしくはなかったからだ。そして、それは正解だったのだと思う。

「声もよかったですよね。瓜生さん」

「……うん、あれは……よかったです」

早坂の言葉に、放映第一話を見たときのことを思いだす。

正直に言えば、瓜生の声のトーンだけでいうと、灰汁島の頭のなかにあったぼんやりしたイメージよりだいぶ、あまかった。どの声優ということもないが、もっとガサガサと平坦な、乾いて冷えた声を想定していた。

だが、アニメのなかで流麗に動く銀髪の魔術師カタラは、瓜生の声で正解なのだと思えた。あまくやさしい声、だからこそ彼の抱えた闇深さや疵が重たく痛ましく滲む、そういう演技を瓜生は作りあげていた。

(いい声なんだよな。色気もあるけど清潔で)

顔を見てしまうと視覚情報に埋め尽くされるし、なにより灰汁島と一緒にいる彼はかなり奇矯な発言が多いので、逆にアニメになってやっと、瓜生の本当の声を聞いた気がした。

しみじみ思い返していると、なにやら早坂がにやにやとしている。

「……なんですか?」

「いいえ。ふふふ」

三日月型の目をして笑う早坂の含みに、灰汁島はいやな顔をしてみせつつ、乗らないよ、と話を仕事に戻した。

「サヴマもかわいかったし、バランス取れてて、いいんじゃないですか」

バディとなる仔龍のサヴマは、幼児やチビキャラクターをあてると愛らしさに定評のあるベテラン女性声優が、いたいけでやんちゃな龍の子どもを見事に演じてのけた。

そして龍形態のときにはバリトンボイスのイケボ声優が、これまたかっこよく決めてくれる。

ネットでは「キャスティングは今期アニメで最高」と絶賛する声もあがっていた。

「まあ、どんな形でも盛りあがってくれるぶんにはべつに、ありがたいだけなので」

「灰汁島さん、その辺寛容ですね」

「キャラ同士で恋愛っていうと、よくわかんないとこはありますけどね」

ライトSFにファンタジーやジュブナイル系のコージー・ミステリなど、いろいろなジャンルを書いてきたけれど、恋愛系だけは書いたことがない。なにしろ自身が彼女いない歴イコール年齢というやつだからだ。

どこに出しても恥ずかしくない童貞だ。いや実際には三十男がそれっていろいろ問題あるんじゃない、と世間に認識されるだけなので、黙っているけれど――。

（べつに好き好んで童貞守ったわけじゃないけど、機会がなかったっていうか）

「それなんですけど」

「どれですか⁉」

脳内のやくたいもないぼやきを拾われたかと、灰汁島は声をひっくり返す。頓狂なそれはいつもの『うみねこ亭』のなかで奇妙に響き渡り、あの店主がびっくり顔でこちらを見た。

「す、すみません……」

「いえ、こちらこそすみません」

軽く頭をさげ、真顔でじっとこちらを見る早坂に、あれ、と思った。そして灰汁島も姿勢を正し、座り直す。

「……えっと、それで今回のお話とは」

昨日、脱稿したばかりの初稿を読み終えた早坂から「報告もあるし、ちょっと会えませんか」と言われた時点で、すこしだけ覚悟はしていた。

早坂はだいたいの場合は好きに書かせてくれるタイプだが、今回はどうだろう、と思っていた。灰汁島は筆がのっていて、めずらしくつっかえることもなくすいすいと書けていたが、調子がいいことと悪乗りするのは紙一重でもある。

最高にイイ文章が書けたと思いきや、作家のひとりよがりが奔(はし)りすぎてよくわからないなんてのはエンタメ小説書きあるあるだ。深夜に書いたラブレターと同じ、脳内麻薬がじゃぶじゃぶになって、自分に酔っ払ってしまう。

「率直に言ってください。なにかまずかったら直しますので」

早坂の指摘ならちゃんと聞きいれる。これも下手な編集相手には言えないことだ。場合によっては灰汁島の意図もなにも無視した指示を飛ばしてくることすらある。脳裏によぎった繁浦にかぶりを振り、灰汁島は彼の目をじっと見た。

わずかに緊張しながら顎を引き、身がまえた灰汁島に、早坂は苦笑してみせた。

「ダメだしするわけではないですよ。そこまでかまえないでください」

「でも、だって」

「ただ、そうですね、……リクエストはあります。もうちょっと、幅広げてみませんか？新作、本当におもしろいと思いますので、これ、できればいまの時点でてこ入れしたいです」

「なるほど。えっと、幅を広げる、とは」

想定していたよりはソフトな物言いだったので、灰汁島は肩のちからを抜いた。だがそこは早坂なのだ、警戒を解くにははやかった。

「端的に言って恋愛要素いれましょう」

瞬間的にものすごくいやな顔をしてしまったのが、灰汁島にもわかった。早坂はやんわりと笑ったまま、しかしまったく引くことなく、話を続ける。

「先生の話は基本、群像劇ベースのロードムービー調で、孤高のキャラクターが活躍するのが受けているのは知っています。でもここでもうひとつ、華が欲しいです」

「具体的には、かわいいヒロインを出してほしいと思っています」

早坂の、これ以上なく具体的なリクエストに、灰汁島はびくりとした。細かく提案を精査するまえに、全身がNOを叫んでいる。

——こんなの、ちょっと胸のでかい女でも出しておきゃいいんだろ？

嘲るような声が、脳に響く。身体がこわばり、心理的な距離が一気に開くのがわかった。

早坂が、なにかに気づいたように目をしばたたかせる。灰汁島は、勝手に顔が引きつっていくのを感じつつ、冷えた声を発した。

「……受け狙いの人格のない、おっぱい要員みたいなのはいやですよ？」

「誰がそんなこと言いましたか」

ひねたことを言ったとたん、早坂はざっくりとおおきな釘を刺してきた。そして、灰汁島があけただけの距離を、必要とあればずいずい詰めてくるのが早坂だ。

「そもそもおっぱい特化ヒロインはおっぱいが大好きな作家が書くものにはどうやったって勝てないんだから、出す必要がありません。付け焼き刃のエロ展開なんか、読者はさっくり見破ります。やるなら本気のリビドーぶつけなきゃ、いまどき売りにもなりゃしません」

ぬるいこと言うんじゃないよと、あのおだやかな笑顔で言われて灰汁島はぐうの音も出ない。

「おれが言いたいのは、いつまで主人公をひとりの世界にいさせるか、ということです」

「え……」

「このキャラ、このままだと、死にますよね」

笑顔を消した早坂の言葉に、どきりとした。

今回が五作目となる和風スチームパンク『花笠水母』シリーズは、近未来風ディストピアファンタジーだ。

記憶に欠損のある主人公が自分探しの旅をする道すがら、関わった事件を特殊能力無双で解決しながら、また新たな旅へと出るという、王道の冒険譚。ヒーローは現れ、やがて去るの鉄則を守って綴ってきたが、毎度の終盤、主人公が訪れた街のひとびととのわかれに不満を抱く読者もいる。

作中で活躍したキャラ——共闘したり、反目したり、さまざまに深く濃い関わりをもった彼らが出てこないことを惜しむ声が、巻を追うごとにおおきくなっているのも知っていた。

「世界観がいわゆるコージー・カタストロフィ、現代文明が一度滅びたあとですから、インフラ整備がなく、電話やネットなどが使えない、一期一会のつながりなのもわかります」

そこがロマンなのも重々承知のうえだと、早坂は語ってくれた。

彼の原稿に対する読みこみの深さと理解度は、この数年担当してもらった間で理解している。まずは灰汁島の書きたいことを読みとったうえで「こうしたほうが」と提案の形で指示される修正案は、どれも納得のいくものばかりだった。

今回もきっと、そうなのだと思う。灰汁島ひとりでは気づけないことを言おうとしてくれている。けれど——。

——またこんな説教くさい台詞かよ。セックス書けよ、セックス。あ、童貞だから無理か？

（だから、出てくるな）

それこそ、おっぱいヒロインを出してさえおけばいいんだと言いきり、大げんかになった前任者の顔がまた、ここでもちらついてしまう。

「これだけ交流しているというのに、彼についていくと言うひとが、一度もひとりもいないのは、どうしてもおれは引っかかってしまう。パーティーメンバーが増えていくのもひとつの定石ですよね。とくに、三巻の女性キャラとは、イイ感じの描写ありましたよね？」

「……そうでしたっけ？」

「暴徒から助けたあとに、無鉄砲を叱ってきつくたしなめるシーン！　あそこ、フラグでしょうふつうに考えて！」

「いや、無茶した相手に主人公が苛（いら）ついていてただけなので……」

灰汁島としては恋愛要素などいれた覚えがないから、ただ首をかしげてしまう。じっと睨むように見たのち、浮かせていた腰を落として早坂はため息をついた。

「あの主人公、彼女が心配だから腹を立ててたんじゃ、ないんですか」

「はい。むしろ考えなしで突っこむなと……そのまんま書いたと思いますが」

「なるほど。……灰汁島さん、そういうとこ天然なんですねえ」

「て、天然？」

どうしてこの会話でそんな話が。目をまるくする灰汁島をよそに、早坂は続けた。

「まあいいです。とにかく、この彼女絶対、主人公に惚れてますので、再会する展開をちょっと考えてみてください」

「れ、恋愛は無理かも……？」

なにしろ三十余年、恋をした覚えがないのだ。フィジカルメンタル含め、見事なまでの童貞だ。それについてはこの担当に打ち明けたことはないけれど、なんとなく察してくれていないだろうかとすがる思いで上目遣いに見れば、あっさりと早坂は言う。

「そこは変に意識しなくていいです。まずは、この彼女がどうして主人公を追いかけるのか、そしてどうやったら追いかけられるか、そこシミュレーションしてみてください」

そもそも恋愛要素をいれろという話だったのでは。飲みこみきれずに混乱する灰汁島へ、早坂は「灰汁島さんには、そこからでいいです」と、しれっと言った。

「そこ、とは」

「彼女の行動原理や思考を突き詰めていってください。このままだと、この主人公ひとりっきりの話になってしまうので」

「それは、もともとそれが、主人公の孤独がテーマの――」

言いさした灰汁島に、早坂は静かな、だが厳しい声で言った。

「灰汁島さん、孤独ってどういうものだと思いますか」

「ひとりきり、では」

「はい、その、ひとりきりを痛感するのは、どんなときですか」

「……他者との隔絶」

「では、隔絶を感じたときに、なにを思いますか」

「……痛み？」

言いたいことがぼんやりと読めてきて、灰汁島は顔を歪めた。やっぱり早坂は、やさしいようで容赦がない。

「この物語で、主人公に隔絶と同時に痛みを覚えさせる人物は、いますか？」

通りすがり、助けて、去る。繰り返すうちに、大事に描いてきたはずのサブキャラクターたちは、皆してモブになっていく。

「彼から見た、彼の思考と思想しかない物語で、単発作品ならともかく、このさきを続けるのは限界に来ているとおれは思います。人格がひとりしかいない物語はいずれ、破綻しますよ」

「……」

「彼が死ぬ、というのは、そういうことです」

わりとぐっさりと釘を刺された気がする。

一緒に頑張っていいもの作りましょう。おれは待ちます。そんなふうに言ってくれた早坂だけれども、決してなんでもＯＫの全肯定タイプではない。

褒めるところは褒めてくれるけれども、ダメなものはダメだと、とんでもなくきついツッコミをいれてくる。そしてまたそれが、灰汁島が薄々勘づいているところだったりするから、ぐうの音も出ないのだ。

「でも、だからって安易に恋愛要素をいれるのは」

「はい、だから恋愛じゃなくてもいいんです。ただ、恋をするくらいに強い思いを、彼にぶつけ、なにかを引き出す、そういうキャラクターが欲しいです」

友情でもかまわないけれど、根無し草な彼の執着を引き起こし、この世界へとどめる錨（アンカー）になるような、芯のとおったキャラクターとエピソードを求めているのだと早坂は言う。

「……早坂さんにとって、恋愛ってそんなにおおきいですか」

童貞まるだしの質問かなと思った。茶化されてもしかたないようなそれを、しかしやはり早坂は笑わず「はい」と真顔でうなずく。

「すくなくともおれは、好きなひとに追いつきたくて頑張って、いまのおれになったので」

「そうかあ」

彼のパートナーについて、詳しいことを灰汁島は知らない。ただ、会話の端々で、かなり年上であるだろうことと、クリエイターの類いに属していること、精神的にものすごく太い柱として、早坂のなかにあることだけは知っている。

それを否定したくはない。理解も、頭ではしている。けれど……と煩悶する灰汁島に、早坂はやさしいため息をついて微笑んだ。

「あとですね。灰汁島さんは急になんなんだ、って思ってるかもしれませんけど、どうして『ヴィマ龍』の二次創作が増えたのかがわかれば、わかると思いますよ」

さきほどの雑談ネタを引っ張りだされ、どうしてここでそれが、と灰汁島は首をかしげる。

「アニメのキャラデザがいいからでは……」

「いいえ。おれ調べたんですけどね。原作小説だけのころから、サヴマとカタラのBL二次同人誌、けっこうあったらしいです。かなり上手な絵師もいましたよ。いまも続けてらして、今回のアニメ化でめちゃくちゃ喜んでました」

にこにこと笑う早坂がなにを言いたいのか、なんとなく察して灰汁島は目を伏せる。

「初期の作品では、ちゃんと仲間が、いるんですよ。主人公に。旅をするたび、パーティーメンバーが増えていく。同じように連れだって歩くことはなくても、切り捨てて去ってはいない」

諭すような早坂の声に、反射的に身体がかたくなった。そして考えるよりさきに、つっけんどんな声が口をついて出ていく。

「……『サヴマ』は、ひとじゃないし、恋愛を書いたつもりはないです」

言った直後に恥ずかしくなった。まるで子どもがだだをこねているのと論調が一緒だ。そんなんじゃないもん、と拗ねて口を尖らせているのと同じ。

唇を噛んでぎゅっと目をつぶり顔をあげる。目のまえの早坂はいつものとおり、おだやかで静かにそこにたたずんでいるだけだ。

彼は、壁になってくれる編集だ。アイデアが出たとき、余計な色をつけたりせず、静かに打ち返して灰汁島の固まった頭を働かせてくれる。

同時に、壁とは、越えなければならないものの象徴でもある。おだやかに友好的につきあえてはいるけれど、作家と編集は抜き身の真剣勝負をする場面がいくつもある。

相手がめちゃくちゃに刀を振りまわすタイプの場合、本当にめちゃくちゃにされてしまうこともあって、それでついた疵は、深い。

灰汁島はふーっと息をついた。冷や汗がこめかみに浮かんでいた。

「もうちょっとだけ、考えさせてください」

「わかりました」

にこっと早坂は笑った。だいたい、いまやっている原稿がいいものになると確信したときに出るその笑みは力強く曇りがない。

ふだんなら、灰汁島の提出したものに対してOKを出すときに出てくる顔を、これだけ混乱した状態で見る羽目になるのはなぜだろう。

「だいじょうぶですよ、灰汁島さんなら」

いつもなら心強く感じるその言葉が、いまの灰汁島には不安材料でしかなかった。

＊　＊　＊

自宅に戻った灰汁島は、なにをする気力もなくベッドに転がり、ぼうっと天井を眺めていた。

かつては書けていたことが書けなくなった理由。いろいろ明白すぎて、考えるまでもない。それこそ、要因となった相手が現れただけでパニックになって失踪もどきを引き起こし、ネットも炎上させるレベルのトラウマだ。

（あー……きょうも、相談しそびれた）

相変わらず繁浦からの連絡はやまない。というよりも、瓜生がテレビで灰汁島の件を話題にして以来、いっそう執拗になっている。ここまで来ると、相手の狙いがわかりすぎていて嗤（わら）えてしまう。

そもそもあの男は、早坂とはまるで違い、灰汁島の小説になんの価値も見いだしてはいな

かった。いまさら執拗に連絡をとろうとするのは、間違いなく瓜生へのツナギをつけろという話だろう。

（そのくらいしか、ぼくの使い途とか、ないだろうしなあ）

うっかりと考えて、あまりの情けなさにうんざりする。自己肯定感の低さはそれこそ、かつて入院した際にリハビリの医師や看護師らにやんわりたしなめられたし、心配した家族らにも泣かれてしまった。

――あなたが元気になってくれるために私たちはいるんですよ。

――そんなに仕事いやなら、しばらく休んでいいんだからね。

あの時期、ただベッドに転がって呼吸するだけになっていた灰汁島を見捨てなかった、あのひとたちがいるから、いまもまだどうにか、生きて仕事をしていられるなあと思う。

それでも根っこの部分が傷ついたままで、だからすぐこうしてくじけそうになるのだという自覚もあった。

むかしの灰汁島は、もっと強かった。強い、つもりだった。

本当になにもわかっていなかったから、強気でいられたし、ＳＮＳで見せていた、オタクで根暗なキャラクターもロールの一種として楽しんでいる節すらあった。

いまは本当によわよわになってしまって、ロールに自分が飲みこまれた感もある。

作品についてもそうだ。むかしほど確信を持って書けてはいない。それこそ『ヴィマ龍』

のころなんて、文章もエピソードの詰めもあまいし、いま見るとなってないことばかりで、それでも——勢いがあったのはたしかだ。

「そもそも、早坂さんって、なんでぼくの担当なんかしてんだろ」

彼が、業界内の一部では、トラブルシューター早坂、と呼ばれていることを知っている。

情報源は、ラノベやキャラ文界隈の作家らがひっそりと集っている、紹介制のとあるSNS。灰汁島もむかし、顔見知りの作家に呼ばれて登録済みだ。

——みひさんなあ。某社で訴訟一歩手前になった作家、なだめて手懐けたって話ある。

——あと、あのひとだいたい、前任者と揉めまくった相手の始末に駆りだされてるって。

——逆に、あのひとの担当作家は問題児ばっか、とか言われてんじゃないっけ？

チャット状態で流れていくコメントには、赤裸々な業界話が綴られている。灰汁島がプチ失踪で炎上した際、内部事情をリークしたのはここの面子の誰かだろう。

同情半分、野次馬根性半分といったところだったろうけれど、悪意は感じなかったからとくに追及もしていない。

——けどみひさんって、たしか、けっこう大物担当してるよな。

——ああ、あの謎のホラー作家とか？　装幀手がけた絵師も海外で有名な画家なんだっけ。

——うん。どういう伝手で引っ張ったんだ、てうちの担当が言ってた。

名前こそぼかされているが、業界の大先輩である神堂風威や、天才画家と名高い秀島慈英はやはり別格、という共通見解に、灰汁島も深くうなずく。ベテランホラー作家の神堂は、寡作ながら出せば必ずヒットしてそれが映画化され、幾度かミステリーやホラーの文学賞を取っているし、秀島慈英は海外アートシーンで評価され、逆輸入的に日本のアート界を担う麒麟児と言われている傑物だ。

そしてそのいずれとも、早坂は深いつきあいがあるのだという。

ああいう「本物」を知っている早坂なのに、どうして自分なんかの作品をいいと言うのだろうか。一般文芸では正直ぱっとしないものしか書けなかったし、ラノベ界隈でもスマッシュヒットが関の山の、凡百の書き手のひとりで——。

(あ、これだめな考え。絶対だめなやつ)

自分の仕事を相対的に評価できないのは、まったくもって健全ではない。わかっているのに思考が止められないまま、体感認知すら歪んでいく。

黒いソファベッドにもたれた身体が、重たくなる。ゆっくりとずぶずぶの沼に落ちこんでいくように、ずるりとしたものに搦め捕られていく感覚。

(いやだ、だめだ、なにか、誰か——)

もがくように、灰汁島は唇をわななかせ、震える手を伸ばした。その瞬間、ヴヴッ、というバイブレーション音と、透明で軽い、ごく短いデジタルメロディ。

灰汁島が、とてもめずらしく、個人の着信音として設定したそれ。気づかないうちに冷や汗で濡れていた身体を起こし、スマホを手にする。

【こんにちは、お疲れさまです！　いまスタジオ出たんですけど、ちょっときれいだったので先生に見せたいなと！】

アプリに画像が送信されてくる。晩秋の晴れた空をバックに、紅葉した街路樹、すらりとした指がピースサインをしていて、人差し指には見覚えのあるリング。たしか、瓜生がイメージキャラクターをつとめる、男性ファッションリングの新製品だ。マニッシュでいいデザインだった。

【あとおいしそうだったので。先生、今度いっしょにどうですか！】

続いての写真は、有名カフェチェーンの新製品を持った瓜生の、ちょっとやんちゃに笑った自撮りだ。いかにも女の子が好みそうなおしゃれな盛り付けのされた、栗とサツマイモのペーストがどっかりのったあまったるいドリンク。

そもそもこのカフェのコーヒーの味も、灰汁島の好みではまるでない。なんだか長ったらしいメニュー名もオシャレすぎて気取っているように感じられて、苦手ですらある。

それでも、うんざりしていた気分のなかで、きれいな顔でなついてくれる有名人が、自分のためだけに誘いをかけてくれている、という事実は、とてつもなく、やばいくらいにいい気分にさせてくれて――だから。

【あまいドリンクはちょっと苦手なんですが、コーヒーならおいしい店知ってますよ】

ぽこん、とフキダシが画面に浮かびあがる。ふと、せっかくのおすすめを無下にしたように感じられないかと気になり、そんなつもりはないことを追記するよりはやく、返信が来る。

【それって常連になってるお店ですか⁉　あの、『海抜ゼロシリーズ』のモデルで、いつもゲラやってるお店ですよね⁉　聖地じゃないですか……！】

「……ひくわ。どんだけぼくの本読んでんだろ、このひと」

引く、などと言いつつ、灰汁島の口元は笑っていて、だからつい、調子に乗ってしまった。

【はい、その店です。暇なときに言ってくれれば案内しますよ】

正気なら絶対に言えないようなことを、饒舌な指先が綴ってしまう。

返信には、しばらく間が空いた。瓜生とのメッセージでの会話は長々としたチャット状態になることも多いが、突然無言で黙りこまれることもある。最初は、不愉快な思いをさせたのでは、などとあせることもあったが、最近だいぶ慣れた。

瓜生は単に忙しすぎるのだ。あちこちでひとに呼ばれたり移動したりが多いため、一定時間以上会話が続くのは深夜くらいしかない。それでもときによると『まだ撮影中』などと言われて驚いたりもする。

だから今回もてっきり、移動かなにかで電波が途切れたのだろうと思っていたのだが。

【連れてってくれるんですか】

「……え」

いつものように、元気な感嘆符も絵文字も、スタンプもない、短くてシンプルな言葉。ぽろりとつぶやいたようなそれは、驚いた瓜生の素顔のようにも見えて、だから灰汁島はこう答える。

【はい、もちろん】

これだけ世界に愛されているひとなのに、自分などのなにがそんなにいいんだ、と戸惑うことも多い。それでも、好意を疑うにはあまりにも瓜生がまっすぐで、気づけばすっかりほだされてしまっている。

いっそ、聞いてみようか。もうすこし話せばなにか、わかるだろうか。

【いつならお時間空いてますか？】

いままで互いに交わしたメッセージのなかでも、ごく短い言葉だけがぽつりぽつりと行き交う。

それでも、いままでいちばん『ちゃんと伝わっている』気がした。

＊　　＊　　＊

瓜生を『うみねこ亭』に連れて行く話は、思うよりも速攻でまとまった。

じつのところ、灰汁島が時間はあるかというメッセージを送ったあと、小一時間返事がなく、これはさすがに出過ぎたか、と冷や汗をかいたのだ。

相手は多忙な芸能人で、正直に言えば「忙しいのでまた後日」的な回答があってもおかしくなかったのに、瓜生はどこまでも瓜生だった。

【すみません、マネージャーとスケジュール確認してました！　来週の月曜日なら一日空いてます！　あっでも先生の予定最優先でお願いします！　お誘いくださっただけでもめちゃくちゃ嬉しいです！】

興奮を示すように、絵文字がてんこもりの文面になっていて、相手のあまりの前のめりさに、やっぱり灰汁島はすこし引いた。自分から言いだしたくせして、とは思うが、こうまでストレートな感情表現を、それもわかりやすくぶつけてくる相手と出会ったのははじめてなので、戸惑うのもしかたないのだと自分に言い聞かせる。

そう、わかりやすいのだ。本来灰汁島のようなインドアオタクではなくとも、平均的な日本人は感情表現がさほど得手ではない。基本的にシャイで表情が薄く、声音も平板だ。そしてそれは、サイン会などで接触したことのある灰汁島のファンや、あまり多くはないが親しくしている創作仲間、作家仲間にも共通している。

だが役者として身体表現を駆使する瓜生は、表情が基本的におおきく滑舌もはっきりしていて、声音にも色が乗っている。まっすぐにひとの目を見て話し、多少のことでは臆さない。いろいろ大変なことがあるだろう仕事なのに、マイナス面を見せずいつでもニコニコしている。

早坂も似たところがあるが、メンタルが明るい方向に一定の状態で保たれている相手というのは、こんなにも安心できるし信頼できるのだということを、しみじみと灰汁島は感じていた。

ただ、あまりにも全開でファンまるだしになられるのは、相変わらず戸惑うばかりだったが――それも、もう慣れてきた。

というより、あまりに瓜生のテンションが変わらないので、灰汁島が慣れるほうがはやかったと言うべきか。

なんにせよ、数年ぶりにできた新しい『おともだち』だ。楽しくすごせればいいと思う。仕事絡みの相手でもなく、純粋に同年代と『遊ぶ』のはひさしぶりだ。

灰汁島は知らぬ間に、笑っている自分に気づいてすこし、恥ずかしくなった。

＊　＊　＊

お互いすりあわせ、スケジュールの合致した月曜日、ひとの少なそうな午前中のほうがいいのではないかと告げ、朝の八時に最寄り駅で待ちあわせた。

そうして徒歩で移動し、住宅街のすこし奥まったところにあるこの喫茶店へと連れてきた。

「お、おお、ここが……灰汁島先生のホーム……珈琲中毒の探偵『零ヶ浦宇良』くんが生まれた店……」

感極まった様子で、瓜生は『うみねこ亭』のなかを眺め回す。かすかに震えてすらいて、すこし心配になったけれども、速攻でカウンターへ近寄り「あのっ写真撮っていいですか！」とにっこり笑顔で言っているあたり、まあだいじょうぶなのだろう。

（ばれてはなさそう、かな）

単に年配の店主が瓜生を知らないだけかもしれないが、とくにおおきな反応もされないまま写真を撮ることを了承されてほっとする。ちょうどほかに客もおらず、瓜生はひとしきり満足するまでスマホのカメラをパシャパシャとやり続けた。

「お好きなお席にどうぞ」

店主に言われた瓜生が「先生のいつもの席ってどこですか？」と興奮気味に聞いてきた。灰汁島はすこしだけたじたじとなりながら「いつもの、とかはないですよ」と両手をあげて答える。

「え、ない……？」

「そりゃ、日によってお客さんいたりしますし、ここ、ぼくの店ってわけじゃないですし」

「あ、あー、……そっかあ」

しょぼんとする瓜生に、なにか夢を壊してしまったかな、と申し訳なくなる。するとカウンターのなかから声がかかった。

「……いちばんよく座ってるのは、その端っこの席ですよ」

「えっ」

驚いて振り向くと、いつものとおり物静かな雰囲気の、白髪頭が絵になる店主が、にっこりと微笑んでいる。

「お仕事するときは、あなた、あの奥まったテーブル占拠して、何時間もいるでしょう。だから定番の席っていえばそこですよ」

「え、そ、そうでした？」

自覚していなかった、と灰汁島は頭を掻く。言われてみれば奥の席は店の入り口からパーティションで区切られ、一見見えにくい場所だ。

「あ、でもそうか、ひとに見つかりにくい席にはしようと思ってた」

「なんだ。先生が無意識だっただけですか」

瓜生が「あそこです？」と指さして、うなずいた店主ににっこりと笑う。

「先生、ここ座ってください、ここ。で、写真」

「やですよ」

「えええええ……」

それだけは断固拒否、と灰汁島はかぶりを振った。近所を案内するだけとあって、服も毎度のジャージだ。というか、瓜生が「いつもの格好にしてほしい」と言ったのだ。

——執筆する状況そのまんまが見たいんで！　お願いします！

ファンはそのままが知りたいのだから変に作らないでほしい——と言われれば、うなずくしかない。それでも多少は気を遣って、新品のスポーツブランドのジャージとデニム、足下はこれも新品のスニーカーにしてきたから、街を歩いていてもさほどおかしい服ではないとはいえ、撮られたいわけはない。

「いいから座って、コーヒー飲みたいんじゃないんですか」

「あっそうでした。あの、メニューって一緒です……？」

「この店のメニューまんま書いてますから、そうですよ」

短編連作のライトミステリ『海抜ゼロ』シリーズ。主人公である探偵、零ヶ浦宇良は、毎回コーヒーをがぶ飲みしながら推理するのがお決まりで、一話ごとにコーヒー豆の銘柄が違っていた。当時はこちらに引っ越したばかりのころで——つまりは退院したばかりのころであったので、早坂が雑誌の短編連作からどうだというから、半分遊び気分で作った設定だった。行き詰まったときにはメモしたメニュー一覧のうえでペンを転がし、止まった銘柄でネタを作るなんてことまでしていた。

だというのに、目のまえの瓜生はそれはもう真剣に、メニューを睨んでぶつぶつとつぶやいている。

「ん……キリマンジャロは三話目で飲んでましたよね。おれ個人的には酸味強いのより深煎りのコクのあるのが好きなんだけど、でもエピソードはあれがイイんですよね……」

「そ、そんなのいいから、好きなの飲めば……」

「あの話の宇良くんと同じ味を味わいたいんです！　なのでやっぱり、キリマンジャロで！」

「ソウデスカ……」

瓜生衣沙が、本気の目をして、キリッとして言うことなんだろうか、それは。

「じゃあえっと、キリマンジャロとブレンドお願いします」

店主はなかなかに挙動不審な瓜生についてもとくに反応することなく、静かに「わかりました」とうなずいた。

とくに話したことはないのだが、ふだん謎の書類仕事をしたりPCを持ちこんで長時間唸ったり、出版社の編集を連れてきて打ち合わしたり、その際には早坂が会社名義で領収書を切ったりしているため、なんとなく職業は察せられていると思う。

けれどこの数年、店主から詮索(せんさく)されたことは一度もなく、淡々とした振る舞いでおいしいコーヒーと食事を提供してもらっている。プロなのだなあ、と感心し、尊敬すらしている。

そしてプロといえば、目のまえの青年もうつくしさのプロであるのだ。

（ほんっとに、美形なんだけどなあ）

ジャージ姿の灰汁島に対して、オフの日仕様の瓜生はきれいな髪をキャスケットに隠し、すこし大ぶりのメガネに色つきマスクのスタイルだった。

服装も、本人曰く「ギリダサ系を狙いました」というカジュアルファッションだが、灰汁島にはギリでもアウトでもよくわからない。

「瓜生さんが着ると、なんでも決まりますよねえ。ダサくするのがむずかしい感じします」

なのでかまえることなく素直に感想を述べると、メガネとキャスケットにだいぶ隠れたちいさな顔が、すわっと赤くなった。

「せ、先生褒め殺しですか……」

「え？　いやふつうに感想です。ぼく、この体形のせいでなに着ても様にならないというか」

「体形……あ、もしかして身長と手足長すぎ？」

「そうです。腕にあわせると身ごろがぶかぶか、足にあわせると腰がぶかぶか」

だからジャージか、この間のようなインポートファッションで武装するかの二択しかないと言えば「じゃあ」と瓜生が目をしばたたかせる。

「あの、よかったら今度、一緒に服、見に行きませんか。先生くらいの体形で、モデルやってるともだちいるんですけど、彼のよく行く古着屋あるんで……あ、古着だめじゃないなら」

「それは平気ですけど……」

灰汁島はすこしためらう。これは社交辞令かどうか、などと考えるのはもう瓜生に対して失礼だとわかった。問題は、こちらの話だ。

「気乗り、しませんか？」

心配そうに上目遣いになる瓜生に、無用な気を遣わせるのも申し訳ない。見栄を張っても意味はないと灰汁島は「いえ」とかぶりを振った。

「お恥ずかしいんですが、ぼく、この数年は通販以外で服買ったことなくて……」

「え、でも……この間のスーツとかは？　たしか出版社のパーティーとかにも出られてますよね、そういうときの服はどうしてたんですか？」

「二十代のころのは成人式用に買ったのでなんとかしのいでました……この間のは早坂さん……担当さんまかせです」

「え、……早坂さんって、みひさん？」

瓜生が目をまるくする。そんなことまで担当頼みかと驚かれたか、それともあきれられたか。どちらにせよ、事実を偽ってもしょうがないと開き直る。

「はい。あのひとの、えっとお身内がファッションデザイン系にいらっしゃるんで、そちらからショップ紹介してもらったり、あとは雑誌のスタイリストさんにお願いしたり」

あはは……と笑いながら、灰汁島は頬を掻いた。瓜生に話すことでもないので割愛したが、ここ数年で身体作りをしたため、『ガイコツ』時代に作った成人式のスーツは着られずに処分。まともなよそゆきの服は、要するに一着しかない。

「取材のときも、もう決め打ちでスーツ持ってきてもらっただけなので……自分で服買いに行くとか、してないんで。なんにもわかんなくてテンパると思いますけど、いいですか?」

「! もちろん、はいっ、おれ頑張ってコーデします!」

嬉しそうに笑う瓜生に、よかった、と灰汁島は息をつく。同時にふと、瓜生と行動していれば、すこしは恋愛要素の勉強になるだろうか、とも思う。

(いや、でも逆にモテすぎてるひとだし、特例すぎて参考になんないか……)

咄嗟に考えて、きょうは仕事抜きで遊ぶつもりだったのではないか、と自分を戒める。

灰汁島がこの仕事についてから、他業種の友人らしい人間が増えなかったのはこれが理由だ。ふとした瞬間、小説のことを考えはじめるとそちらに没入し、どういう状況であれ沈思してしまう。それで相手につまらないと思われたり、逆に気を遣わせたり、怒らせたり。

すくなくとも同業者であればある程度の理解があるため、そこまでこじれることはないけれど、似たもの同士すぎて直接会って話すことは逆になかった。

(だめだなあ)

せっかく、自分から誘ってみようと思えるくらいに、近しくなりたい相手ができたのに、気を抜くとこれだ。

無意識に眉が寄っていたようで、その表情に気づいたように、彼がふっと眉を寄せた。

「……先生、やっぱりお疲れですか?」

「はっ? あ、いや、年中こんな感じですよ? 気にしなくてだいじょうぶですよ」

また気を遣われても申し訳ないと否定したが、瓜生はきれいな目でこちらをじっと見つめてくる。真摯なほどのまなざしに、ふっと口がゆるんだ。

「や……ちょっとね、仕事の件が頭よぎっちゃっただけです」

だからごめん、と言おうとするよりさきに「えっ、新作ですか」と瓜生が前のめりで訊いてくる。思わず顎を引くと、すぐにはっとしたように姿勢を戻した。

「あ、ごめんなさい。まだ決まってない仕事なら、訊いちゃだめですよね」

「いや……ラノベのシリーズ作だから、ぼちぼち新刊が出る時期なのは知れてるし、もうすぐ書店の大判にも載る予定だから、いいですよ」

「ほんとに⁉」

言ったとたん、また前のめりで食いつかれた。だんだん慣れてきたぞと、若干遠い目で顎を引きつつ灰汁島は思う。

「シリーズってどれですかね！　『ヴィマ龍』はこの間単行本出たばっかかだから違うとして……まさか『ゼロ抜』？　いやあれ完結してますよね」

あれかな、これかな、とあげていった瓜生が「あ、わかった」と声をあげる。

「あれでしょう、『花笠水母』シリーズ！　新展開あるんですか？」

嬉しそうに言った瓜生に対し、灰汁島は完全に固まった。まさか本当に言いあてられるとは思っていなかった。作家歴十年といっても、灰汁島はそれほどヒット作は多くない。ライトノベルの大家と呼ばれるひとたちはそれこそ十年単位の長編シリーズを多数持っていることも多いが、灰汁島の本はだいたい三冊で終了するものが多かった。

実際、今回アニメになった『ヴィマ龍』についても正直、なんでいまごろという感覚はあった。昨今のアニメ業界は出版業界に同じく不振が続いており、近年の新作よりは景気のよかった時期の原作のほうが『まだ多少は客が引っ張れる』程度の知名度があるのだという話も聞いたことがある。

実際『ヴィマ龍』のエゴサをしてみれば、そういう冷笑的な記事やポストもたくさん見かけた。灰汁島は傷つかなかった。そういうことだろうなあと思っていたし、あれは前担当の塩漬け案件を早坂が片づけた結果の話だと、重々承知していたからだ。

なのに、どうしてだろうか。こんなにも好意的で、こんなにもまっすぐファンだと言ってくれる瓜生の言葉に、よっぽど心がぐしゃぐしゃになりそうになるのは。

「瓜生さんて、なんでそんなに、ぼくの本、気にいってるんですか?」

気づくと、なんの色もない声が口からこぼれていた。たぶん死んだ魚みたいな目をしているのだろうと思う。ごっそりと表情が抜け落ちているのが、かたく重たい頰の感覚でわかる。

今度こそ瓜生は怒っていいはずだった。なのに彼はやっぱり、想定の逆をいく。

「え、あの……なにか失礼でしたか?　ていうか……先生、だいじょうぶですか?」

灰汁島ははっとした。かけられたのは、どこまでもやさしく、おだやかな声だった。

いきなり絡まれて、不愉快に思っていいはずなのに、瓜生は気遣うような顔をしてみせた。かっと、顔中が熱くなる。ひどい羞恥（しゅうち）にみまわれる。

「いえ、ぜんぜん。これは瓜生さんの問題じゃないので……」

ああ、やってしまった。せっかく楽しんでくれていたのに、こんなマイナスな面を出してどうするというのか。ファンだと言ってくれているひとに、ファンサービスのひとつもできなくて、まったく情けない。

「ただ、なんかこう……すごいファンでいてくださる、みたいなんですけど」

「みたいっていうかそのまんまのガチ勢なので」

「なんですけど！　……現実味がないっていうか、憧れられすぎるのは身に余るっていうか、落ちつかないっていうか」

これはいま言うことなのか。自分で自分にあきれかえった。わざわざ休みの日に自分から誘って呼びつけておいて、相手のことを全否定か。いったいなにをしているんだ。

「……わかりますよ」

ぐるぐると、暴走してしまった言動と乖離（かいり）していく思考に目をまわしそうになっていれば、想定外の言葉が聞こえた。

「わかりますよ。なんか、おまえどこ見てんだよ、って気分になりますよね」

「え……」

「大丈夫！　おれもその感じ、しょっちゅうです！」

にこ！　と、力強く笑う瓜生に、ぷすんと空気が抜けたような心地になる。呆ける灰汁島のまえで、静かに笑い続ける瓜生は、やはりどうしようもなくきらきらでぴかぴかの芸能人なのに、どうしてかいままでいちばん、近く見えた。

言葉が探せないまま、まばたきも忘れていると、静かな声とかぐわしい香りが、その場をふわり、やわらげる。

「……お待たせいたしました。ブレンドと、キリマンジャロです」

「おおおっ、これが……って、あれ？　こっち頼んでないですが」

瓜生ははしゃいだあとに首をかしげる。頼んだのはコーヒーだけであったのに、小皿に盛られた手作りらしいサブレが添えられている。灰汁島も思わず店主を見れば、彼はやわらかく微笑んだ。

「あの話のなかで、探偵くんが『コーヒーはうまいが、甘味が足りない』と呻くでしょう。なので、さきに添えてみました」

「えっ……」

それは、小説の引きのための決め台詞だ。事件は解決し、コーヒーをすすった主人公、宇良が頭を使ったから糖分が欲しいとわめき、毎回違う菓子を求めて終わる。

「よ、読んでくれてたんですか」

「担当さんに教えていただきましてね。おもしろかったですよ」

ふふっと笑って、店主はカウンターへ戻っていった。長いこと通っているが、寡黙な店主と個人的な会話をしたことも、こんなふうにサービスされたのもはじめてで、いったい、と灰汁島は啞然とする。

「……どこ見てんだよ、って思ってても、じつはちゃんと見てくれてるひとのこと、自分が見えなくなってるだけ、ってことも、ありますね」

やわらかく添えられた言葉に、はっとして瓜生を見る。

「言いたいことは、わかるつもりです。すごくね。でも……やっぱりおれは『灰汁島セイ』のファンなんですよ」

微笑む瓜生は本当にきれいだった。店の窓から差しこんでくる秋の朝の光が、瓜生の肌に反射してきらきらと輝く。彼自身が輝いているかのようで、うつくしくすらあった。

これほどのひとに褒められ、やさしい言葉をかけられ、言うべきはひとつだ。ありがとう、そう言って、甘露を煮詰めたような言葉を飲みこんでしまえばいい。

なのに、灰汁島は半分引きつった顔をして、嗤うように歪む口を止められない。

「なんで?」

「なんでって、なにがですか?」

やめろ、みっともない自嘲に親しくもない相手を巻きこむな。そう思っているのに言葉が勝手に出ていってしまう。

「もっとすごい作家、いっぱい、いるじゃないですか。瓜生さんそれこそ舞台でもテレビでも、すごい名作とかお芝居するでしょう?」

「まあ、それは、お仕事ですし」

瓜生は二・五次元系のみならず、一般向けの演目もやるし、テレビドラマや映画にも出ている。そちらではまだ主役級とはいかないが、数々の名のある賞をとったミステリや古典の文学作品が原作のものだってある。

そして彼は当然のようにそれらに目をとおしているし、役柄(キャラクター)を知るための理解力も深いのは、先日のインタビュー記事だけでなく、さほど多くないなりに交わした言葉でもわかっている。

瓜生は相当な読書家としても有名で、文芸雑誌で書評コラムのコーナーを持っていたりもする。だからこそ、テレビやなにかでもあのオタクキャラも『実力派若手のちょっと変わった趣味』で容認されているのだ。

「なのになんで、ぼくなんかの話のファンって仰(おっしゃ)るのか、わかんないんです。絶対、もっとすごい作品も作家もいっぱいいるのに、なんでわざわざ……」

「あ、それ逆ですよ」

愚にもつかないことをこぼしている自覚はあった。あきれても幻滅してもおかしくないのに、瓜生はさらっとした口調で、キリマンジャロをすすった。そして「おいしい」とにっこり笑い、言う。

「ぼく、高校生ごろまでは、ろくに本読まなかったんです。めっちゃチャラッチャラしてて、遊んでばっかりで。漫画ちょっと読むくらいで」

「えっ……」

読書家と呼ばれる者は、大抵が、幼いころから本の世界に耽溺していることが多い。逆に高校くらいまで本を読まないタイプは、その後もよほどのことがない限りは手に取らないことも多い。

意外すぎて、灰汁島はぽかんとなる。灰汁島も相当に本を読むほうだけれど、瓜生がそれと比べても引けを取らないほどの読書量なのは、浅いつきあいでももう、知っている。

忙しいスケジュールの合間を縫って本を読むのに、電子書籍は本当に助かると言っていた。デバイスさえあればすぐ読めるのが嬉しいという彼が、「これおもしろかったんです」と見せてくれた電子書店のトップ画面。表示された購入本は数千冊を超えていた。

「嘘でしょ」

「嘘じゃないですって。んで、おれを読書に目覚めさせたのが、この本です」

瓜生は、脇に置いていた鞄を探った。そしてブックカバーのついた文庫を取り出し、大事そうにカバーをはずす。

現れたそれに、灰汁島は目を瞠(みは)った。色あせ、ぼろぼろになったカバー表紙はテープで修復されたあとまである。『ヴィヴリオ・マギアスとはぐれた龍の仔』——クセのある題字と、イラスト。間違いなく初版版だ。

「な、んで、持ってるんですか、こんなの」

外で読むための本は電子書籍で購入し、紙の本はコレクション的に自宅にしまっていることも多いと言っていた。なのになぜ、これを、と目をしばたたかせる灰汁島に「お守りなんです。だからいつも持ってる」と瓜生が言う。

「子役からはじめて、いちばん需要がなくなってた時期で、事務所には登録だけされてるけど、なんも仕事来なくて。芸能活動優先できるゆるい高校に行ってたんで、そのまんまだとぜんぶ半端になるし、どうしたらいいのかなあってグダグダのころで」

芸能活動をやめ、大学受験に本腰をいれるかどうか決めたほうがいいと親からも言われ、迷いに迷っていた時期。とりあえず参考書でも買うかと本屋に行ったとき、たまたま目のまえの棚に『新人デビュー特集』の新刊コーナーがあり、ポップが作られていたそうだ。

「そのワゴンにのってたのが、この『ヴィマ龍』の初版文庫でした。発売して間もないころだった。最初、ラノベだと思わなかったんですよね。漫画絵じゃなかったから」

「あ……ちょっと実験的な装幀にしたとは、言われた。当時は、よくわかってなかったけど」

いろいろ未熟でもあり、あれをハイファンタジーと言うにはおこがましいと灰汁島自身は思うのだが、『ヴィマ龍』は当時のラノベ業界ではけっこう硬派な分類にはいった。

主人公のハーレム状態もなく、ラッキースケベどころかそもそもモブのほかに女子キャラの存在すらなく、魔術師と龍の子どもが旅をする、淡々とした物語。そのころの表紙は大抵、人気イラストレーターにヒロインのアップをどーんと描いてもらうのが定石だったのだが、アニメや漫画タッチの絵ではなく、童話のような水彩イラストで区別化を図った。

その装幀を手がけた赤羽テルキナ――現・赤羽照久は、『ヴィマ龍』以後、文芸の仕事も相当増えたという。

「逆に、おれなんかはそれだから、手を出しやすかったです。まあ、その後ハマりにハマって、ずっぶずぶにオタクになりましたけど」

にっこり笑う瓜生に、灰汁島は身体中が震えそうなのをこらえて、どうにか言葉を返した。

「えええ……すっごい責任感じる……」

「なんでですか、幸せですよ！　だって、夢がかないましたもん！」

メガネをかけていても隠しきれないほど、その笑顔は眩しかった。色白の頬がうっすらと紅潮し、いつでも潤んでいるような大きな目がまっすぐに灰汁島を見ている。

うつくしさはこんなにも心臓を揺さぶるのだと、灰汁島は思った。

「あの日、家に戻って、文庫読んで、ページめくる手が止まらなくて。ガチ泣きしました。おれめっちゃ『カタラ』になりたかったし、『サヴマ』にもなりたかった。あの本の世界に生きてないのがせつなくてたまんなかったですよ」

おおげさに言っているわけでもなんでもない、心からそう思ったのだと、どうしてか信じられた。

「台詞覚えるまで読みこんで、カタラはどんな声なんだろうなってふっと思って。もしアニメとかになったら……って考えたとき、あ、だめだ。って」

「だめ？」

「おれ以外に絶対、カタラの声やらせたくないなって。だからいつかアニメ化とか舞台化とかされたとき、ちゃんとそこで選んでもらえる仕事してなきゃって」

灰汁島は目を見開いた。もともと子役俳優だった彼が、どうして声優を一時期メインにしていたのかと不思議だったことがある。あまりに見目がよすぎるので、声だけでは勿体ないと考える人間は多いはずなのに、二十歳前後から数年間は、本当に声優仕事に専念していた。

「……でも声優さんってベテラン多いし。めっちゃ上も詰まってるし。声だけだと本当に仕事の幅が……おれのキャリアじゃまだまだで、でも、数年のうちに絶対、『ヴィマ龍』アニメになるって思ったから、知名度あげてないとって」

「ま、さか、それで？」

「二・五舞台も出まくりました！　で、念願叶って『ヴィマ龍』アニメ化。おれはいま、この世の春ですイエイ！」

にかっと笑ってピースまでしてみせる瓜生に、なんで、どうして、と灰汁島は今度こそ身体が震えるのを止められなかった。ぽかんと口を開けて見つめるばかりの灰汁島に、瓜生ははにかんだように言う。

「大好きなんですよ。あの話。ほんっとに大好きです。……そのころほんとにおれ、腐ってたし、どうしようもなかったけど、感動して、目標になってくれて、夢になってくれたのは、他のなにものでもなく、あの話だった。それでいま、おれ、『カタラ』なんですよ。すごくないです？　最高だもんいま」

「……あのキャラ、あんまり、性格よくないと思うんですが……」

震える声を、どうにか灰汁島は発した。そもそも『カタラ』とはギリシャ語で呪いを意味する。バッドネーミングにしたのは、もちろんそれだけの意図があったからだ。生まれながらに呪われた、この世の不幸を固めた主人公。書評では『暗すぎてうんざり』と言われることも多かった。

なのに、まるでお日様の化身みたいな瓜生は、それを全肯定する。

「そこがよかったです！　もうほんっと性格悪くてねじくれてて暗くて、ウザくてウザくて、なのに……お人好しじゃないですか」

名のとおり忌み子として生きてきた魔術師(カタラ)が旅の途中で出会ったのが、奇蹟の龍の仔。だからこそ彼は仔龍に『奇蹟(サヴマ)』と名づける。

「自由すぎる龍の仔にコンプレックス持って、延々文句ばっかり言うくせに、サヴマを見捨てないで、ずっと、いちばん、大事にしてるじゃないですか。おれもサヴマ欲しいなって思いました。かわいいし。ばかだけど愛しくて」

目を閉じてそっと抱きしめるような仕種をする瓜生は、言葉のとおり、心底愛おしそうな顔をしていた。そしてその一瞬、灰汁島の目には瓜生がたしかに、『カタラ』に見えた。

「なんていうか……おれのための話だ、って思ったんです」

「あれが？」

「はい。カタラはおれかなって。いじけて、ねじけて、くすぶってる感じすっごい、わかったんです。でも、おれはあんなふうにやさしくできるかな、って思うとちょっと違って。こうなりたいなあ、って思いました。……そのころの気持ちでいま、声、乗せてるつもりです。だってカタラはおれだから。今後はもしかしたら、映画とか舞台とかで違う誰かがカタラになるかもしれないけど、世界で、はじめて『カタラの声』をだすのは、おれなんですもん。もう最高でしょう。幸せでしかないでしょ」

ねっ、と微笑んでくる瓜生に、灰汁島は、なにを言えばいいのかわからなかった。そして猛烈に恥ずかしくもなった。

（ぼく、うわ……）

どれだけ見えていなかったのかと、みぞおちが熱くなる。こんなにも大事に読んでくれるひとがいて、瓜生はずっとまっすぐに気持ちを伝えてくれていて——そのくせどこかで「リップサービスか」などと穿ったことを考えてもいた。

世の中そういうものだろう、それが分別のある『わきまえ』だとすら、したり顔で。

（なにを、おごってたんだ、恥ずかしい）

ひとり煩悶する灰汁島を知ってか知らずか、瓜生の言葉は止まらない。

「先生があれ書いたとき、まだ大学生だったって知りました。こんなに歳が近いひとが、こんなすごい話書くなんて、ほんっとすごいなって……あれ、語彙が消えるな」

「すごく、とか、ないですよ」

アニメでは地の文は映像に変換されており、物語の展開も再構築されて、すっきりとした構成になっていた。あの話の最適解はこうだったのだなと、敗北感すら覚えつつも第一話のエンドロールを見終わったとき、灰汁島は静かに泣いていた。

涙の理由は、自分でもよくわからなかった。

「すごいのは……瓜生さんとか、アニメスタッフさんです。若書きのひとりよがりな話、あんなふうに作り直してもらえてほんと——」

「物語を作れるひとは、それだけで本当にすごいんです」

ラッキーだった、と苦笑いしようとした灰汁島の言葉を、強い語調で瓜生が止めた。はっとして見やった顔は、いままでにないほど真剣で、真顔のままこうも言われる。

「改良したり、変更して組み直したりは、あとからできることです。むしろ一度完成しているからこそ、修正する点が見つかることもある。芝居だってそうです。演者の一点突破じゃなく、全体の流れで構成ができてなきゃ、どうしようもない。『世界』を作るっていちばん大事で、すごいことなんです」

今度こそ言葉を失う灰汁島は、ぐらりと目眩がするようだった。テーブルのうえで知らず、きつく握った拳のうえに、瓜生の手が重なってくる。すらりとして、手入れの行き届いた手は、男性なのに優美で細かった。

きれいなひとは、末端までもきれいだなと、なぜかそんなことを思った。

「すくなくとも、おれは先生の話があって救われたんです」

「ぼく、そんなつもりで書いてるわけじゃ――」

「どんなつもりだって関係ない。だって、おれはそう『読んだ』から。先生いつも言うでしょ、読んだ話は読んだひとのものだって。だからこれは、これだけは、先生がなに言ったっておれのなかで変わらないです」

指先を見ていた視線を、ゆっくりとあげていく。

「仕事頑張るきっかけにもなったし、だらっと生きてたところに芯がはいりました。新作読む楽しみがあって、これで生きていけるなって思った」

おおげさな、と言おうとして、言えない。ただただ、瓜生の言葉と目に、圧倒された。

「先生が先生を否定したら、おれのことも否定することになるんです」

「そんなつもりは……」

「ないのわかってます。自虐ネタも知ってます。でも、おれは本当に先生の作品、ぜんぶ大好きで、……大ファンなので」

諧謔は、そういう相手を傷つけることでもあるのだと、真正面から言われた気がした。

誰でもない、灰汁島を貶めているのは灰汁島自身と。

――灰汁島さんの認知って、大幅に歪んでるなあって思うことがあって。

先生、と呼ばれるのは嫌いだからと告げて以来、ずっと「さん」づけで呼んでくれる早坂は、きっとこのことも言いたかったのだろう。

思えば、どんな天才画家や賞を取った作家と仕事をしていようが、早坂がそれについて言及したことは一度もない。

気づいてしまった自身の本当の歪みに、顔から火がでそうだ。

(本当に、ぼくは)

だめな人間だけれど、それでも、目のまえにいるきれいなひとや、ずっとちからになってくれたひとにせめて、羞じないようにありたいとは、思うのだ。

ぐっと息をつめた灰汁島は、目尻が疼くのを感じる。

もともと涙腺は弱いのだ。

「……瓜生さんかっこいいなあ……」

「おっ？　急におれに来た。照れるぅ」

へへ、とやんちゃに笑ってみせる彼の手は、よく見ると灰汁島よりもちいさくて細かった。体格差がそれなりにあるのだからあたりまえなのに、さきほど包まれた瞬間、なんておおきな手をしたひとだろうと思った。

（違うか）

彼のおおきさは、きっと心のおおきさなのだ。すごいひとなのは、瓜生だ。できるならこれからもこうして、話してほしい。笑っているところが、とてもきれいで感動するくらいだから、ずっと見ていたい――。

その瞬間唐突に、頭をよぎったのは、早坂の言葉だった。

――この彼女がどうして主人公を追いかけるのか、そしてどうやったら追いかけられるか、そこシミュレーションしてみてください。

「……あっ、そっか。早坂さんが言ってたのって、これか」

「え？」

救ってくれた相手に対する心酔、執着。そうか。こういうものかと、急に腑に落ちた。

「あの、みひさんが、なにか……」

おずおず訊いてきた瓜生に対し、灰汁島は掌を見せて制した。ふだんにない強い態度に、びくりと彼が顎を引く。失礼だったかもしれないが、いまはかまっていられない。

「ちょっとごめんなさい。メモ取らせてください」

「えっ、は、はい」

なにがなんだか、という顔をしている瓜生をまえに、灰汁島はばたばたとポケットをさぐり、スマホを取りだす。そしてメモアプリを開くと、いま頭のなかにある言葉が霧散しないうちにと、手早く打ちこんでいった。

(別れ際、本当は振り向かずに去る予定だった。でもここで——振り返って、それで、顔を見るんだ)

ずっとおぼろな舞台装置かのようだったキャラクターの顔が、くっきりと見えてくる。視界が歪み、現実が並列思考の彼方に押し流されて、いま灰汁島の意識はカメラのように、物語世界のなかをぐるりぐるりとめぐるばかりになる。

(声。どんな声だろう。かすれる? 違う、ひずむ……)

勢いづいた灰汁島は、ほぼまるまるワンシーンぶん、台詞の応酬を書きあげた。テキスト保存をかけ、念のため自宅PCのアドレスにも送信したところでふと、我に返る。

「……よし。……じゃない。えっ?」

スマホの時計を見れば、最低でも三十分は経過していたようだ。あわてて顔をあげれば、コーヒーのおかわりを静かに飲んでいる瓜生の姿が目のまえにある。

目が合うと、にこりと彼は微笑んだ。さーっと灰汁島は青ざめた。

「あっ……あっ、すみません、ほんとにすみません！」

「ん？　なんで、すみません？」

「いや、もう、やらかしすぎ……すみません……」

個人的に会うのはこれがはじめてで、呼び出しておいて仕事の愚痴を言ったあげく、たしなめられたと思えばほったらかしでいきなり原稿に没入。失礼だとかいう問題ですらない。どこから謝罪すればいいのかわからない、と冷や汗をかいていれば、「ふ、ふふ」と笑い声が聞こえた。

怒りの沸点が突破して、笑いに変わったのだろうか。おそるおそる顔をあげれば、瓜生はうっとりした顔でため息をついた。

「宇良くんのコーヒー飲みながら、執筆の生現場見ちゃいました……至福……」

「えっ」

「はあ……先生、そんなふうに書くんですね……すごい……感動しかない……！」

ぐっと拳を握り、陶酔しきった声でうめく瓜生は、いっそエロティックなほどになまめかしく、恍惚（こうこつ）とした表情だ。けれど灰汁島はその一瞬で、申し訳なさのあまり冷や汗が引っこむのを感じた。

「あっ……いえ、ふだんはＰＣだからこれはメモでしかなくて」

「それでも灰汁島セイの新作が生まれる瞬間に立ちあってるんですよ⁉　すごくないです⁉」

「え、いや、灰汁島セイ、ぼくなんで……」

そうか、このひとガチ勢なんだった。なんだかいろんなことが急に落ちついて、灰汁島はすんと表情をあらためる。

そしてなんだか、奇妙に、楽しくなってきた。

「えっと、瓜生さん」

「はいっ、なんですか先生っ」

「いや、そろそろその、先生やめてくれると嬉しいです……慣れないし」

それから、とすこし照れ笑いをして続ける。

「今度買い物行くとき、先生って呼ばれてるの店員さんに聞かれると、恥ずかしいので」

アハハ、と笑えば、どうしてか瓜生は頬を染め、すこし眩しげに目を細めた。

「えとじゃあ、灰汁島さん……？」

「はい、それで」

「か、買い物、いつなら行けますか？」

急にもじもじしはじめた瓜生は、やけにかわいらしく感じた。さきほどのうっとりした表情よりよほど、灰汁島はどきりとする。

「逆に、瓜生さん空いてる日にあわせますよ。ぼくのほうが時間の都合きくので」

瓜生が目を見開く。おおきな目がなおいっそうきらきらして、本当にこの目はすごいなあと思う。

「じゃっ、じゃあえっと、きょう帰ってスケジュール確認したらまた、連絡します」

「はい、待ってます。……あと、瓜生さん」

「はい？」

うきうきとした顔で笑う瓜生に、灰汁島はこほんと空咳をして、言った。

「変な愚痴聞かせてすみません。それと、……ありがとうございました」

「え、御礼言われることはなにも……謝ることも」

本当に気にしていない様子の彼に、灰汁島はかぶりを振った。過分なファン心理と瓜生自身の懐の深さでたまたま許容してもらえただけなのだ。今日の振る舞いはとても褒められたものではない。

それでも、謝られるのは本当に困ってしまうようだったから、せめてもと感謝を伝えたくて、どうにか言葉を絞りだす。

「瓜生さんに会えて、よかったです。助かりました、……本当に」

ひゅっと瓜生が息を呑む。ぶんぶんとかぶりを振る彼の、自分よりちいさな手を取って、灰汁島はぎゅっと握りしめた。

「この話、書きあがったら絶対読んでくださいね。いいもの書けるよう、頑張るので」

誓うように、捧げるように、灰汁島は告げる。彼は灰汁島が自分を救ったと言うけれど、きょうの気づきはすべて、瓜生がもたらしてくれたものだった。

応えられるだけのものを、精一杯頑張ろう。そう思いながら自然と笑っていた灰汁島は、しかし握った手がぶるぶると震え、瓜生が涙目になっていることに気づく。

「あっえっ……瓜生さん?」

「か、過剰なファンサは、こま、困ります……うっ……」

そうして、ダバアと泣き出してしまった瓜生をまえに、灰汁島はまた混迷を深める羽目になる。

(どうしたらいいんだろう、このひと……)

今後もまだ、扱いには惑うことばかりになる予感しかしない。

ただ、瓜生のこれに困ってもいるし、うろたえてもいるが――あのどこか冷めて、引いた感じはもう、灰汁島のなかで影も形もなくなっていた。

＊　＊　＊

「どうしたんですか、灰汁島さん」

瓜生と話した日の夜、彼とわかれるなり自宅に戻り、怒濤の勢いで改稿をすませた灰汁島は、書きあがったそれを速攻で早坂にメールした。

それから半日もしないうちに、めずらしくもメッセージではなく直接電話がかかってきて、開口いちばんが、それだった。

「どう、とは」

「あれだけ迷路に迷い込んだみたいな顔してたくせに、どうして一発で修正してきてるんですか？　なにがありました？　この短期間で！」

どうやら褒めてくれているらしい。電話の向こうだからわからないけれど、おそらくあのおおきな目を見開いているに違いない。

「これ、ＯＫですか？」

「ＯＫもＯＫですよ。このまま入稿してもいいくらいですけど……もうすこし手、いれたいです？」

「はい。まだ時間ありますよね？」

灰汁島はにやりとした。さすが早坂だと思う。頭に浮かんだ熱を消さないために一気に改稿を書きあげてはみたが、もうすこし構成のバランスを精査し、文章自体も見直したいと思っていた。

「これもうカット指定にまわしておいていいですかね。そうするともうすこし時間取れます」

「じゃあ、お願いします。場面的には大幅に変わりませんので」

細かい段取りを詰め、日程と進行の確認をしたところで「で？」と早坂が蒸し返す。

「どういう心境の変化だったんですか。ここまで見事にがっつり、ロマンス要素いれてくるとか」

「……三巻の女性がヒロインじゃないですけど、それはよかったですか」

早坂の指示に、そこだけは従えなかった。端からどうイイ感じに見えたとしても、もともと灰汁島のなかで、三巻に出てきた女性はあくまで装置としてのモブ以上の役割を持たせるつもりもなかったし、肉付けをしようにも、すでに出てしまっているものは修正がきかない。

ならばと、今回の新作で初登場したキャラクターの方向性を変えてみたのだ。主人公に助けられた青年と少女の兄妹が、恩義を感じて慕ってくる。毎度のパターンであれば、次の街に向かう彼は孤独のまま去るのだが、そこに青年たちが許可なくついてきてしまい——というところで、次巻への引きになっている。

「恋愛……は、やっぱりむずかしくって。でも、親愛とか執着とかなら、書けると思ったんです。あとまあ……イケメンやっぱり強いなって、思うことがあって」

加筆したのはモブ予定だった青年の容姿と性格描写、そして主人公との会話だ。大まかな流れには変化がないけれど、たしかにぐっと立体感が出たと灰汁島も思った。

「まあ、どなたがモデルかは、丸わかりの描写ではありましたよね」

早坂に、あの三日月型の目をしているのがわかる声音を出され、灰汁島はぐっと奥歯を噛む。自覚はあるが、ふれてほしくはなかった。こういうところは案外、早坂はひとが悪い。

「……えと、金髪にしてます、よ？　目も、緑だし」

「瓜生さん、この間の舞台で金髪でしたね。あとカラコン、緑でしたね」

灰汁島は沈黙する。しかたないではないか。目のまえで瓜生衣沙のきらきらオーラをあれだけ浴びまくったおかげで、家に帰ってからも目に残像が焼きついてしまったのだ。

「なにが、あったんですか？」

やさしいと言えるくらいのまろやかな声で、早坂が圧をかけてくる。どばっと背中に冷や汗が出た。とてもこわい。

「べ、べつに話さないとは……むしろ聞いてほしいところもあるというか」

「そうなんです？」

真摯な目をして語ってくれた瓜生との会話。とても大事なことを言われ、あの言葉たちは自分のなかで大切にしまいこんでおきたいような、同時に誰にでもいいから聞いてほしいような心地がして、ここしばらくずっとぐるぐるとしていた。

「じつは、瓜生さんと先日、色々話して……」

ためらっていた口を開けば、言葉は怒濤の勢いで溢れて止まらなかった。

少年だった瓜生に見つけられた自著のこと、それが彼の進路を決めたこと――脱稿後のハイな気分も相まって、なんだか地に足がつかない心地で、おそらくまとまりのない話だったように思う。けれど、興奮気味で語る灰汁島の言葉に、早坂は丁寧な相づちを打って、聞き続けてくれていた。

——先生が先生を否定したら、おれのことも否定することになるんです。

「……て言われて、なんかこう、目が覚めたような気分になったというか」

「なるほど、ねえ……」

そうして、もっとも灰汁島が感銘を受けた会話について話すと、いままで自分の意見をいっさい差し挟むことのなかった早坂が、しみじみと、疲れたようにため息をついた。

「な、なんですか、そのリアクション」

「……おれもそれは、折にふれて伝えてきたつもりだったんですけどねえ」

「うっ」

どんよりした声に、灰汁島は気まずくなった。おそらく目の前にいたならば、目を据わらせて乾いた笑みを浮かべる早坂がいたことだろう。

実際、そういった言葉をかけてもらった記憶はちゃんとある。ただ、どうにも灰汁島の腑に落ちていなかっただけのことで。

「え、い、いや。覚えてます。あの、早坂さんの話を聞いてなかったわけではなくて……」

あわてて言えば「わかってますよ」と苦笑された。

「んん、そうだな。灰汁島さんはようやく、耳が開いたってとこですかね」

ため息交じりのそれに「みみがひらく」と灰汁島は平坦な声でおうむがえしをした。

「灰汁島さん、かたくなになってて、言われた言葉が素通りしちゃってたから。聞く耳持たない、とは違うんですよねえ。本人に拒絶してる意思はないので。無意識でスルーしているというか」

早坂のおだやかな指摘に、ぐっと灰汁島は息を詰めた。

自覚はある。ここ数年、というより正確には五年まえから、早坂に大迷惑をかけてしまったあの時期まで、灰汁島の記憶は正直、はっきりしていないところがある。

むろん記憶喪失だとかそういう大仰な話ではなく、こういうことがあった、と言われれば「ああ」と思いだす。

けれど、ただただ原稿を書くだけの装置になりはてて、多忙さと、折り合いの悪い編集との人間関係に追いつめられていたためか、極端なくらいに日々のエピソードを思いだすことができなくなっている。ある種の、防衛本能かもしれない。

「なんか……すみません」

「いえいえ。聞こえるまで繰り返せばいいと思ってましたので。ただ風穴あけるにはやっぱり、編集よりファンの声が強いですねえ。……まあ本音はちょっと悔しいかな」

「いや……ほんと、ごめんなさい」

笑う早坂は「でも、よかったです」と心底安堵(あんど)したような声で言った。

「そういう声をちゃんと拾って、今回の作品が書けた。灰汁島さんにとって大事なのは、きっとそこだと思うので」

「……はい」

「改稿、頑張ってくださいね」

はい、と灰汁島は静かに、だが力強く、うなずいた。

＊　＊　＊

瓜生との出会いから、灰汁島の活動範囲はものすごい勢いで広がっていった。

そもそもが狭すぎた、という話もある。この数年、自宅から『うみねこ亭』、もしくは近所のスーパーやコンビニなどの、徒歩圏内の移動がせいいっぱい。

他人とのコミュニケーションはツイッターでのリプライや、メッセージアプリでのやりとりがほとんど。ごくたまに、数少ない友人と音声通話をすることもあったが――前回の通話がいつだったか、覚えていないくらいに頻度が低い。

ひとと会う、といえば九割が早坂との打ち合わせ。それも数ヶ月に一度程度。もしかしたら灰汁島が一番顔を見ている人間は『うみねこ亭』の店主かもしれない。

そんな生活を何年も続けているわけだから、もちろん身なりにもかまうことなどなかった。

だからこそ、忘れていたのだ。近所に食料を買いに行くのと、『おでかけする』のはわけが違う。しかも連れ立っていくのが、あの瓜生だ。

「服が……ない」

服を持たない人間が必ず陥る『服を買いに行くために着ていく服がない』問題に、灰汁島もご多分にもれず陥った。

どうしようと、予定が決まってから一週間ほど悶絶したりもした。思わずツイッターや匿名掲示板で相談しようとすらしたが、もしも言葉の端から瓜生と会うことが漏れたら迷惑をかけるのではと、それはやめた。

（わりと、わけわからん調査能力発揮するからな、ツイッター。集合知怖い）

そうなってしまえば自ずと相談できる相手は限られるわけだ。

「つかぬことを伺いますけど……友人と服買いに出かける予定がある場合、どういう服着ればいいですかね？」

打ち合わせ電話の際、ついでに、さりげなく、と妙にざわつく胸をこらえて切りだせば、早坂は「ほお」と声をあげた。

「瓜生さんと、そんなに仲よくなったんですか」

「べっ……べつに誰とは言ってませんけどっ⁉　さ、作家仲間かもしれないでしょ！」

「いや、それはないでしょう。灰汁島さんの仲よくしてる作家さん、大体同じ人種ですし」

「お、同じって」

「コミケとかワンフェスとかならいざ知らず、服なんか買いに行くのに、わざわざお出かけしないでしょ？」

「……ゲームショーとかデザフェス見に行くことも、ありますよ……？」

灰汁島の反論は不毛としか言いようがなく、早坂はさっくりと無視してくれた。

「服は手持ちでどうにかするとして、まずお出かけの前の日は、美容院行きましょう」

「え、なんで」

「なんでじゃないです。もう取材から二ヶ月経ってるでしょうが。灰汁島さんの髪質ならぼちぼち爆発してますよね。当日出かけるとき、ちゃんとヘアセットできますか？」

ふだんならどれだけもっさりしても、髪を切りになんていかない。先日、『うみねこ亭』に瓜生を連れて行ったときも、近所だしまあいいだろうという感覚で、多少寝癖を直す程度でいた。

「あとはとにかく、寝坊、遅刻は厳禁です。日付間違いも」

「う……」

「……リマインダ共有、しときますか」

もはや幼稚園児並みの世話の焼かれ方だと思いつつも、灰汁島がこの世で一番信じていないのが自分だ。そして失敗しないためには、頼りになる担当に、「お願いします」と頭をさげるしか選択肢はない。

（ひとと会うって、大変だなあ）

まともな人間関係をサボり尽くしていたせいで、本当に初手の初手からやり直す羽目になったなと、すでに疲労感すら覚えつつも灰汁島は頑張って準備した。

＊　＊　＊

そうして迎えた、瓜生との『お買い物』の日。

早坂に言われるままに予約した美容院で整えた髪は、どうにか翌朝まで無事でいてくれた。服も、手持ちのものをこれまた言われるままにスマホで写して早坂に見せ、あれとこれをこう着ろ、という具体的なアドバイスを受けた。

——楽しんできてくださいね！

結果として仕事の内容よりもお出かけコーデの時間のほうが長くかかり、ご迷惑を……と詫びたところ、むしろ楽しげに笑われて応援された。ほんとにありがたい担当だと思う。

だがその面倒見がよく有能な担当ですら——いや、早坂が有能で気が利く人間だからこそ、うっかり気づけない出来事があった。

ひとと対面して直接しゃべると、喉が、とても疲れる。ふだんからほとんど他人と対峙しない灰汁島は、それがものすごい顕著だった。

「……先生、声だいぶガサガサしてません？　お風邪ですか？」

「平気です。ていうか先生はやめましょうって言ったじゃないですか」

ショップがあるという駅で待ちあわせ、しばらく話しただけで、灰汁島の喉は無惨なくらいにかすれてしまっていた。自宅で通話する際には小一時間話してもそこまで疲れないのに、なぜ——と思ったが、家では常になにかしら、飲み物を常備していることを思いだした。

（水分取らないで話すと、こんなに喉かすかすになるんだな）

ちょっと発見だと思いつつも、咳払いを何度もする見苦しさに、申し訳なくなる。だが瓜生は咎めるどころか、自分のバッグからタブレットケースを出してきた。

「え、えっと、灰汁島……さん。これのど飴、どうぞ」

「うわすみません。常備してるんですか」

「一応、商売道具なので」

きょうもマスクをしている瓜生は単に顔を隠すというだけでなく、喉の保護も兼ねているのだといまさら気づいた。ありがたくいただいた薬用ののど飴はハッカの匂いが強い。だがすぐに効いてきて、喉が楽になり、灰汁島はほっとした。

喉のかすれには、緊張もあったのかもしれない。瓜生に対してだいぶ心を開いたとはいえ、まだプライベートで会うのは二度目。そして、自宅付近の喫茶店という『ホーム』で顔を合わせたあの日と違い、きょう来たのは今まで訪れたことすらない、おしゃれの代名詞『青山』だ。

スタバにすら気後れする人種にとって、アウェイ以外のなにものでもない。

町並みも、道行くひとも、皆すごく洗練されていておしゃれ――な気がする。そして自分の存在はこの場から浮きあがりきっていて、みっともないばかりではないかと冷や汗が出る。

「……どうしました？　やっぱり喉、つらいですか？」

まだ駅前から数メートルと動いてもいないのに、灰汁島が緊張で顔をこわばらせていると、瓜生が心配そうに覗(のぞ)きこんできた。

顔がちいさい。上目遣いの目がとてもおおきい。あっさりとした服は主張の強い洒落感(しゃれかん)があるわけではないけれども、上品で、とても似合っている。

（本当に、きれいなひとだなあ）

イケメン、というにはすこし線が細い印象がある瓜生には、どうしても「きれい」という言葉を使いたくなる。そして、見渡す町並みのなかでいちばんきれいなのは、どう考えてもこのひとだろうなあと思う。

なのに、瓜生には緊張しない。いや、厳密にいえば慣れない相手への緊張がなくなっているわけではないのだが――怖く、ない。

「せん、……灰汁島さん？」

「や、うん。なんでもないです。えっと、どっち行けばいいんでしょう?」

無言でじいっと顔を見る灰汁島を、さすがに怪訝に思ったのだろう。困った顔をする瓜生に問いかければ、ほっとしたように「こっちですよ」と微笑み、先導するように歩きだした。

(そうか、このひとに集中してればいいか)

よく晴れた日で、風も気持ちがよかった。隣を歩く美形は同性でも目の保養になるレベルだ。いらぬコンプレックスを刺激されるオシャレシティではなく瓜生を見ていようと決めれば、だいぶ心が楽になる。

無言が怖い系の口下手である灰汁島は、どうにか会話の糸口を探し、結局仕事の話を振ってしまった。

「収録、まだあるんですっけ」

「あ、『ヴィマ龍』のアフレコはほぼもう終わってます。あとは告知用とか、コラボ商品のナレーションとか、そういうのがちょいちょい」

飴を舐めつつ、なるほどと灰汁島はうなずいた。

「ほかにもお忙しいんでしょう。きょう、大丈夫でしたか」

「もちろんですよ！　ばっちりお休み取りましたので！」

ぐっと拳を握ってくる瓜生曰く、この日の予定は、『灰汁島コーディネート会』だそうだ。

なにやらひどく気合いの入っているらしい瓜生に苦笑してしまう。

「参加人員ふたりきりで『会』ってなんですかって、早坂さんにツッコまれました」

「え……遊びの予定も、担当さんに話してるんですか？」

なんの気なしに言えばひどく驚かれた。他人にぺらぺらと話す男だと思われただろうか。

灰汁島はすこしばつが悪い。

「いや……これはぼくが悪いんですけど、原稿とかに集中すると、その日が何日なのかまじめにわからなくなるんですよ。なので、大事な予定のときは、絶対に遅刻したり間違えたりしないように、リマインダ共有してもらってて……」

「……大事な予定」

ぽそりと言う瓜生に、重すぎただろうかと慌てる。

「いい歳のおとながって感じなんですけど」

「いえっ。そこまでしてもらったの嬉しいです！」

にっこりと笑う瓜生に、よかった、引かれなかった、と灰汁島も安堵する。内心はわからないけれど、すくなくとも引いた態度を見せられなかっただけでもオタクの心は平和だ。

「おれだけ楽しみにしてたんじゃなくてよかったです。お誘いしたのも、ちょっと強引だったかと思ったんで」

「いや、ぼくも、楽しみです。……プライベートでひとと遊ぶのとか、あんまないんで」

言ったあと、なんで自分からぼっち宣言した？　と我に返る。今度こそ引いただろうかと、ちらりとうかがった瓜生は「そっかあ……」となんだか感極まった顔をしていた。

「お仕事お忙しいですもんね。そんな先生に楽しんでいただけるようにしますね！」

「……また、先生ですよ」

本当にこのひとはどうして、と思いながら、灰汁島も口元がゆるむ。

しかし、うきうきの瓜生に連れてこられたのは、青山の街にふさわしい、いかにもおしゃれなヴィンテージショップだったことで、灰汁島の胃はまたしくしくと痛みはじめた。

（これ『古着屋』とは言わないのでは……？）

正直、イメージしていた店構えと違いすぎて、静かにパニックに陥った。身の置き所がない、というのはこのことか。変な感慨を覚えていたけれど、灰汁島の服を選ぶ瓜生がひたすらに楽しそうなのでまあいいか、と思う。

「あっ……これ、どうですか？」

瓜生が選び、灰汁島にあててきたシャツは、自分だったら絶対に買わないだろうエスニック調の花柄プリント。ただしベースの色味がベージュ、柄自体も赤みがかったアースカラーとくすんだブルーという落ちついたカラーバランスのため、意外と派手すぎる印象はない。

「ど、どこに着ていく服？」

「どこでもいいですよ。カジュアルインポートなんだから、その辺歩くときとかでも……あ、でも『うみねこ亭』に行くならこっちの、シックなのがいいな」

今度は白黒のバイカラーで、切り替えやポケット、タグなどがポイントになっているものだった。これならあまり抵抗感はなく、ほっとする。

「あと、せん……灰汁島さん、いつもダボッとしたジャージでしょう。スキニーとかスリム系、どうですか？」

「あー、あんまり細いのは……みっともなくないですか？」

もともとのあだ名がアレだったので、細すぎる体形が出てしまうのはどうしても苦手だ。

顔を若干ひきつらせると「でも、脚それだけ長いし、勿体(もったい)ないですよ」と、いつの間にか山ほどの衣類を片手にひっかけた瓜生が言う。

「だまされたと思ってこれ、バイカラーはこのスキニーで、柄のはこっちで。あとこのカットソーもあいますし。あ、インナーにいいですねこれも」

「えっそんなに」

はいこれ、と山盛りの服を渡されて、正直灰汁島はもういっぱいいっぱいだった。

幸いにショップの店員は瓜生の正体を知ったうえで、プライベートならと近寄らないでいてくれるようだが、これで瓜生だけでなくセールストークがはじまったら、たぶん「おうちかえる」と内心泣いていたと思う。

「では、試着、いってらっしゃいませ」

「えええええ」

数種類のシャツやニットにカットソー、スキニーデニム、ストレッチ素材のカーゴパンツやチノパン、あげくに靴下と靴までを押しつけられた灰汁島は、瓜生の言うがままに試着室にはいり、指示されるままに何度も着替えた。

そして驚いた。着るまえは絶対に似合わないと思ったものも、瓜生の言うとおりに身につけると、驚くほどしっくりくるし、着心地もよかった。気にしていた脚の細さも、ちょうどいいパンツを穿くとすらりと形よく見えたし——また、全身を姿見で確認した際には、記憶にあるよりもちゃんと、脚にも筋肉がついていて驚いた。

（そりゃそうか。イブキ先生、全身整えてくれてたわけで……）

自宅には全身映るサイズの姿見などないから、まったくわかっていなかった。まじまじと鏡のなかにいる自分を見ると、かつての痩せこけた男はどこにもいない。

——肩ぐっと引いて、お腹と顎引っこめて、背中まっすぐ。

筋トレまえに必ずやれと言われた、腹式呼吸のときに姿勢を正す方法を思いだし、ふーっと長く息をつく。まだイブキなどに比べれば溝もぺらぺらの腹筋ではあるが、とりあえずはきちんと体幹を支えてくれる実感があった。

「あのー、どうですか?」

「ア、ハイッ」

カーテンの向こうから声をかけられ、思わずうわずった声になってしまった。恥ずかしい、と赤面しつつもカーテンをあけると、「わ……」と声をあげた瓜生が固まる。

「へ、変ではないです、よね？」

コメントがないまま沈黙が流れ、さすがに気まずくなった灰汁島が声をかければ、まるで拝むかのようなポーズで両手をあわせた瓜生が涙目になっている。

（あっ、これまたガチモードはいっちゃったな）

だんだん慣れてきたぞと思いながら、目を平たくして灰汁島は笑う。ちらっと瓜生の背後をうかがうと、さりげないふりをしつつこちらをうかがっている店員の視線に気づいた。

天下の瓜生衣沙が『尊い……』とか言って泣き出すまえに、この場を収拾せねばならないと、灰汁島は冷や汗をかく。そして間違いなくこれ汗で汚れたな、と気づき、あきらめた。

「き、気にいったんでぜんぶ買います」

「えっ、ぜんぶ」

驚く瓜生を後目に「あとあの、いま着てるの着ていきますので」と、背後で待機していた店員に声をかければ「ありがとうございます！」と飛んできた。

「こちらお預かりしますね！　タグ、いかがしましょうか？」

幸いヒモをとおすタイプのタグだったので「自分でとります」と告げ、いま着ているバイカラーにチノパン以外のすべてを渡し、ついでに財布からカードも取りだす。

「一括でお願いします」

店員は、承りました、とうやうやしく会釈してカウンターに向かう。ぽかんとして口を挟めなかったらしい瓜生が、あわてて声をかけてきた。

「先生、ほんとにぜんぶ買うの？」

「え、だめですか」

なにかオタクにはわからないルールがあるのかと一瞬不安になるが、ぶんぶんと瓜生はかぶりを振った。

「いや、めっちゃかっこいい買い物でした！」

「か、買い物にかっこいいってあります……？」

「こんな勢いよく買うひと、そんなにいませんよ」

ね、と瓜生が首をかしげて見せたのは、いまはカウンターにいるショップの店員に対してだ。こくりとうなずいた彼も、なんだか楽しそうに服をたたみ、たとう紙で包んでいる。なんだかよくわからないけれど、嬉しそうな顔をしているひとがいるのは、嬉しい。

「ぼくも、なんか気持ちよかったです」

にっこり笑えば、瓜生がますます嬉しげな顔をしたので、灰汁島はだいぶ満足だった。

ヴィンテージショップを出たあと、大ぶりのショップバッグを抱えた灰汁島を連れ、瓜生

は近場のカフェにはいろうと提案した。

これもまたオシャレな空間であったけれども、慣れない買い物にいろいろ削られていた灰汁島はもはやアウェイ感を覚える暇もなく、とにかく座りたいと椅子にへたりこむ。

店内は混みあっていて、路面のオープンテラス席だけが空いていた。外から見えると瓜生は困るのではないかと思ったが、うまいこと植えこみの陰になる席を確保できた。

「あー、さすがに疲れました……」

「お疲れでした」

すすめてもらった服に替えたかったのは、カジュアルスタイルの瓜生にスーツではどうもバランスが悪いと思ったのと、この日は秋にしてはすこし気温が高く、ジャケットではじんわりと汗ばむレベルでもあったからだ。

「試着室って、なんであんな暑いんですかね。喉渇いちゃいました」

「服脱ぐから、冷えないようにでは？」

メニューを携えてやってきた店員がサーブした氷いりの水がおいしくて、ごくごくと勢いよく飲んだ。瓜生が「おれのもいりますか。まだ口つけてないです」とコップをこちらに差しだしてくれて、迷ったのは一瞬、「ありがとう」と告げ、また一気に飲み干す。

「っあー……何年ぶんかの服、買った気がします」

ようやく渇きが癒えた灰汁島が深く息をつけば、おおげさだと思ったのか瓜生がくすくすと笑った。

「でも、ちゃんときょうの服もかっこよかったですよ?」

「……お気遣い、ありがとうございます」

早坂と相談の末、最終的にこれしかないと、先日取材時に着ていたスーツに、インナーのみ黒いTシャツでしのいだ。スーツはスタイリストが選んだだけあって、そこそこいいお値段のものだったが、着ていたTシャツはネット通販のお急ぎ便で買った四百五十九円。

「気遣いとかじゃなくて、コーデもすごくいい感じでしたよ? Tシャツなんか、おれも安いの着ますし」

にっこり笑う瓜生の「安い」はどの程度なのだろう。ちなみにさきほどのヴィンテージショップでもこれと似たシンプルな無地のTシャツがあったが、値段は十倍だった。

「じつは早坂さんにまた頼りました。なかに着るのだけでも替えれば意外と着まわしでどうにかなるって……ただの黒Tでも新品なら問題ないし、その辺で売ってるのでいいって」

「え……ああ、みひさん」

ふっと、瓜生の表情が微妙なものになる。あきらかにテンションのさがった気配に、自分はなにかしでかしただろうかと灰汁島はうろたえた。

「……す、すみません、なんか一方的に話してますかね」

「え、あっ、違いますよ!」

つくづく、ひととの会話をサボりすぎてしまって、すっかり距離感を失っている。静かに反省した灰汁島に、瓜生があわてて手を振ってみせる。そして、しゅんとしたままのこちらに困った顔をしたあと、彼は目を伏せてしまった。

「じゃなくて、いつも、みひさん……早坂さんの話だなあって、思って」

「え……それは」

ほかに話せる相手がいなくて、などと言うのも情けなさすぎる。しかし事実だ。瓜生の話をしても問題がない相手が限られるのも事実だし、炎上事件以後、メインの仕事先は白鳳書房に絞っているため、日常会話に登場する人物というとどうしても担当になってしまう。

（いや……しかし、ぼく、わりとやばいな）

ここしばらく、肉声でしゃべった相手が早坂と瓜生の二択というのはけっこう深刻にまずいのではないか。早坂が、「おともだちできましたねえ」などと喜ぶわけだ。

（それともあれかな、そもそも瓜生さんとの予定を話したこと自体がまずかった⁉　いやでも服の相談しないと恥かかせたし、他に相談できる相手いないし……）

瓜生が早坂に思うところがあるのだとは考えられない。最初に顔合わせをしたとき『みひ』とリアルで喋っていることに感動すらしていたようだった。

（でも、その後ちょいちょい早坂さんのこと口にするたび、変な反応してた……）

芸能人の予定を話すということは、情報漏洩的な意味でまずいのだろうか。もはや明後日の方向に自省していた灰汁島は、だから続いた瓜生の言葉にきょとんとなった。

「……敵わないんだろうなあ、みひさんには」

「ん？」

なんだか言葉のニュアンスを摑みあぐねる発言だった。急に機嫌を下降させたように見える瓜生が、どういう意味で早坂の名を口にしたのか、他人との交流経験が少なすぎてわからず、灰汁島は戸惑ったまま問いかけるしかない。

「え、っと、どういう意味でしょう」

瓜生は、複雑そうな顔で「勝手なファン心理ですよ」とうつむく。長い睫毛が震えた。

「うらやましいだけです。そこまで先生に信頼されてて、なんでも話してもらえてるひとが」

「え、う、瓜生さん？」

「いやしょうがないんですけどね。関わってる濃さが違いますし、どうしたって担当さんとはニコイチ状態で、本当に気心知れてるって感じで……」

目が据わったまま、瓜生がぶつぶつとこぼしだす。いったいなにがどうした、ここで暴走ガチファンモードかと、灰汁島はあせった。

つくづく、他人はむずかしい。ほんの一瞬心のなかで「助けて早坂さん」とつぶやきそうになり、だがこういうのがだめなのかもしれないと、唇を嚙む。

「いや、だってそれは……」

それは、なんだ。どう言えばいい。目の前の相手に機嫌を損ねてほしくないのは、誰しもそうだと思う。灰汁島は焦燥感を覚えつつ、だが同時に瓜生はわかっていない、ともどかしくもなった。

(そうじゃなくて、比べるもんじゃなくて――比べられないくらいで)

そもそも、灰汁島を青山くんだりまで引っ張りだしてきた瓜生は、どんな相手より別格であるのだ。

もう、本当に十年ぶりくらいに、生身の人間に「好意を持っていてもらいたい」と感じた相手で、きっと気持ちの重たさ的には灰汁島のほうがひどい。自覚するといろいろ死にたくなりそうだったし、相手にも迷惑なので考えないようにしていたけれども、きれいな顔を曇らせている彼を、なんとか、どうにかしたくて灰汁島は口を開き――。

「それこそ、早坂さんと瓜生さんが違うのは、あたりまえなので……」

「……っそ、うですね。なに言ってんだって感じですね」

「あっ」

さっと顔色を変えた瓜生に、完全に言葉の運びを間違えたと悟った。わたわたと、両手の指がうごめく。いま口から出てしまった言葉を取り消したい。書き直したい。小説なら、ツイートなら、下書きして推敲(すいこう)して投稿して、見直すタイミングがいくらでもあるのに、口から放つ『ことば』はそれがまったくできなくて、そのくせ破壊力はテキストの何倍もある。

「ちが、いまのはそういう意味じゃなくて」

あわてて言葉を探しつつ、なんでこんなカフェの一角で、修羅場みたいな状態になっているのだろうか、と頭の端では疑問符が躍る。それを冷静に考える間も与えてくれないのは、あきらかに傷ついた顔をする瓜生のきれいな目元が、赤らんで、歪んでいるせいだ。

「わかってます、変なこと言ってすみません」

「あ……」

待って、壁作るの待って。すうっと、テーブルひとつ挟んだだけの相手が遠くなる間隔に、灰汁島こそ血の気が引きそうだった。

形のいい唇を噛んだ瓜生がこぼした言葉に、灰汁島はますます慌てることになる。

「ツイッターも最近あんま、更新なさらないのって、おれのせいかなとも思って」

「いや、それは……」

違う、とはいえない。日常を綴ると最近すっかり瓜生のことが増えていて、どうつぶやこうにも彼の存在が消せない。名前を伏せておけばと思ったが、友人が、と書くにもおこがましいし、知人程度にしてはずいぶんと灰汁島の日々に侵食していた。

(このひとのことを、なんて名前で呼べばいいのかわからない)

まるで思春期の少年のように、関係の呼び名にこだわっている、そのことを言うべきか、言わざるべきかと惑っている間に、瓜生がまた言葉を続ける。

「いままでならきっともっと、きょうの予定とかもつぶやいてたり、服のこととかだって、フォロワーに雑な感じで相談とかもしてくれてたと思うのに」

「……ん？」

ここにきて、いまさらながら灰汁島は引っかかった。

そもそもどうしてツイッターの話になったのだろうか。それはもちろん、見てはいるだろうと思っていたけれど、フォロワーのなかに瓜生らしい人物がいた覚えはない。

裏アカとか、隠しアカウントでフォローされていたのだろうか。

（え、なんでそんなのが引っかかってるんだ？）

一瞬で散らかった思考に、灰汁島は混乱しかける。だが気づいた様子もなく言葉を続ける瓜生の、次の発言にはっとした。

「でも、おれだって、ずっと先生を見てたんで。炎上騒ぎになったあのときだって、あんな、寒いなかでジャージだけで、吹きさらしのベンチなんかに座ってて……風邪引かないかなとか、すごい心配して……」

「んん⁉」

炎上騒ぎも、それは十年ファンだと言うなら当然、知ってもいるだろう。瓜生は相当な『灰汁島セイ』ガチ勢だし、心配していたというのも実際だろう。

だが、なにかがひどくおかしい。違和感はどこだ。なにがこんなに、引っかかるんだ。

思考に沈んだ灰汁島は、記憶のなかから当時のツイートを思いだし、ぶるりと震えた。

「……ぼく、あのとき、服がどんなだったとかツイートしてないですよね。もちろん、『みひ』さんも、そんな情報漏らしてない」

どうしてそれを、瓜生が知っているのか。

いや——逆に、あの状況を知っているのは、早坂と瓜生のほかにはひとりしかいない。

「あの……瓜生さんって、まさか、あの時のDMくれたひと、ですか?」

問いかけると、瓜生はなんだかひどくさみしそうな顔で、静かに笑った。

言葉ではなく、それが返事だ。灰汁島の指摘どおり、あのとき早坂に灰汁島の居場所を教えたのは『孤狐』こと瓜生だった。

「み……見てたんですか、あのとき」

「だって、『みひ』さんちゃんと来てくれるかわかりませんでしたし、……おれ、本当はあの日、あの店にいたんです」

「な、なんで?」

「……あの店、『うみねこ亭』に似てるから」

気まずそうに言う瓜生が、どうしてあの場にいたのかそれで悟った。『海抜ゼロ』シリーズの舞台となる喫茶店は『うみねこ亭』だが、具体的に公言したことはない。ふらふらと街をさまよった灰汁島が辿りついた店は、言われてみれば店構えや雰囲気がよく似ていた。

「本家の聖地巡礼はできないから、たまに浸りに行ってたんです。そしたら、真っ青な顔した先生がはいってきて……ツイッター見たらあんなことになってて」

「その節は、お騒がせを……」

「そんなのは、いいです。ただ自分的にも、いままでのポリシー捨てて、みひさんに連絡するのはそれなりに勇気がいりましたけど」

苦笑する瓜生に、一部始終をこっそり見守って、タクシーに乗りこむところまで見ていたと告げられたとき、灰汁島の頭によぎったのは、どうしようもない羞恥心だった。

(あのとき、たしか部屋着のジャージにサンダルとか突っかけて、めちゃくちゃひどい格好だったのでは……⁉)

それを見られていたのか、瓜生衣沙に。かーっと顔を赤くすると、「怒りましたよね」と、彼は哀しそうに言った。誤解してほしくはなく、灰汁島は慌てて手を振ってみせる。

「怒ったりは……してない、ですが。ただそうだったのかって、驚いてます」

十万フォロワーのうちのひとりが、瓜生の裏アカだった事実をうまく飲みこめていないいま声を絞りだす。また喉がカラカラだ。水を飲みたいけれど、いまそういう空気じゃない。

いったいどうしたら、と思っていると、瓜生はなんだかちからが抜けたように笑った。

その表情に、なぜだかこのときはじめて、芸能人でも、暴走気味のガチファンでもない、瓜生の素顔を見た気がした。

「なんか嬉しいな。おれって、先生に認知されてたんですねえ」

「そりゃ……覚えてますよ！」

灰汁島のツイートに、定期的に必ずいいねをつけ、RTをして、ごくたまに感想と励ましを、丁寧な言葉でくれたフォロワーだ。そして、灰汁島が騒ぎを起こした日に、GPSがオンのままだと早坂に教えてくれた、あの熱心な『孤狐』。

ざわっと、首筋が総毛立った。自分の体感反応がよくわからず戸惑っている灰汁島は、どう言葉を紡げばいいのかわからなくなる。

（いつもありがとう？　違う、そんなんじゃなくて）

あのとき、早坂をとおして伝えられた言葉。スクリーンショットを、何度も何度も眺めて励ましとしていたことや、通知欄に『孤狐』の名前があると、心のどこかでほっとしていることや——とにかく言いたいことも伝えたいこともありすぎて言葉につまる。

だがその沈黙を、相手は当然、違うように読みとってしまう。

「……ストーカーみたいで、きもかったらすみません」

「え？　いや、ちが、そんなことは……そうじゃなくて」

「先生ほんとやさしいな。……フォローはいいですよ、自分でもきもいので」

乾いて傷ついた嗤いに、なにを言えばいいのかわからなかった。呼び方も、また『先生』に戻ってしまった。

（これ、完全に線引かれた？）

一気に引き離された心の距離に、動揺しかできない。うまい切り返しができないでいるうちに、瓜生が会話を切りあげてしまう。

「きょうは、すみません。帰ります」

「あのっ……！」

待って、と咄嗟（とっさ）に立ちあがった瓜生の手を掴んだ。細い手首をがむしゃらに握り、なにか、なんでもいいから引き留める言葉を言おうとして、渇いた喉が貼りつき、咳（せ）きこんだ。

「これ、どうぞ」

「いや、まっ……」

やんわりと手を離されて、さきほどもらったのど飴をいくつか、掌（てのひら）に転がされる。身をかがめた瓜生が「目立っちゃってるので」とささやいてくる。はっとして、灰汁島が顔をあげるとそこには『瓜生衣沙』の顔をした彼だけがいた。

「なので、ごめんなさい。帰ります」

にっこり微笑む、プロの笑顔は拒絶だ。同時に、すさまじいまでのもろさが見える。

しっとりした肌の感触の代わりに残されたのは個包装ののど飴。へたりこみ、しばらく放心していた灰汁島は、いまさらながらこの店で、なにも注文していなかったことに気づく。

瓜生はもう去っていて、店のなかを足早に動く店員たちは、こちらに気づく様子もない。

おそらく水を運んだのち、ピークになって外の客の存在を忘れたのだろう。

空になった水のグラスだけを残し、灰汁島ものろのろと立ちあがる。

なんだかひどく、寒かった。

＊　＊　＊

その後、どうやって帰ったのか、まるで記憶がないまま自宅に帰り着いた灰汁島は、よろけるようにソファベッドに転がった。

「なんだったんだ、きょう……」

瓜生と会ったあとは毎度エネルギーを使う。気を遣うし疲れるし、きらぴか芸能人オーラは隠せてないし、突然のオタクバーサクモードは戸惑うし、本当に心が騒がしい。

それでも毎回、ただただ楽しくいたのに、今回はそこにどんより したものが混じっている。

自分の気持ちを摑みあぐね、哀(かな)しげな顔をする彼の誤解をただせないまま、席を立った瓜生を引き留められなかったからだ。

「そっか……そういえば『孤狐(あの名前)』って、瓜(うり)が重なってるわ」

ささやかな自己主張だったのだろうか。そんな、いまはどうでもいいことを、ぼんやりとつぶやく。

この日のできごとが、灰汁島の頭をパンクさせていた。色々ありすぎて、まだ脳が処理しきれていないため、軽く発熱したような感覚すらある。

瓜生が本気でファンだということは信じていたが、さすがに『孤狐』と同一人物だとまでは、想像もつかなかった。意外すぎて驚き、衝撃的ですらあった。

「いや、でも、逆にすごいな……」

なにがすごいと言って、瓜生のぶれなさだ。

小説で綴る言葉と、SNSでの顔と、素の灰汁島は当然、それぞれ違う。作話の際、タイピングをすれば怒濤のように出てきて制御が効かないくらいの言葉も、直接他人と相対して声を発するとなれば、どこかぎこちなくなる。

大仰にキャラを作っているわけではないけれど、ツイッターやネットでは弱音も多いし、基本的にネガティブだ。けれど実際の生身となれば、そうそう愚痴ばかり吐きだすわけにもいかないし「思ってたよりはふつうだね」などと言われることもある。

心理学でいうユングのペルソナではないが、場面にあわせての役割を、無意識に果たすことはよくあると思う。親と友人のまえだとか、職場とプライベートで見せる顔が違う、そんな経験は誰にだってある。

ただ、マスな単位で表に出る部分の多い『作家』は、固定のイメージをもたれがちで、納得されたり驚かれたり、落胆されるのが常で――。

(ああ、でも、そうか)

そういう経験ならば、言葉での露出が大半の灰汁島よりもっとずっと、『瓜生衣沙』のほうが多いのだ。だから彼は一面的に見た、彼だけの持つ灰汁島像をこちらに押しつけることは一度もしなかった。

ただただ、ファンです、仲よくなりたいと、子どもみたいに無邪気なくらいに、好意だけをくれた。そのスタンスは、『孤狐』となにも変わっていなかった。

つまり、正しく受け取り切れていなかった灰汁島の器がちいさい、という話でもある。

(うわ、恥ずかしい……)

情けなくて、灰汁島の顔が歪んだ。

言い訳させてもらえるなら、作家業を十年続けていても、生身の相手に対面で、百パーセントの明るいやさしい好意をぶつけられるなんて経験など、そうはない。そもそもが若干うしろむきだったうえに、数年まえの仕事のトラブルで人間不信気味になってからは、誰に対しても一歩引くのが常になった。

正直早坂に対しても、完全に心を開いているわけではない。逆にそれでいいと思っている。継続する仕事相手である彼とは、どうあってもどこかの時点で、利について相反する部分が出てくる。親しくしているようでも、緊張感をなくすべき相手ではない。

でも——瓜生は、すこし、違う。もちろん自著の主演声優である以上は、多少仕事に絡む部分もあるが、灰汁島と瓜生の間に直接的な利害関係はさほどない。今回は特に、アニメ制作会社主導でのプロジェクトだったのと、塩漬け案件を掘り起こした——しかも前担当が一方的にペンディングにしていた件もあって、原作者サイドはあまり口を出してくれるな、という空気があったらしい。

そんなわけでむしろ、あの有名人につながりができたことについては、灰汁島の恩恵ばかりが強いと言ってもいい。だからこそ自慢だったり、それに準じることはしないように、慎重に、瓜生との関係を匂わせないように、ツイッターの言葉までもが少なくなった。

瓜生衣沙とつながってる、などと公に言えば、迷惑をかけるばかりだと思ったからだ。

「……でも、なんかあれって、むしろ自慢して欲しかったとか……？」

立場を逆転して考えてみる。瓜生衣沙ではなく『孤狐』ならどうか。十年、一方的なファンだった作家につながりができた。会うことにもなった。ふだんから言わなくていいことまでツイッターに垂れ流して、感情の外部装置にしていた相手だ、自分の話をするかもしれないと、ちょっとは期待しただろうか。

（だとしたら、可哀想(かわいそう)なこと、してたのか）

瓜生が果たして、そんな子どもっぽい感覚を持っているだろうか。一瞬沸き起こった疑問はしかし、そもそもこの日の会話を思い返せば不毛につきる。

恋愛などしたことのない灰汁島は当然、修羅場を迎えたこともなかった。だが本日のできごとは、かなりそれに近いものだったと思う。

「あれって、嫉妬かな」

ひとりごとを漏らすと、また声がガサガサになっていた。そもそも、発声自体が怠けているのだから当然かと、本日も雑然としている牙城を、見るともなしに見た。

積みあがった本は相変わらずで、数年まえ早坂が家で打ち合わせをするようになってから、このリビングダイニングだけはどうにか、足の踏み場があるよう死守している。

ここにたとえば、瓜生が来る日はあるのかと考え、ぼうっと妄想してみる。

リアルにシミュレーションするのは得意だ。それが仕事なのだから。

ひとづきあいはあまり好きじゃない。裏切られたし、不義理をした自分に対する自己嫌悪もたっぷりあって、結果、どんどん遠ざけた。

同世代の人間が就活でピリピリするなか、ネット小説「なんか」で楽して作家生活でうらやましいと当てこすられ、もともと数少なかった大学の友人は、ほとんどつきあっていない。

スマホへの乗り換えが面倒だったというのは言い訳だ。きっと、取り残されていく自分を見たくなかった。卑小で、本当につまらない男だなあと思う。

たぶんだから、ひとを好きになったこともろくになかった。恋愛ものが書けないのも道理だ。本当に長いこと、灰汁島は自分をひとりにし続けていた。

——灰汁島さん、孤独ってどういうものだと思いますか。

早坂の言葉が浮かび、なるほど、と思う。

ずっとひとりだった。けれど孤独感を覚えたことはなかった。最初からひとりなので、さみしさも、むなしさも、逆に無縁だったのだ。

しんと静かな、この汚くて散らかった部屋に訪れた他人は、早坂だけだった。

けれどもうちょっと片づけて、引っ越してきたころのように多少すっきりとさせたなら、あのきらきらしたひとがテーブルに座っても、案外——案外、悪くない気がする。

同時に、そんな期待を抱かせる存在がいままでいたこともないから、とても怖い。

むくりと、悪癖が頭をもたげてくる。あんまり幸せ慣れしていないのだ。手放すならさっさとしてしまいたいと、そんなふうに思うときだけ、灰汁島の行動ははやい。

ろくでもないなあ、とうっそり嗤う。

「……よし」

起きあがって、ポケットをさぐる。もらったのど飴を放りこむと、ハッカの刺激に唾液が溢(あふ)れて、ガサガサの喉が潤った。

まだ、なにがどうなるかはわからないけれども、瓜生と会って、話がしたい。

ひとりきりずっと、ひとりだということにも気づかなかった灰汁島に、ひとりだと気づかせたあのひとに。

それでも、電話はまだハードルが高い。メッセージは、どこに送るべきなのか迷って、けっきょく『孤狐』ではなく瓜生のアカウントに対して送った。

灰汁島なりの、それは言葉ではない、宣言だった。

＊　＊　＊

瓜生に送ったメッセージは、幸いなことに無視されなかった。話をしたいと告げたあと、やっぱり秒で既読がつき、返信がくる。気まずくした相手でも、瓜生は無視をしたりしない。こういうところは本当に尊敬してしまう。

内容が内容だけに、あまりひと目のある場所では困る。といって部屋に招くのも、いまのこの状態ではためらわれ、結果、灰汁島にとっては毎度の『うみねこ亭』で待ちあわせとなった。

いつもの席、と瓜生が喜んだ場所は、きょうも空いていた。けれど彼はもうはしゃぐこともないまま、沈んだ顔をして、席についている。

メニューを選ぶ気力もないようだったので、灰汁島が勝手に店主に「ブレンドとカフェオレ」と伝えた。うなずいた店主は、店内のＢＧＭの音量をすこしだけあげ、手早くサイフォンをセットする。緊張した空気を察したのだろう。毎度ながら気遣いが完璧だなあと思う。

「勝手に頼んですみません」

一応謝ると、はっとしたように瓜生がかぶりを振った。

「謝るのはこっちで……えっと。この間、なんか変な話になって、先生には……」

謝罪しようとした彼のまえに、「待って」と灰汁島は掌をかざした。

「もうわかってるとは思いますが、あらためてぶっちゃけますけど、ぼくは人間関係の機微とかほんとにわからないです。陰キャですし、コミュ力低いどころかマイナスだから、どういうのが正解か本当に、わかってないです」

「……はい？」

「正直きょうも、なにから話せばいいいんだかさっぱりわかってないので、もしかしたら今度こそ、トンチンカンなこと言って、瓜生さんが怒るかもしれないので、そうなったらごめんなさい」

席につくなり、一方的にまくしたてた灰汁島に、瓜生はきょとんとなっていた。そして、言葉の意味を確認するように何度か目をしばたたかせたのち「えっと」と口ごもる。

「あの、怒るとかはないと思いますけども……むしろ、おれのほうが」

「や、ほんと、とりあえず聞いてください、ごめんなさい」

何度も言葉を遮って、本当に失礼だとわかっている。だがこの日に向けて頭のなかで練りきった話に、対話するポイントを設けていないのだ。

オタクを舐めないでいただきたい。会話のキャッチボールなど不可能で、ただただちからまかせに暴投を続けるしかできないのだ。

「早坂さんのことをすごく気にしているようだなということはわかったので、誰にも言ったことがない。早坂さんにも言えなかったこと。言ってもいいですか」

いつもなら、まくしたてるのは瓜生のほうで、引き気味に相づちを打つのは灰汁島だった。この日は逆転させてもらうとごり押しすれば、なんとなく察した彼がおずおずうなずく。

「……なんで、おれに？」

「うーん、瓜生さんほど、ぼくのこと好きでいてくれるファンのひと見たことがなくて。どう接していいのか本当にわからないので、まずぶっちゃけようかと思いました」

だから、いっそきらわれてしまいたいんだ、とは言えなかった。

期待され、評価されていることは嬉しい。けれどこれがあっという間に失われるものだということは、いやというほど知っている。

そんな自虐を見透かすように、瓜生はまっすぐこちらを見る。

「先生が、言いたいなら言ってください。でもそうじゃないなら言わなくてもいいです。どっちだって、おれは変わらないんで」

「……変わらない？」

「変わらないです。なにがあったって、ファンなので。十年追っかけてるんですから。あと、例の件で一斉フォロワー解除くらったときに、最初にフォローしたのおれですからね」

ふふん、とわざとらしくふんぞり返ってみせた彼は、『孤狐』であることをもう隠す気もないようだった。

灰汁島のツイッターでの体感として、だいたい熱心な読者は三年くらいで入れ替わる。人気シリーズは一作ヒットが飛べば三年保つと言われるから、ひとの興味が持続するサイクルがそういったスパンなのだろう。

だが逆に、五年を超え、十年をすぎてもついてきてくれる読者たちというのも一定数いてくれるのも知っている。そしてそういうフォロワーたちは、ありがたさとともに記憶に残っている。

「そういえば、ぼく、すっごい訊きたいことあったんですよ。いいですか」

「……なんですか?」

「あのツイッターネームって、『ここ』って読むのでいいの?」

すこし身がまえた様子の瓜生は、灰汁島の質問に今度こそ、目をまるくした。そして、ふはっとちからの抜けた感じで噴きだすと、十年間謎だったことの答えをくれる。

「あれね、『こぎつね』って読むんです」

「そっか。うん。それすごいかわいい」

うんうん、とうなずけば、瓜生のすらっと細い首から耳までがさあっと赤くなる。なんだろうと灰汁島が首をかしげると「……先生は、これだから」と目を逸らした。

「あ、それやめて」

「どれ?」

「先生呼び、やめるって言ったでしょう。ぼくも、えっと……丁寧語やめるし。瓜生くん、でいい……ですかね」

思わず語尾がおうかがいモードになると、瓜生はくすくすと笑って「いいですよ」と言った。

(あ、ほどけた)

先日あのカフェでわかれて以来、ずっとかたくなだった気配がなくなっている。ほっとしたところで、灰汁島はふわっと漂ってきたコーヒーの香りに息をついた。

「ブレンドとカフェオレ、お待たせしました。……ごゆっくり」

ぺこりと瓜生が頭をさげる。すっと影のようにいなくなった店主の気配に感謝しつつ、香り高いコーヒーの薫香を吸いこんで、灰汁島は口を開いた。

「えと……話だけど。わりといま、ぼくについてのブラックボックスになってる、飛び降り事件についてからでいいですかね」

「と、びおり?」

ぎょっとしたように瓜生が目を瞠(みは)る。あれ、もしかして知らなかったのかと灰汁島は思ったあと、ああそうか、と思い直す。これは完全に出版業界側の人間しか知らない話だったのに、いつの間にか『みんな知ってる』が前提になっていた。

これも、認知の歪みだ。

「ぼく、六年まえ、両脚骨折したの、知ってますよね」

「あ、はい。なんか入院されたって、ツイートで……あと、新刊の発行延期になったし」

言いながら、まさかという顔になる瓜生に、灰汁島はうなずいてみせた。

「あれね、マンションから落ちたんです。三階のベランダから。……でもって、その直前に、この間の炎上騒ぎの元になった担当に、文芸デビューつぶされてたの知りました」

ひゅ、と瓜生が息を呑んだ。きれいな肌が、みるみるうちに青ざめていく。その顔を見つめながら、灰汁島は自分でも奇妙に思うほど冷静だった。

「それ、は、おれ……聞いて、いいんですか」

「あ、ごめん。聞きたくなかったかな」

「そんなことはないけど！　……でも、先生、は」

「先生？」

「……灰汁島さん、つらくないですか」

真っ青な顔をして、瓜生は目すら潤ませていた。なぜだかふっと、灰汁島は笑った。

「つらくないです。なんか……変な話だけどほんとに、いろいろあいまいで。それに、アレは本当に事故だと思ってるんで」

「思う、って自分のことなのに?」

「……あんまり覚えてなくて。あと、わりとぼくの記憶って適当っていうか、改ざんしちゃうから……」

記憶があいまいなのにくわえ、自分自身が作家であることも弊害なのだろうと思う。

整合性のある物語を求めがちなせいで、記憶をそう組み立てなおし、そうだった、と思いこんでいないとは限らないのだ。そう言うと、瓜生は驚いた顔をしていた。

「自分の記憶を、ですか?」

「けっこうあいまいだよ。たとえば瓜生さんも、役に入りこみすぎて、人格ぶれたりしたことない?」

言えば、あっといった顔になる。

灰汁島は物語を紡ぐ側、瓜生はそれを演じる側だが、いずれも『架空の人物について深く理解するためにシミュレーションする』という作業は共通している。

「それなら、ちょっとわかるかもです。頭のなかにべつの人間が住んじゃう感じっていうか」

「うん。それがぼくの場合は、世界観とエピソードぜんぶ、そっくり入れ替わります。なので、作話中は、あんまり現実に生きてない」

なるほどとうなずいた瓜生に、灰汁島は苦いため息まじりの笑みを漏らした。

「せん、……灰汁島さん、ときどきふわっとしてるの、それでかって納得しました」

「ふわっとしてるかな」

「してますよ」

「自分ではわかんない、……っと、そう、まだ話が、あって」

脱線しかかっていることに気づき、あわてて灰汁島は話題を修正する。テーブルのうえで、指が勝手に動いていた。むかし小説で読んだ、タイピングで思考整理をするキャラクターのクセを真似てみたら、本当にできたのだ。灰汁島の思考速度に近いのは唇よりも指だ。脳内のテキストエディタに文章を綴り、読みあげる感覚でいれば、言葉につまることは少ない。

「炎上事件で、だいたいのあらましはリークされたし、知ってると思うので割愛して。……あのころって、文芸デビューの邪魔されてただけじゃなくて、いろいろあったんですよね」

「……なに、されたんです」

固唾(かたず)を呑んだ瓜生は、続く灰汁島の言葉にぎょっとしたようだった。

「んー、パワハラっていうか、セクハラ、かなあ」

「は⁉」

「大きなくくりで言えば、ですけど。飲み会とかで、要するに客寄せパンダ的なことさせられてまして」

ヘテロの男性だった繁浦(しげうら)に、直接性的なあれこれをされたわけではない。だが灰汁島が苦手だと言っているのに合コンじみた場所に連れだされ、編集の懇意にしている——というよりツナギをつけたい女性漫画家や小説家相手に、ホストじみたことをさせられた。

「まあそれで、お酒はいってるし……色々大胆なひともいて」

ぼかした言葉でも、察したのだろう。瓜生の顔が険しくなっている。怒ってくれるのだなあ、というありがたさと、きれいなひとが怒ると迫力だなあ、という雑な思考が混じりあう。どこかで描写に使えるなあ、などと思ってもいて、この辺が瓜生いわく「ふわっとしている」のかもしれない。

「勘弁してくれ、って繁浦さん……あ、元担当ですけどね。繁浦さんに、言ったんですけど、なに言ってんだ、女紹介したんだからありがたがれ、みたいな感じで。むしろこっちがうまく対応できなくって、相手怒らせたら怒鳴られたり」

「……ひどい」

「まあ、そんなこんなで、ぼくについては、なんか……とことん便利遣いできる相手だって思われてるんだなあって、しみじみ思いましたよ」

削られていった自尊心。いまではずいぶんとなじんでしまったそれも、あのころはまだ傷つく余地があったなと、他人ごとのように思いだす。

「……先生、もしかして、顔出しいやがるようになったのって、それで?」

「うん、それからさらに、ですね。もともとあんまりじろじろ見られるの好きじゃなかったですけど。だからリアルサイン会も、長いこと拒否ってました」

高校生くらいまでは、背が高いわりに筋肉もつかず、いつも漫画やラノベを読んでいる灰汁島に人気はなかった。中二病をこじらせたままの時期だったし、ひとと話すより本の世界に没入したいタイプだったから、それでよかった。

大学でも似たようなもので——けれどデビュー後、当初は熱心な担当だと信じていた繁浦に「勿体ない」と言われ、すこしばかり身なりを整えてみたら、驚くくらいに周囲の反応が変わった。

「なんかそれで調子に乗れるタイプなら、また違ったかもですけど……ぼく、なんかひたすら落ちつかないし、気持ち悪いしで。だってそれまで見向きもしなかったひとが、急に媚びてくるんですよ。なんだこれ、って」

「……ん」

わかる、とも言わず、瓜生は何度もうなずいていた。こういう経験はきっと、彼のほうがずっと濃く味わっているだろうことは、想像がつく。

「で、まあ……飲み会のたび呼び出されることがすごく、多かったんですけど。なんかだんだん、あからさまになってってって」

飛んだ日のすこしまえにも飲み会があって、とある女性漫画家に、露骨にホテルに誘われた。そういうのは自分は、と断ろうとしたら『あのひとが困るんじゃないの』とささやかれて仰天した。

「……それ、枕営業、ですよね」

もはや色をなくした声で言う瓜生に、あはは、と灰汁島は笑ってしまう。

「怖くて逃げたんだけど……そのときですよ、うまくやれって怒鳴られたの。いや、まさか、担当編集が仕事妨害してるだけじゃなくて、こっちをスケープゴートにしてるとか思わないじゃないですか」

自分でもちょっといやな感じの、うわすべりな笑いだった。いまだに若干、あのころのことは他人ごとのようで、端(はた)から見ればばかみたいだとしか思えない。

だが当時、その構図に気づいたときには、もう、ただただ絶望しかなかった。

「それで家に帰ってきて、疲れたなーって、横になったんですよね。そしたら、夜中にいきなり、息が止まりそうになって」

呼吸が突然できなくなって、苦しくて、どうしようもなくなって発作的に窓を開いた。吸っても吸っても息苦しくて、空が高くて、もっと広いところに行けば酸素があるんじゃないかと、酸欠気味の頭で思ってもがいたら——ベランダから、落ちてしまった。

「あれ、たぶん過呼吸発作だったんだと思うんですよね。いまも、たまーに疲れると息苦しくなって、風邪とか気管支炎かなと思って病院行ったら、どこも悪くないからストレスじゃないかって言われて」

淡々と言う灰汁島は、いくらなんでも話しすぎかな、とまた思考の裏で思う。だがこれが自分だ。適切な話題も距離感も摑めない、ゼロか百しかないへたくそな人間だ。引かれてもしかたないと開き直って瓜生を見れば、しかし彼はずっと真摯な目をしたまま、そこにいてくれる。

聞いて、受け止めて、真剣に灰汁島のことを思ってくれているとわかる、まなざしと声。

痺れそうになる。


「えっと……気を悪くしないでほしいんですけど。心療内科、とかは？」

「パニック障害かもって？　怖いから病院に行って正式な診断は受けてないんですよね」

どうして、と不思議そうな顔になる瓜生に「うーん」と灰汁島は唸った。

「行ったら楽になるかもしれない。薬はもらえるかも。鎮静剤とか。でもそれはなんか……

ぼくの場合、根本の解決じゃない気がするので。もちろん、脳の分泌物が調子くるっちゃっ
てるタイプのひととかは、ちゃんと治療すべきだと思うけど」

言いながら、目を伏せる。言い訳だ、なにもかも。

自分の場合は本当に弱さから来ていて、それがわかってしまっているだけに、それに「病
名」をつけてしまったら、立ちあがれない気がして、しりごみしているだけ。

「なんだろうなあ、弱虫なんです、ほんとに」

あはは、と笑って、伏せていた目をあげる。そして驚いた。瓜生はこちらをまっすぐ見た
まま、泣いていた。

「え、な、なんで泣くんですか」

「……わかるから」

ぼたぼた涙を落として泣いているのに、それは、とても静かなひとことだった。

すこしだけ意外だった。彼の涙が、ではない。いままで、瓜生は灰汁島についてとにかく一喜一憂するのが激しくて、苦労話には泣いて見せるだろうと思っていた。

ただ、こんなおだやかな、それでいてどこまでも共感を滲ませる声で応えられるなんて思ってもみなくて、どきりとした。

瓜生はこの日も、ひと目を避けるためのメガネをかけていて、それがびしょ濡れになっているのもかまわず、微動だにしないまま、ほとほとと大粒の涙を落とし続ける。

「わかりますよ。すごく痛かったの。わかります」

「……わかり、ますか」

「本筋じゃないことで利用されたり、変な……こと、要求されたり。悔しいし、いやになる。どうして、って、すっごい思ったでしょう?」

ぐずりと洟をすすった瓜生の重たいうなずきに、ああそういえば、と思った。

彼の経歴は子役からはじまっている。きっと表に出さない苦労もたくさん、それこそ灰汁島なんか目じゃないくらいにたくさんあっただろうし、見て来ただろう。

――それ、枕営業、ですよね。

あの声には、瓜生が味わってきた苦みがどれほどのものかを悟らせるものがあった。

なのに「たかがその程度のことで」と彼は言わなかった。ただ灰汁島の過去の痛みに、そうっと寄り添うような言葉だけをくれた。

まずいなあ、と思う。

「先生は、自分を弱いって責めてるけど、そんなふうになるまで追いつめられちゃったのが、哀しいです」

「……瓜生くん」

「おれはあなたの話で、本当に本当に助かったのに、自分がなにもできないのが哀しい」

「また、先生って呼んでるよ」

「いまそこですか！　……だってしょうがないですよ、十年ずっとファンなんだから」

ついにメガネが涙でべしょべしょになり、ぐずっと洟をすすった瓜生がそれをはずして、拳でぐいと拭った。思うより男らしい仕種であると同時に、役者さんなんだなあ、と変な感心を覚えていた。

（これだけキャリアもあるのに、心がちゃんと、みずみずしいんだ）

目の前のできごとに共感し、感情移入するやわらかい心を保っている。それは思うよりも、芸事を仕事にしている人間には大変なことだ。

作家もまた繊細で、やわらかい部分を持っていなければ書けない、これは当然でもある。

けれど同時に「すべての世界」を握りしめて動かすには、透徹したまなざしや冷酷なくらいの平等な視点を同時に持たざるを得ない。

ことに灰汁島の書くような諧謔もすぎる主人公や、ライトノベル特有のメタ視点的ネタが出てくる場合にはなおのこと、道化師である作者を強く意識していないとむずかしいところもある。

ひたりきれるタイプではない。天才ではない自分を知っていて、そこそこまあまあ、下手じゃない。だからどこかに自信がないくせに、同時にものすごく傲慢に、「誰も自分を理解なんてできないだろう」と、たかをくくっている。

そんな自分を、灰汁島は知っている。だからぜんぶをさらけ出せない。なのに。

（こんな、かっこよくてきれいなひとなのに）

べそべそ、鼻水まで垂らして、他人のために泣けてしまうのだ。そして、過去の灰汁島になにもできなかったと、悔やんでまでくれる。

役者さんって怖いなあ。とても愛されているかのように錯覚してしまう。

そして灰汁島はチョロいので、ここまで好意を向けられると――。

好きになって、しまう。

（え、待って。嘘だろ）

脳内にふと浮かんだ言葉に、瞬時にさあっと、血の気が引いた。

（なに、好きって。いや好きだけど、そういうことじゃなくて）

そういうことじゃなく——じゃあ、どういうことだ。静かに灰汁島は混乱した。

同性なことはいまどき、そこまで問題でもない。そもそも灰汁島自身が抵抗感も忌避感もない時点でどうでもいい。

それよりも、瓜生は役者さんだ。芸能人だ。そしてなにより、灰汁島の作品の主役だ。

しかも、作品に救われたとまで言ってくれたひとだ。尊敬に近いほど傾倒してくれているのは否定しようもなくわかっている。

そんなふうに言ってくれるひとに、こちらから迫ったら？　いや、迫るような胆力はもちろん、ないのだけれど、うっかりなにかしら要求をしてしまうことがあれば——。

（なにを、どうやっても、セクハラで、パワハラになってしまう）

こんなきれいでかっこいい、ちょっとかわいいひとに、セクハラ？　考えただけでぞっとして、ぶるっと震えた。

さっき打ち明けた、自分がされていやだったことを、このひとにしてしまうのか。

「……せんせい？」

潤んだ目で、長い睫毛をまばたきさせながら、メガネ越しの上目遣いはやめてほしい。泣いたあとのすこし荒れた息づかい、こらえて噛みしめたせいで真っ赤な唇が、湿っている。

ツボを思いっきり抉（えぐ）られて、「うぐ」と変な声が出てしまった。

（えっ、待って、待って。すっごい瓜生くんてきれいだ）

知っていたはずのことをいまさら、眼前に押しつけられているようで、動揺がすごい。

それと、きれいなだけじゃなくて、なんか……えっちだ。

「あの、先生、どうしたんですか」

「はひっ、いえ、なんでもないのですが！」

ぐっと身を寄せられて、思わず椅子に座ったまま飛びあがりそうになる。そうして、はじめて会ったときにも香ったあのいい匂いに、脳がぐらっと揺さぶられるのを感じた。

「なんでもなくないですよ、どうしたんですか」

心配そうに小首をかしげる相手から、思わず目を逸らす。横目に、ちょっとショックを受けたような顔の瓜生が見えて、ひたすら申し訳なくなった。

（え、これ、距離を取るべき？　こんなひたすらキョドってたら、ものすごく失礼では）

だがもともと対人スキルのない灰汁島が、さりげなく距離を取るなどという芸当ができるわけがない。現にもう、極端にぎこちなくなっていて、瓜生はひたすら怪訝そうだし――たぶん、ちょっと傷つけた。

そもそも取り繕える程度の社交性があれば、自覚的なオタクなどやっていない。いったいどうしたら、と思っているうちに、困り顔の瓜生が意外なことを言う。

「あの、……きょう聞いたことなら、言わないので」

「えっ」

「言っちゃったあと、喋りすぎたーとかって後悔することも、あるんで」

わかってますから、と言いながら、あきらかにしょんぼりしている、そんな顔をさせていいわけがない。

そもそも、瓜生の気鬱を晴らしたくてこの日、わざわざ呼びつけてしまったのだ。このままでは本末転倒もいいところだ。

たったいま芽生えたばかりのこの感情をさらけだせば、自分にダメージが深すぎる。それでも、傷つけるくらいなら傷ついたほうがマシな程度には、彼が大事だなと思う。

(すごいなぼく、初恋が秒で終わるぞ)

もはや誤魔化しきれるものでもないと、灰汁島はあきらめもまじえて開き直る。それでもだいぶ煩悶したのち「あの、瓜生くん」と居住まいを正して名を呼んだ。

「あ、はい」

あちらも緊張気味に、背筋を伸ばして相対する。ぐっと唇を噛んだのち、灰汁島は覚悟を決めて口を開いた。

「これから言うことが、たぶんすごく不愉快だと思いますので、さきに謝ります」

「なん……でしょうか」

ごくりと喉を鳴らす瓜生に、もう破れかぶれだと灰汁島はぶっちゃけた。

「好きになりました」

「……はい？」

「えーと、恋愛的な意味で、好きになってしまいました。ごめんなさい」

「え……？」

ぽかんと、瓜生が目も口もまるくする。すごくかわいいなあ、と脳内フィルターがピンク色に染まったまま、灰汁島は思う。

（なんでぼく、いままでこんなかわいいひとと一緒に、買い物したりお茶したりできていたんだろうか）

きっとその僥倖も、これで終わるのだろう。残念だがしかたない。初恋は実らないと言うし、そういうがっかりには慣れすぎている。

しばらくは、立ち直れないと思うけれども。

「あのえっと、でも、心配しないでください。無理にどうこうとか絶対しないし、仕事にも関わりませんので」

「……え？　なに、待って」

「あ、そもそも、そちらに影響するほどのちからもないですし、このまま聞かなかったことにしてくれたらそれで――」

「待って待って、せん、……灰汁島さん、まって！」

ぎゅっと、手が握られた。一方的にまくしたてていた灰汁島の口が閉ざされる。頰を上気させた瓜生が、反撃だとばかりにまくしたててきた。

「なんか、おれも混乱してますけどもしかして、さっきの話のこととか気にしてますか。あの、いま言ってくださったこと、おれにはセクハラとかじゃないですよ」

「え、まあ……意に染まないセクハラとかは絶対、しませんので」

そこはさすがに信じてほしいと言えば「そうじゃなくて」と彼はすこしイラッとしたように眉を寄せた。その顔もいいなあ、などと、灰汁島は遠い意識で思う。自覚したばかりの恋心に、けっこういま、おばかさんな状態だ。

そして瓜生はどこまでも、灰汁島の想定にない反応をする。

「お、おれも好きならセクハラじゃなくて自由恋愛です！　合意です！　……よね？」

「えあ……う、そ、そう、ですか？」

自由恋愛ってわりと古い言葉知ってるんだな。そういえば瓜生のやっていた舞台の人気シリーズはレトロな時代感の探偵ものだったか。

そんなふうにぼんやり考えて「え？　好き？」と灰汁島は目をしばたたかせる。

「はい、先生ならなんでも、なにされてもだいじょうぶです！」

「いやそれはあの～……ファンだから勘違いしているのでは……」

いまいち実感のないまま思わずそう返すと、瓜生がまたむっとした顔になる。

「それ言ったら先生も、おれの舞台メイクで勘違いしているかもです」

二・五次元系ではとくに、美女と見まごうほどの長髪美形に扮することもあるため、その手の勘違いした輩は少なくないのだと瓜生は言う。

「この間もあだ名が『姫』ってキャラ演じたばっかですし、ほぼ女装みたいな……」

「あ、すみません、たぶんその舞台見てないかも……なんていうやつですか」

「一般配信はまだかもです、この間千穐楽のライビュあったばっかで」

ふむふむ、とうなずいた灰汁島は、「……いや、じゃなくて！」と脱線した話を戻した。

「舞台メイク関係ないですよ。だっていま、すっぴんですよね。めっちゃきれいだし、かわいいなって思う」

「きっ⁉」

言ったとたん、瓜生が瞬時に顔どころか首まで赤くなったから驚いた。

「……すっごい照れるんですね、瓜生くん」

「いや、だって、それは……」

きれいもかっこいいも、とにかくあらゆる美辞麗句を聞き慣れているだろうし、実際テレビや動画で褒められて、嫌みにならない程度に上手に礼を言う姿を何度も見た。

そうやって聞き流せるはずのひとが、たかだか灰汁島の、どへたくそな言葉でこんなに翻弄されてくれるから、なんだか胸がむずがゆくなる。

よかった。きらわれてない。拒絶されない。好きだと言って、喜ばれた。それはこんなにとんでもなく、全能感に見舞われることなのだと、灰汁島ははじめて知った。

なるほど早坂が恋愛というものはでかいと言うわけだ。

「あの、これからもそんな感じで、ぼくとふたりのときだけの、瓜生くんが見てみたいんですが、いいですか」

「ほら先生そういうこと言うから……！」

握った手を振りほどこうとするから、こちらから握り返して離さなかった。困ったようにぶんぶんと——それでもテーブルのうえなので限界はあるけれど、振りまわす。突然子どものようになる仕種は相変わらずおおげさで、けれどもうこれも、慣れてきた。

「そういうのってだめですか」

「だっ……め、とか、では」

仕事のときのかっこいい瓜生も、オタクでヘンテコな瓜生も、ひどくかわいい瓜生も——どれも彼で、嘘はない。

「あと先生やめましょうって、何度も言ってます。いっぱいいるから、誰かわかんないです」

「ひへ、や、だ、でも」

真っ赤になってぶんぶんとかぶりを振る。なかなか強情だ。ならば、と灰汁島は思いつく。

「じゃあ名前、本名、教えるから」

「えっ」

レア情報、と顔がオタクになるのはやめてほしい。ひんやりした手を名残惜しく離した灰汁島は手元のスマホで、自らの登録者情報を住所録に呼び出す。

「ぼくの本名これです」

阿久島、星。郵便物など大半のものはペンネームで通しているけれど、いまだに公的書類などではどうしても書かなければいけない、灰汁島の本名。

画面を覗きこんだ瓜生は、おおきな目をしばたたかせた。

「え、字が違うだけ？」

「……だったらよかったんだけど」

遠い目をして、灰汁島はため息をついた。それで、おそらく特殊読みをするのだと察したのだろう、おずおずと瓜生は顎を引いて告げる。

「スター……くん、とか？」

「まだましかなあ」

「ど、どんな」

「……星と書いて、キラリティ、と、読みます」

沈黙が流れ、瓜生はただただ目をまるくした。それも当然と、灰汁島は苦笑する。

「いまは届を出して読み名は『セイ』に変えさせてもらったけど。……言っておくけどべつに父も母もふだんは変なセンスとかではないんだよ。ただ……なんか産後ハイ？　で、うちの子いちばんお星さま！　ってなっちゃってたのと、当時見てた科学番組で掌性とか言われるキラルの話を見ちゃってたのとで、そのときは最高のセンスだと思ったんだとか言って、……親に、ことあるごとに後悔しては詫びられる名前を持った人間の気持ちわかる⁉」

「……や、ええっと」

灰汁島が早口でまくしたてると、瓜生はやはりきょとんとした顔で手をあげた。

「あのでも、せんせ……灰汁島さんは」

「セイでいいよ」

「……セイさんは、それでも、名前きらいじゃないんだね」

それを一発で見抜いたのは瓜生がはじめてだった。どうして、と目を瞠れば「だってそのままだもん」と彼は笑う。

「それこそキラキラネームってヤツなのはもう、間違いないんだろうけどさ。でも親御さんもめいっぱい愛情こめてつけたのも、やっぱり間違いないんだろうし」

そう、たしかに恥ずかしい名前で、なんでこんなのに、と笑われるたび思った。それでも、その瞬間、「うちの子、お星さま」と舞いあがるほど愛してくれた親のことを、否定したくはなかった。

幸いにしてというかあまりに難読なため、学校などでは大抵「ほしくん」「せいくん」と呼ばれた。訂正しなければそのままとおったし、たまに書類などの提出で気づいた担任が、驚いて確認してくることもあったが、恥じいって説明する親をまえに苦笑して終わることが多かった。

イジメなどにあわなかったのも、運がよかったとは思う。それでもやはり、ややこしい感覚の根っこを作ったのはこの名前であるのは間違いなく——かっとんだ命名の多いライトノベルに惹かれたのも、これが要因であったのかもしれない。

そうした微妙な気持ちを、目のまえのきれいなひとは、こてんと小首ひとつをかしげて見抜いてしまう。

彼が演じた、探偵のように。

「複雑な気持ちもあるんだろうけど、でも、だから、ペンネーム、ほとんどそのまんまの名前にしたんじゃないのかなって……え、ど、どうした……」

「——好き」

「ほぁ⁉」

いきなり真顔で告げた灰汁島に、瓜生は一気に赤くなった。先週見たテレビはなんだか恋愛トークでいじられてもスマートに受け流していたのに、たかが灰汁島ごときのひとことで、両手をばたばた振りまわしているのがやたらとかわいい。

「ぼくのこと、わかってくれてありがとうございます」

「す、好きなひとの、ことなので」

「ぼくも、きみのことちゃんと、もっと知りたいし、わかりたいです」

んぐ、と瓜生が息を呑んだ。

「お、おれは本名は……知ってます？」

こくんとうなずいた。最初に仕事で絡むことになった際に、ひととおり彼については検索して調べた。子役時代は本名で活動していたこともあり、とくに隠していないようで、あちこちの記事やウィキペディアに掲載されていた。

瓜生衣沙、本名、宇立勇。こちらもきれいというかかっこいい名前だと思うのだが、姓名占いでは大凶が出たらしく、事務所の社長が験担ぎでいまの字面——ちなみに姓名の組み合わせすべてが大吉——にしたそうだ。

「うん。……イサくん、て呼んでいい？」

「呼び捨てでもいいです、あ、あの……せんせ、じゃない、灰汁島、さん」

「うん」

「……やっぱりセイさんて呼んでいいですか」

「いいですよ」

実際、ペンネームで呼ばれることのほうが長くなってしまってからは、本名を言われてもぴんと来なかったりするのだ。そもそも両親すらあまり名前で呼びかけてきたことがなく、ペンネームが決まってからむしろほっとすらしているようだった。

「それであのー、ええっと、セイさんはおれと、その、お、おつきあいしてくださるってことで、いいですか」

「じゃなきゃ、本名教えません」

信頼の証なのだと告げれば、瓜生は静かに赤くなった。きれいな肌がふわっと上気するのはなんだか色っぽくも感じて、どきりとしてしまう。

「嬉しい、なあ……」

おまけに、まるで感極まったかのように、火照った頬を手で覆ってしみじみと言うから、なんだかたまらなくなった。

自分を冷静に分析しても、灰汁島は恋愛に向いているタイプではないだろう。おまけに相手が瓜生衣沙という時点で、おそらく通常のそれよりもややこしくなるのは目に見えている。

それでも、ほかでもない瓜生のこんな顔を見られるのなら、そのややこしさごと受けいれてもいいのかな、と思う。

「イサくん」

「はい?」

「……や、なんでもないです」

なにをしてるんだぼくは。ものすごくこれはあれだ、いままで散々漫画とかラノベで見か

けた、意味もなく好きな相手の名前を呼ぶやつだ。

脳が煮えそうになる。恥ずかしい。いったいこの空気をどうしたら——と思っていると、目の前がふっと翳る。

「おかわり、どうですか」

「ふぉっ⁉　い、いえだいじょぶです！」

「あ、お、おれもいいです……」

話に没入しきっていたので忘れていたが、ここは喫茶店だった。思わず目を見合わせたあと、ふたり揃って赤面し、どっと冷や汗をかく。

「あの、きょうはじゃあ、これで」

「そ、そうですねあのお会計……」

「あっぼく払いますので」

ものすごくしまらない感じで席を立ち、あわあわと店をあとにする。そういえばあの長い話の間、誰もはいってこなかったなと不思議になれば、店のドアノブにクローズドの札がさがっていた。

「……店長さん、気をきかせてくれたんですかね」

「なんとなくだけど、イサくんの正体は勘づいてる気がするので」

というかいまさらながら、公共の場でえらい話をしてしまったものだ。申し訳ないなと思いながら肩を落とす灰汁島に、瓜生が笑う。そして、すっと隣にきたかと思えば、やわらかな声が耳打ちしてきた。

「今度は、この話の続きできるとこで、しましょうね」

「えっ……」

リップ音も聞こえる距離でのそれに、ぞわっと灰汁島の背中が震える。思わずばっと振り返れば、いたずらっぽく笑う瓜生の耳だけが、赤い。

「じゃ、きょうはこれで失礼します。……また連絡しますね、セイさん」

「え、あ、ハイ」

それじゃあ、と軽い足取りで去っていく彼に、駅まで送ると言えばよかったと気づいたのは、もう細い後ろ姿が見えなくなってからだ。

（……あの瓜生衣沙と、おつきあいが確定してしまったわけだが）

のろのろと、灰汁島は帰路につく。そしてふと、頭に浮かんだラノベタイトル調の文言と、そのさきに連想したことを自覚して、そのまま電柱に頭を打ちつけそうになった。

——で、セックスの場合どっちがどうしたらいいのだろうか。

「いや、まだ！　はやいし！　なにそれ！」

恋をしたと自覚したその日につきあった。スピード感がすごすぎるけれども、それにしても一足飛びにセックスという単語が出るところが本当に、なんというか、我ながら。

「クソ童貞すぎる……！」

恋愛イコール、フィジカルコミュニケーションとなるあたりが、自分でも童貞まるだしだなと思う。だが、事実童貞だからどうしようもない。

ごりごりと、電柱に額をつけたまま声をうわずらせる。ちょうど塀の近くを通りかかったねこが、著しく挙動不審な長身の男にびくっとなり、悲鳴をあげて去っていったことで我に返った。

「これじゃ、通報される……」

帰ろう。帰ってから思う存分、取り乱そう。自分に言い聞かせ、一心不乱に足を動かすことだけを考えて、狭い自分の部屋にどうにかこうにか辿(たど)りついた灰汁島は、玄関ドアをくぐるなりその場にへたりこんだ。

「まじかー……ぼく、ええ、まじかぁ……」

とりあえず手はちょっと握った。キスもハグもまだ、なし。

アラサーの恋愛としてこれはどうなんだろうと思うけれども、なにしろ灰汁島はその手の知識が二次元のものしかない。正真正銘の、恋愛経験ゼロだ。

ひとりになった部屋で、きょうは手を握るだけだった彼と、もうすこし近づいて、いろいろしている状態を、妄想してもみる。

される？　する？　したい？　されたい？　ありとあらゆるシミュレーションをしたのち

に、なんとなく自分の希望するポジションが見えた。

「……これわりと確定かなあ？」

ちょっとかなり昂ぶってしまって、次に会うときまっすぐ顔が見られるかどうかわからない。変な興奮を静めようと意識的に深く呼吸をして、目を閉じる。

静かに自己嫌悪と反省もしつつ、芽生えたこれは大事にしたいなあ、と思う。

「あー……好きだぁ」

いや、本当に恋愛はすごい。ふわっふわのまま呻いて、灰汁島は床に転がった。

＊　＊　＊

瓜生と恋人になり、それから一ヶ月がすぎたが、セックスどころかキスすらまだの状態が続いていた。

なんとなくふわふわもだもだした関係のまま、進展のきっかけがない――だとかそんな、少女漫画みたいな理由ではない。当初から決まってはいたのだが、『ヴィマ龍』アニメ化第二期が正式に発表されたこと、そして押し迫った年末という時期の関係もあり、お互い一気に忙しさが増してしまったからだ。

瓜生は通常の舞台やテレビ、声優の仕事にくわえ、放映スケジュールにあわせたラジオのレギュラー仕事に改編期特番、メディア問わずの取材露出と慌ただしいようだった。

灰汁島は灰汁島で、『花笠水母(くらげ)』シリーズの最終稿執筆にくわえ、二期シナリオの監修、ブルーレイやDVDなどの各種特典小冊子の書き下ろし、そしてまえから予定されていたサイン会の準備。

なかでもえぐかったのがアニメの販促だ。打診された特典のほとんどをOKし、すさまじい量の書き下ろしノルマになった。具体的に言えば、DVD全巻に新作書き下ろし小冊子がつき、タイアップの新装版文庫にもSSカードやサイン本などの書店特典。

【正直しんどいけど、もう人生でこんなことはないだろうから】

あれだけへばりついていたツイッターにも、進捗(しんちょく)報告というか愚痴というか、をたまにつぶやくだけになっていた。だが、その分アニメ公式アカウントが頑張って告知してくれており、ひたすらRTするボットと化していたため、投稿数はむしろ月平均四十パーセント増という結果になっている。

ともあれ、年末進行という言葉が生ぬるいほど、ひたすらに目まぐるしい状態で、瓜生との連絡はもっぱらメッセージアプリか、たまのネット通話のみだ。

ふつうの恋人同士なら、つきあいはじめで月単位で会えないなど、破局の兆しにしかなりえないだろう。

しかしこれはいいのか悪いのか、そもそもが顔をあわせた回数がたった三回、ネットツールの方が気楽な灰汁島と、それを十年追いかけている瓜生では、日々の『会話』にそれほど困るものではなかった。

【じゃあ、サイン会の特典って自腹なんですか？】

【企画した書店側が、ビンゴ大会みたいな感じで用意してくれることもあるけど、最近は作家が自分で『御礼』をお渡しするのが定番らしいです】

この日は瓜生が撮影現場にいるため、通話はＮＧ。空き時間にちょこちょこと、メッセージを交わすやりとりをしていた。

【でもこのところ、先生の特典関係すごすぎるし、もういいんじゃない？】

心配顔のスタンプがぴょこりと飛んでくる。

アニメの販促で書いたテキストは、総合すると新刊丸一冊を書き下ろすのと同じくらいの文字数で、あまりのサービスぶりに、瓜生に同じく読者勢から「先生、働きすぎでは？」という声もあがるほどだった。

実際これでも制作陣や書店・ショップ側の要望からは、早坂判断でかなり止めているのだと言われている。

【でもやっぱ、アニメ化も、サイン会もはじめてなので。どれくらい来てくれるかわかんないし、心配なんです。せめておまけつければ、それ目当てで来てくれるかもしれないし】

【そんなのなくたって、ファンなら行くでしょ！】

おれが！　と自分を指さすスタンプと一緒にそんな言葉が届けられる。ありがたく思いつつ、どうにも不安が勝る灰汁島は、【やれるだけやっておきたいので】と言うにとどめた。

（ほんとのとこ、応募枠満了する自信ないんだよなあ）

一応は人数分のプレゼントとして、ＳＳカードを作成する予定でいる。ありがたいことにシリーズイラストレーターの赤羽とは浅いながらも交流があり、ひっそり打診したところ「ラフでいいなら描き下ろしますよ」と言ってくれた。

彼も自分の手がけた挿画の本がアニメになるのは初だったため、各種特典にも協力してくれていて、ありがたい。

【いいなあ。先生とキナたんの描き下ろし……おれもサイン会行きたかったな】

そもそもはサイン会の日程と瓜生のスケジュールが完全にあわず、参加自体が不可能なのだと知った瓜生は、本当に、びっくりするほどがっかりしていた。

【でも、二期にはあれでしょ、コラボカフェあるんですよね。そっちは絶対行きますから。コースターゲットする！】

鼻息荒く宣言しているのが見えるような文章に、灰汁島はなかば呆れつつ苦笑した。

【カードは今度あげますよ。サインも直接するし。……ていうか、グッズはもらえますよね？主演声優なんだから……なんでそんな参加したいの】

【それはそれです！　サイン会で推しからサインもらうのとか、イベントに参加して味わう

空気は別腹！　応募、はずれるかもしれないけど、せめてチャレンジくらいはしたかった！】

【ていうか、瓜生衣沙が来たら大騒ぎですよ】

くすくすと笑いながら返事をすると、不意打ちの言葉が、拗ねた顔をするキャラクタースタンプつきで返ってくる。

【先生になかなか会えないので、さみしいです】

「んぐ……」

灰汁島は唸った。漫画的表現だったら、ハートに矢がぶっすり刺さっている。

顔が熱い。

（か、かわいい、なあ）

瓜生の立場やなにかを考えて、完全にほかの人間から見られない、セキュリティの高いメッセージアプリでふたりだけのトークグループを作った。それでも万が一の流出があってはいけないので、いくつかのルールを設けた。

ふたりの関係について決定的なこと——恋人関係になったとわかる文言は残さないようにしよう。リアルでは名前呼びにしたけれど、こうしてデータの残るものではいままでと変わらず「瓜生さん」「先生」のままでいよう。

そう決めたのに——ぽつぽつと交わす言葉の端々は、だいぶあまったるい。

そもそも、いい歳の男が会えなくてさみしいと言っている時点でどうなのだ、という話は、この際置いておくほかない。

【ところでクリスマスとかはお仕事ですよね】

【クリスマス……というかそのころは本当にデッドオブデッドのなにかをやっつけていると思います。なのでクリスマス撲滅委員会に長年はいってます】

かくも恨めしい年末進行の、最後の壁。印刷所が冬休みに入る直前までには、いま抱えている案件を入稿してしまわねばならない。そして例年、だいたい、クリスマス前後だ。

【忙しいと思うんですけど、ちょっとだけ話すとかできますか】

【家から出るのは無理かもだけど、通話くらいなら……】

【やった、声聞ける。ありがとうございます！】

嬉しい、と踊るスタンプに、まいったなあ、と灰汁島は思う。

（ほんと、やさしくて、かわいくて、けなげで、まいったなあ……）

彼はいつも「先生の好きなものが知りたい」と言う。そしてそれが好みにつけ、そうでないにつけ、尊重してくれるし、絶対に否定はしない。

たとえば、灰汁島は服を買うのが苦手だ。一度は出かけたりもしたが、やっぱりどうしてもしんどい。がっかりさせるかなと思いつつもそう告げると、瓜生はまるで想定外の反応をしてみせた。

——えっじゃあ、おれが先生の服見繕って買ってみてもいい？

たかが服を買うのに考えすぎだと言ったり、笑ったり、それがふつうの反応だと思うのに、瓜生はしない。そして「じゃあおれ、専属コーディネイターになれるね」と楽しそうに言う。

逆に、灰汁島が好きで、瓜生が苦手なものがある。灰汁島はじつは爬虫類全般が好きで、虫の生態などにも興味津々なのだが、瓜生は「足の多い生きものが怖い」という。

けれど、やっぱり「そんなのが好きなんて変」と、彼は言わないのだ。

――だって、それを好きなのが、『灰汁島セイ』でしょう。

あれだけ濃厚にファンだと言って、ほぼ全肯定してくるくせに、けっして自分と灰汁島を同一視しない瓜生のスタンスで、壊滅的だった自尊感情はだいぶ補塡されたと思う。

そして、心地いいばかりのものをくれる瓜生に、とてつもなくのめりこんでいる。

【ぼくも話せるの嬉しいです。なかなか時間とれなくて、すみません】

本当のところ、灰汁島が多忙すぎる理由にはもうひとつ。数年分積みあがった書籍をすこしずつ整理し、レンタル倉庫に移動させるという作業を、仕事の合間に挟んでいるからだ。

いつだったか、この部屋のなかに瓜生がいることを想像して、悪くないと思った。あれを、できるなら近いうちに、現実にしたい。そう思って、出来る範囲ではあるけれど、断捨離を行っている。

とはいえ執筆に大半の時間を取られるために、さほど進んではいないけれど、いつものようにめげたりあきらめたりするような気配はなかった。

本当に、恋とはパワーなのだなと、もはや自分に感心してしまう。そしてその原動力が、また嬉しい言葉を投げかけてくる。

【一段落ついたら会いたいです。冬服も、おれが選びますけど、……もうすこしお時間できたら一緒にまた出かけたいです】

【ぜひお願いします！】

要するにデートしましょうと言われているわけだ。たったそれだけで、信じられないくらいときめく自分に灰汁島は戸惑う。

そもそもオタクは一点集中で好きを極めてしまうのだ。ちょろいとも言う。

好きだって言いたいなあ、とぼんやり思う。でも言えない。ふたりで決めた、制約のあるテキストでの会話がもどかしい。けれどそのもどかしさすらも、楽しい。

【あの、サイン会のとき、おれの選んだ服、着てってくださいね】

さらっとした言葉だが、早坂に嫉妬(しっと)した件を考えると、わりと重ための独占欲だなあと思う。なのにちっともいやではなくて、むしろもっと言ってほしいなどとも考える。

まあなにしろ、浮かれているのだ。初恋なので。

【あ、ちょっと移動しますので、これで】

【わかりました。おやすみなさい】

【お仕事頑張ってください。おやすみなさい】

そうしてこの夜も、短いような長いような、大事なひととの会話が終わった。スマホをオフにして、はああ、と灰汁島はため息をつく。

「不整脈起きそう」

ふわふわとした多幸感で脳がずっととろけたような感覚がつきまとっている。

同時に、すこし怖いなあ、と思う。

灰汁島の人生で、うまくいっているときほどなにか、ものすごく面倒だったり、いやなことが起きるものだ。

「……最近、あのひとから連絡ないな」

繁浦からの執拗な連絡については、けっきょくのところ早坂に相談しそびれたままだった。というのも、やらなければならない仕事に追われていて、脱稿してからゆっくり話そうと思っている間に、ぱたりと音沙汰がなくなったからだ。

やっと諦めてくれたのかと思いたい、しかしそんな簡単に引き下がるくらいなら、これだけ長い間振りまわされてもいない。

正直、繁浦については、できればあまり落ちぶれすぎることもなく、適当に成功してほどほど幸せになっていてほしい。なにも揉めた相手の幸福を願うほどおひとよしではないが、ひとが過去のなにかに執着するとき、大抵は現状がうまくいっていないことが多い。

灰汁島の与り知らないところで、勝手に幸せになっていていてほしいというのが、掛け値無しの本音だ。

とはいえ、野心家なだけに生半な成功では満足しないのが繁浦だというのも、いやというほど知っている。

(嵐の前の静けさ、とかじゃないといいけど)

なにも言われないことが、こんなにも不気味に感じる。そして、いつまで過去に引っ張られるのかと、自分にため息が出てしまった。

＊　＊　＊

気がかりはありつつも、目まぐるしい日々は続いていた。

アニメ『ヴィマ龍』は、ありがたいことに好評を博したまま第一期の最終回を迎えた。おかげでＤＶＤならびにブルーレイの予約も上々、二期への期待の声も高く、プロジェクトとしてはまずまずの成功を収めたと言えた。

どうにかこうにか販促関係を入稿し終えたところで、気づけばサイン会の日程も近づいた。

灰汁島は、応募数が少なかったら書店にも出版社にも恥をかかせる……と怯えていたのだが、蓋を開けてみれば予定した枠の五倍以上の応募数となり、関西、関東をあわせれば千人単位の参加希望。日程と会場はすでに決まっているため、収容人数をギリギリまで増やしても、倍率はさほど下がらなかった。

　ツイッターのリプ欄には、おめでとうの声と、サイン会当選の喜び、落選したことへの若干の恨み節が届いて、またもやトレンドに『ヴィマ龍』がはいりこむ事態となった。

【覇権アニメ狙えますよ！】

　トレンドのスクリーンショットを添えてメッセージを送ってきたのは瓜生で、苦笑しつつ【恐れ多いです】と返したものの、なにか、よくわからないうねりのようなものが動いているのは感じた。

その二日後。

　なにが起きたのだ、と灰汁島はただただ目眩がするような心地だった。そして、喜ぶよりまっさきに、こう思った。

（やばいな、……怖い）

　あまりマイナスな考えをすると呼び込んでしまうというから、改めたいとは思う。けれど、人生でいちばん浮かれている自覚があるだけに、いつこの足下が危うくなるのか、という、ひんやりした不安感が背中に貼りつく。


「灰汁島さん、ＤＶＤ一巻の売上げ、予約ランキング一位とりました！　あと新装版文庫も、シリーズ全巻、一部は発売前重版確定です！」

　とある総合データバンクのランキング結果を、早坂が嬉々として電話で報告してきたのは、灰汁島は基本的に運がいいほうだと思っている。同時に、あまりに物事がうまくいくときは、必ず揺り返し的なものが来るのも経験している。

どうか、なにごとも起きませんように。

＊　＊　＊

生まれてはじめての関西、大阪への道行きは、ほぼドアトゥドアの強行軍だった。連日の特典SS〆切に追いまくられ、ほとんど昼夜逆転していた状態の灰汁島を、朝イチ、早坂が車でピックアップ。

ちなみにその車を運転していたのが、どうやら早坂の伴侶であったらしいが、半目でほぼ寝ているような状態のまま後部座席に座らされ、走行中もひたすら、うつらうつらしていた灰汁島はろくに顔を見ることもできなかった。

はたと、挨拶すらしていなかったのではと思いいたったのは、東京駅に降ろされて、大ぶりなジープタイプの車体が走り去る姿を見たときだ。

「あっ、ぼくあの、旦那さんに御礼言いましたか……？」

「うちの旦那はわかってくれますから、もういいですから、早くこっち、はい乗車券！」

そして新幹線のグリーン車に乗り、そこでも爆睡。意識的には一瞬で到着した大阪駅。だいぶ目が開いた灰汁島は東京とはまるで違う空気を味わう余裕もないまま、ふたたびタクシーに押しこまれ、サイン会会場となる大型書店の通用口から入店。

気づけば、早坂の指示のままに、洗面所で顔を洗い髭を当たり、瓜生の助言により先行して会場へ送っておいた着替え一式に袖を通し、どうにか見られる状態までできあがった。

「瓜生さんの紹介してくださった美容院、さすがですね。あの灰汁島さんの爆発ヘアが、おしゃれナチュラルスタイリングに見える」

「三日前、無理して行っておいてよかったです」

感心する早坂に同意のうなずきを返す。覗きこんだ鏡のなか、灰汁島は長身細身に似合うイタリア製のスーツを着たスタイリッシュな青年に様変わりしていた。

ほんの小一時間まえまで半日になったまま、毎度のジャージにかろうじてデニムという格好を、ダウンコートで誤魔化したまま東京から大阪まで移動したとは、誰も思わないだろう。

「お見立ても完璧ですねえ……靴からぜんぶ、瓜生さんコーデでしたっけ」

「もう完全にお任せコースでした」

なんとなれば、今回の服を買いつけてきてくれて、スーツがよれないように完璧な荷造りもすべてすませて発送手配までしてくれたのは瓜生なのだ。

【時計と香水だけは送ると危ないから、忘れずに持ってってくださいね！】

別送されたそれだけは、緩衝材ごと鞄に突っこんで、大事に手ずから運んできている。香水をミニボトルに移し替えたのも、不器用な灰汁島ではなく瓜生だった。どこにどうつけるのかまで、すべて瓜生からレクチャーされている。

「さすがです。いままでで一番かっこいいのでは」

何度もうなずき、しげしげと見る早坂の目に『顔出し』の文字がちらついていることに気づき、灰汁島は顔を歪めた。

「……会場写真、レポとか掲載するときは、引きでお願いしますよ？」

「まあそれはね、サイン中になると読者さんも写りますからね」

それ以外についてはあえてお互いコメントせず、ともあれ準備が整ったと、灰汁島は軽くネクタイを締め直す。

そうこうしているうちに、書店側が「会場のほうでご説明を」と呼びに来た。

七階建てビルまるごとの大型書店、その四階にイベントスペースが設けられていて、ひな壇の位置には関係者から贈られた花などが飾られた棚を背に、積みあがった著書と、サイン用の複数のサインペンなどが設置された長机にパイプ椅子が置かれていた。

「こちら会場になります。今回は待機列とサインブースをパーティションで仕切って、参加者の皆様おひとりずつを送り出し、サインと対話をしていただく方式になっています」

担当者の説明のとおり、椅子の向かいには目隠しのようにパーティションが並べられ、『灰汁島セイ先生サイン会会場』というロゴパネルが貼りつけられている。

「参加者様は、同じ階の反対側の待機スペースでお待ちです。時間になったらこのパーティション向こうにある席で、整理券順に並んでお待ちいただきます。パーティションから出ていらした段階で、こちらのスタッフが本を渡しますので、それを先生にサイン頂き――」

段取りについてあれこれと説明されながら、灰汁島はどうにか顔が引きつらないようにつとめた。掌はもうびっしょりで、さきほどからハンカチを握りしめたままでいる。

「緊張してますねえ、灰汁島さん」

苦笑する早坂に、言葉なくうなずいた。正真正銘、人生初のリアルサイン会なのだ。

「これ、あと、東京でもやるんですよね……？」

「はい、そっちは二日間にわかれてますよ」

頑張ります、という声はかすれて、目眩がしそうだった。

ざわざわと胸が騒ぐのはきっと緊張のせいなのだろう――そう思いたいのに、さきほどから肌がビリビリするほどの『なにか』を感じて仕方がない。

そして残念なことに、いやな予感とは、どうしてか当たってしまうものなのだ。

灰汁島にとってまったく嬉しくない再会は、サイン会会場において果たされることとなる。

冬だというのに、会場はかなりの熱気に包まれていた。

ひとりずつ順番に灰汁島のまえにやってきて、「サインをお願いします」と、自身の名入りカードを差し出してもらう。来場者の名前を書き間違えないようにするシステムだが、ふだん手書きの文字を書く機会も少ない灰汁島は、冷や汗をかきっぱなしだった。

ひとりひとり丁寧に、失礼にならないように。必死にそればかりを心がけつつ、顔がこわばりそうになったときに思いだすのは、瓜生の言葉だ。

——無理におっきく笑おうとしなくていいから、口の端だけ意識してあげて。それだけで、だいぶやわらかくなると思うから。

昨晩、遠出するからと、めずらしく瓜生が電話をくれた。数分の通話だったけれども、あまい、やさしい、きれいなあの声で「だいじょうぶ」「がんばれ」と何度も励ましてくれた。

朝まで仕事をいれたのは、〆切が押しただけでなく、緊張で眠れなかったせいだった。それを見越して、ちゃんと寝るようにと何度も念を押しながら、自分こそ忙しい移動の最中に、声を聞かせてくれた。

だから灰汁島は、彼の言葉どおり、ぎこちなくても笑って応対することができている。

「来てくださって、ありがとうございました」

どうにか間違えずに名前とサインを書いた本を差しだすと、ほとんどの読者は嬉しそうに、あるいはひどく緊張してこわばる顔で、受けとってくれた。

話しかけてくるひとも、終始無言のひともいた。けれど誰もが、灰汁島のサインした本をぎゅっと大事に抱えて、次のひとに席を譲って去っていった。

——頑張ってください。

——大好きなんです。

——応援してます。

そう長いこと話せるわけではないし、灰汁島もまったくもってコミュ力がないから、うまく言葉を返せた気はしていない。それでも、皆が嬉しそうで、ぐっと胸に迫るものすらあって、途中だというのに涙ぐみそうになるほどで、困った。

だからだろう、紛れこんだ異物としか言いようのない、彼の存在に気づいたのは。

「……こちら、お願いします」

会も終盤、あと数人を残して終わり、というところになり、差しだされた著書と、名入りの紙片。ルーティン的になっていた流れが、ひどい滞りをみせた、そんな感覚に灰汁島は目をしばたたかせた。

「えっと、結木(ゆうき)……蔵人(くろうど)、さん？」

整理券番号と一緒に印字された名前を見たときによぎったいやな感覚は、顔をあげ、相手のにやにやした笑い顔を見た瞬間、はっきりとした嫌悪に変わった。

「なにしに来たんですか」

感情の一切を排除したような、冷えきった灰汁島の声に、隣にいた早坂がぎょっとした顔になる。

「……えっと、灰汁島さん……？」

それには答えず、灰汁島はこわばった顔のまま、対面に立ってこちらを見おろす男を冷めた目で見続ける。

「なにしにって、サインをいただきに？」

「わざわざ、好きでもない作家の本買って？　ずいぶん、趣味変わったんですね、繁浦さん」

その発言に、早坂が息を呑んだのがわかった。全身の血が凍りつくほどの悪寒を感じつつ、灰汁島は拳を握りしめる。

「サインくださいよ。わざわざ大阪くんだりまで来たんですから」

あざけるような物言い。胃がすくみそうになる。幸いにして、パーティションに遮られ、他の読者たちには、いまの灰汁島の表情は悟られていないはずだ。

「……早坂さん。このひと、です」

「！　……はい」

灰汁島の低い声に、早坂が警戒態勢を取る。しかし、いまのところ単にその場にいるだけの男へどうすることもできず、緊張状態だけが続いた。

「どうやって……ここに」

「そりゃ、あれよ。ふつうに応募しましたよ？　東京会場のは抽選漏れしたんで、こっちにしか機会がなくて。あ、これついでなんで、名刺です」

小さな紙片を投げてよこされ、テーブルにひらりと舞ったそれを灰汁島は触りもしなかった。代わりに、見たことがないほど顔をしかめた早坂がつまみあげる。

「……ＮＧリストにはない名前です」

早坂には、万が一を考えて応募者をチェックしてあると聞いている。だが、突きだされた名刺には、灰汁島が知らない苗字(みょうじ)が記載されていた。

「結木さん、ですか。名前、むかしと違いますね」

「離婚したんだよ。もともと、婿(むこ)養子にはいってたからさ」

ヘラヘラと言う繁浦――いまは結木蔵人が、相変わらず上からの態度で言ってくる。

「とにかく一度連絡くださいよ。もう、なんべんアタックしても無視るんだもんなァ。すっかり売れっ子さんで、おれのこととか忘れちゃったんでしょー？　薄情だな、まったく」

胃が、ぐらり、と煮える音がした。唇を噛んで、しかし灰汁島は耐える。

（やられた）

周囲には、事情を知らないファンや書店スタッフらがずらりといる。この場で騒ぎを起こすわけにもいかない。隣で固唾を呑んでいた早坂が、顔をこわばらせてまえに出ようとする。

「……早坂さん」

「でも」

目をつりあげた彼を、灰汁島はかぶりを振って止めた。とたん「あっれえ、そうかあ！」と結木がわざとらしい声をあげた。

「こちらが早坂さん！　担当さんですよねえ。いやあ、お世話になりまし、た、た、た」

その瞬間、灰汁島は悟った。今回のターゲットは自分だけでなく、早坂も含まれている。

おそらく退場を願えば、繁浦は大声をあげてわめき立てるくらいはする。場合によっては、パーティションで目隠しされているのをいいことに、早坂に暴力を振るわれたかのような虚言を吐くことさえ厭わないだろう。

そういう男だ。他人になにかをなすりつけるのが、とてもうまい。だからいま、早坂を前に出すわけにはいかない。

（落ちつけ）

目を閉じて、ふうっと息をつく。深呼吸すると、ふわりと香ったのは、この日つけてきたフレグランスだった。

いい匂いだから、同じ香水が欲しいと告げた灰汁島に「セイさんにはこっちが似合う」と、瓜生が選んでくれたもの。

目を開くと、カジュアルスーツの袖口から伸びる手元が映った。服も、時計も、ぜんぶ彼が選んでくれて、忙しいなか準備して、送ってくれたものだった。

——先生、うんとかっこよくしていって！

（……うん）

目のまえにいなくても、瓜生はきちんと支えてくれている。ふ、と口元をゆるめた灰汁島は、手早く、手もとにある著書にサインをする。

結木の名前は書かなかった。おそらく転売されるだろうけれど、読みもしない男の手元にずっとあるくらいなら、コレクターの手に渡ったほうがまだマシだと思った。

「ここではこれ以上は話せませんので、後日」

じっと目を見て本を突きだせば、結木は意外そうな顔をした。だが、すぐにばかにしたような嘲笑（ちょうしょう）を浮かべ、顎をしゃくる。

「連絡待ってますよ」

ふてぶてしいのは変わらず、本をひったくるようにして去っていく相手を、灰汁島は眉をひそめて見送った。

「……灰汁島さん、すみませんでした」

「早坂さんが謝ることじゃないです」

聞いたこともないほど悔しげな声で言う早坂に、灰汁島はかぶりを振る。書店スタッフも、一体なにが、と心配そうな顔でこちらを見ているのに、灰汁島は笑ってみせた。

「すみません、大丈夫です。次のひと、いれてください」

「は、はい」

まだ胃はぐらぐら煮えているようだったけれども、どうにか体面は保った。

――サイン会、頑張ってきて。終わったら、打ちあげしましょうね。

耳に残るあまい声が、背中に芯をいれてくれる。

彼に羞じない自分でありたいと思うことは、こんなにも強さをくれるのだ。

「では、番号Bの二十二番の方、どうぞ――」

深く息をつき、椅子に座り直した灰汁島は、緊張した面持ちで入ってくる読者の青年に、精一杯微笑みかけた。

＊　＊　＊

大阪のサイン会から一週間が経ち、どうにか関東でのサイン会――東京、横浜の二ヶ所で行うそれも、終了した。

いずれも評判は上々で、ネット上では【灰汁島セイの神対応】など、大仰に褒めそやす投稿もいくつか見受けられた。不器用ながらも、終始おだやかに対応できたのがよかったらしい。

むろん、会場での無料配布プレゼントとなったＳＳカードは、即日高額転売になった。案の定というか、結木宛に書いた無記名サイン本はネットオークションに出され、早坂が捨てアカを取って落札するよう、編集部総出で頑張ったそうだ。

最終的には十万ほどの価格がついたため、「そんなにしなくても」と灰汁島が青ざめれば、どうにか落札して確保したのちに、運営あてに、わざと入札を競らせて値段をつり上げる、「欺罔(ぎもう)行為の疑いあり」と通報しておいたそうだ。

——実際、値段のハネかたおかしかったんですよ。灰汁島さんのサイン会、落選者多かったからWEBサイン会もするって告知済みなので、ああまで高額になるはずがないんで。

編集部の面々が入札する際には、前の価格にプラス一円という決まりを設けていたので、価格暴騰は起こりえない。おそらく結木の友人か、複数IDを使うなどしてサクラとなり、競りを激しくしたのだろうと早坂は言った。

通報後、オークション自体が無効化されるかどうかは運営の判断次第だそうだが、欺罔行為が事実だった場合は、売買成立後、出品者に詐欺罪の適用もあり得るので、大抵は注意勧告ののちに取り下げられるらしい。

——繁浦……結木のオークション取引履歴を確認したら、出品数が相当あったんです。過去に担当したらしい作家のサイン本とかグッズも多数……コレ、相当経済的に困ってる可能性があります。

こういう手合いはなにをするかわからないので、充分に気をつけてください、と早坂は何度も言い、灰汁島も「わかりました」とうなずいた。

わかったうえで、いま、かつて天敵と思った男と対峙している。

「ご連絡ありがとうございました、ってか、あれからずいぶん時間かかったんじゃね？」

「忙しかったもので」

灰汁島が繁浦――結木との話しあいの場に選んだのは、灰汁島の住む街からすこし離れたターミナル駅の、古びたコーヒーチェーン店だった。

灰汁島個人の好みから言って、あまりおいしいと思えない、煮え切ったコーヒー。そういえばこのひととの打ち合わせは大抵こういう店だったなと思いだす。そしてなにかを食べているときに、おいしそうにしている様を見たことが一度もない。たぶん、味わうことへの興味がないタイプなのだ。

（早坂さんは、大体いつも『うみねこ亭』か……そうじゃなくてもコーヒーの美味［おい］しい店、選ぶんだよな）

ほんの些細［ささい］な気遣いではあるし、単に好みの問題でもある。けれど、ささやかであれ、好きなものが近いこと、それに理解を示してもらえることは、相手を知る手がかりにもなる。

（……で、瓜生くんは、とにかくなんでも、ぼくを知ろうとしてくれる）

目のまえの男は、灰汁島に対してそうしようとしなかった。逆もきっと、しかりだった。

「ははっ、相変わらずしけた顔だよな」

「ご用件はなんでしょうか」

挨拶もなしに失礼なことを言ってのけた相手へ、こちらもひんやりと答える。顔を見て話すと言った灰汁島に、早坂は当初、かなり反対した。

——あんだけ釘刺したとに、どげんつもりっちゃ、あいつは……たいがいにせぇよ！

ふだんおだやかな早坂が目をつりあげ、もう滅多に出ることがないという地元の言葉で吐き捨てていたあたり、本気で怒っていたのだろう。

——ほんっとに……灰汁島さんも、聞かんなあ！

灰汁島についてもけっこうに腹立たしかったようで、しっかり怒られた。

（こわかったなあ、早坂さん）

思いだして顔をしかめていれば、なにを勘違いしたのか、結木がにやにやしながらこちらをねっとりした目つきで眺めてくる。

「ご用件ってさあ。何度も連絡したのに無視されたから、こうするしかなかったんですよ。わかるでしょうが」

尊大ぶった態度は変わらないのだが、以前ほど気圧されることもなかった。むしろ、この程度の男だったのか、となにか落胆したような心地になり、そんな自分が不思議でもあった。

「わかりませんし、そちらの事情はそちらの事情ですし。で、はやく用件を言っていただきたいんですけど」

「……あ、へえ……売れっ子さまはだいぶ、強気でいらっしゃるんですねえ」

動じないますますっぱりと言う灰汁島に、結木は鼻白んだようだった。けれど、どうして灰汁島が、あの当時のままでいると思いこんだのか、逆に不思議だ。

最後に言葉を交わしてからは五年が経過し、一緒に仕事をしたのはもう六年以上まえだ。灰汁島の周囲の環境も変わり、関わるひとびとも増え——不器用なオタクでも、どうにかこうにか努力して、成長するくらいの時間はあった。

同じだけの時間が、目のまえの男にも流れたはずなのだ。そう考え、灰汁島はため息をかみ殺した。

（いや、違うか）

悪い意味で、変わろうとしなかったから、彼はそうなってしまったのだ。

転職するたび、結木は仕事先と揉めては追い出されるような形になっていたはずだ。彼曰くの『手持ち作家』の名前をちらつかせて転職先に厚遇を要求し、しかしその誰からも原稿をとれず、肩身が狭くなって出ていく。あげく灰汁島の失踪騒ぎの件で、かなりのところにトラブルメイカーとしての話がまわったため、いまはフリー編集としてしか動けていない。

——苗字変えたのも、その対策じゃないですかね。結婚や離婚で名前が変わっても、通名の旧姓でやる編集も少なくないので。

推測ですが、と言った早坂の言葉は、おそらく真実だろう。オークションに出品したレア品も、色々と困って売りに出したのだということは、以前よりずいぶんとよれた印象のある服装や、顔色の悪さからもうかがえる。

むかし、灰汁島はこの男に踏みつぶされた。チャンスも、自尊心も、信頼もズタズタになって、ちいさくうずくまった。

だがいまとなっては、なんでこの程度の相手にそんなに怯えていたのだろうか、と、他人ごとのようにしか思えない。

なので、いまの灰汁島が思ったままを口にした。

「あのですね。ぼくとあなたの関係っていま、単なる他人ですよ。あといきなり当てこすりみたいなこと言うとか、そもそも編集が作家にとる態度ですか、それ」

「え……」

ぎょっとしたように結木が驚く。逆になんでそんな反応だと、灰汁島のほうが驚いた。

「っは、すごいなあ、久々に会うと強気になってらっしゃって。なに？ 作家さまだから敬えとかそういう？」

「違いますよ。仕事の取引相手でしょう。お互いに礼節を持って相対するのは社会人としてあたりまえの話じゃないんですか」

「そ……」

「少なくとも、まともに仕事しようとする相手に、よくわかんない絡み方する時点で理解できないんですけども」

なんだかしらけてしまって、言わせるなよこんなこと、という態度をこちらもまるだしにしてしまった。結木のほうも、強気に出てもまったく響いていない灰汁島に対し、あれ、という顔になっている。

（いや、だって……本気で怒ったときの早坂さんより、ぜんぜん迫力ないし）

この数年、早坂と組んだおかげで、灰汁島も色々と認識を改めざるを得なかった。なにしろ、神堂風威だ、秀島慈英だという面々と仕事をしている相手なのだ。基本的にやさしく礼儀正しいけれど、その分だけ創作や仕事にはストイックで厳しいひとなので、うっかりしたことをすれば見透かされるだろう怖さが彼にはある。

そして仕事の幅が広がったおかげで、瓜生を筆頭に色んなひとを知った。相手のすごさに怯みつつも、知らず影響を受け、勉強になっていたのだろう。

考えてみれば、それこそ自分の人脈を自慢するわりに、実際に結木に誰かを紹介されたことなど——あのセクハラ合コンまがいのできごとを除けば、ろくになかった。

（ぼくは、このひとのなにが、怖かったのかなあ）

むしろ呆然としながらも、ひとまずやるべきことを済ませてしまおうと、ここに至るまでに組み立ててきたシミュレーションのとおりに灰汁島は行動する。

「それで、本当に用件はなんなんですか？　聞かないと済ませてくれなさそうだから一応は聞きますけど。あ、あと言った言わないの行き違いは困るので、録音させてください」

スマホの録音機能アプリを起動させ、タップする。こうまでする理由のひとつは、いま告げたとおりに言質をとるため。そしてもうひとつは、相手の見栄っ張りな性格を利用しての保険だ。こういうものがある、と見せつけるだけで、この男は灰汁島に対して暴言や暴力を吐きだしにくくなる。

案の定、結木はひどく忌々しげにこちらを睨んできた。

「……ったく、小賢しい。いつからそんなえらそうになったんだか……」

「そういうのいいです。ていうか、いつまでもそんな話ならぼく、帰りますけど」

「あーっ、待て、待てってば」

腰を浮かせると、あわてて結木が声をあげる。そしてさきほどまでの高圧的な態度はなんだったのかというくらいに、媚びた猫なで声を発した。

「わかるだろ、おまえをわざわざ呼び出した理由なんかさあ……」

「わからないから訊いてますが」

じろりと睨めば、結木はさらに鼻白んだ様子で顔をしかめる。そして何度も舌打ちをしたあげく、いらいらと手を振ってみせた。

「……っだから、ほら。最近あれだろ、瓜生衣沙」

やはりか、と灰汁島は表情に出さないようにしながら、胃の奥が煮えるのを感じた。

要するに、最近親しくしているらしい瓜生に、ツナギをつけろと言っているのだ。かつて灰汁島の名前で自分を売りこんだのと同じく、瓜生を紹介してやるとでもいって、なにかしらのネタにするつもりなのだろう。

（ほんとに変わってない）

そんなことだろうと思った。拍子抜けすると同時に、なんでこの男に瓜生を利用させなければならないのか、と苛立った。

「なんで、あなたに瓜生さんを紹介しないといけないんですか？」

「なんでって、親しくしてるんだろ？　ケチなこと言わないで、ちょっと連絡先くらい」

「たしかにぼくと瓜生さんは親しくしてますけど、あなたとぼく、なんの関係もないですよね」

ずばりと言うと、結木はあっけにとられたような顔になった。

「ぼくはそもそもフリーランスの作家です。あなたの部下でも、ましてや奴隷でもない」

言いなりになる理由がないと突っぱねれば、ひくりと結木のこめかみがひきつった。唸るような声で睨みつけ、「後悔するぞ」と言うそれは、まるで漫画に出てくるチンピラそのものだ。

（リアルで聞くと、意外としらけるんだな、これ）

冷めきった感想を持つ灰汁島に気づかぬまま、結木はさらに脅しつけてくる。

「おれの言うこと聞けないとか、仕事干されてもいいのか」

「それ脅迫ですよ、わかってます？　それに、そもそもぼく、あなたといま仕事してないですよ。どうやって干すんですか」

先日渡された名刺にあった社名は、灰汁島がいままでに関わったことのない会社だった。念のため調べてみたけれど、以前早坂から仲井をとおし、釘を刺してもらった大手出版社ともいっさい関係がない。どころか、WEBレーベルを今年の春にひとつ立ち上げ、数点の配信をしただけの、ほとんど実績らしい実績のない組織。

もしかすると、結木ひとりで立ち上げた会社の可能性もあると灰汁島は思っている。

「こちらの会社で扱っていただいている版権物もないですし……」

べつになんのつながりもないので、痛くも痒くもない話だ。そうきっぱり言えば、苦々しげに睨んでくる。

「そんなこと言っていいのか。こっちはおまえの評判落とすなんて簡単なんだぞ」

「はあ。どんなふうに？」

「灰汁島セイはメンタルをやってて、自殺未遂を繰り返してるどうしようもないやつだってリークして炎上させてやる」

「……なんですか、それ？」

脅しとしてもパンチの弱いそれに、ますますしらけた気分になった。

そしてもはや、情けなくてたまらなくなってくる。

「本気だぞ、おれがSNSに書きこめば――」

「あの、繁浦さん……じゃないや、結木さん、ちょっといいですかね」

もはや頭痛すらしそうだ。頭をおさえつつ、灰汁島はため息まじりに言った。

「ぼくのツイッター、ちょっとまえに失踪騒ぎになって、ログ消ししてフォロワー解除して、十万人いたフォロワーがいま五万まで減ったの、知ってます?」

「え……」

「だからね、あなたがいま脅すつもりで言ったようなことなんて、もう、二年まえくらいからネットのそこらじゅうで言われちゃってる話なんですよ。で、それでもぼくの仕事に、たいして影響ないんですよね」

虚を衝かれたような顔をする男に、ああやはり、と思う。同時に、なんでだよ、という気持ちも湧きあがってくる。

「それもこれも、二年前にいきなり仕事させてやるとか言ってきた、あなたのおかげですけど。当時のまとめ記事の一部では、元担当の素性がそれとなーくわかる感じのものもありますよ。……知らなかったんですか」

ぽかんとした顔をする結木をまえに、灰汁島はむしろ不可解になり、顔をしかめた。

「あの、白鳳書房さんからだって、当時の勤め先にクレームいったでしょう?」

「上長は、ネットがどうとかはなにも……」

いや、違う、といまさら気づいたように、結木は目を瞠った。

「たしか……『もうわかってると思うが、炎上の件だ』と。あとはただ、おまえに連絡するな、白鳳にたてつくなと、それだけで……炎上というのも、どうせアンチだか信者だかがおげさに言ってるんだろうと」

「ああ、なるほど……」

頭が痛い、と灰汁島はこめかみを揉んだ。おそらく当時の結木の上司は、まさか大炎上の張本人がそこまでネットに無関心――というより、舐めきった考えを持っているとは思わなかったのだろう。

灰汁島は耐えきれずに「はあ〜……」と長いため息をついた。

「嘘でしょう？　どうやったらそこまで情弱のまま、編集やってられるんですか」

さすがに声も言葉もうんざりとしたものを隠せなくなった灰汁島の冷めた態度に、結木はカッと頬を赤らめた。

「なっ……ネットなんか見なくたって、ちゃんと情報ははいってくる！」

「まあ、その方法は否定しませんよ。でもいまどきのエンタメは、大半がネット環境にありますよ。あなたの会社だって、電書しかレーベルないじゃないですか」

「そっ……そのうち紙媒体でやる予定なんだ」

このご時世にどうやって、と言いかけて、灰汁島はやめた。おそらくまったくもって現実味のない、ハッタリにもほどがある言葉しか返ってこないとわかっていたからだ。

「じゃあ、それでいいにしますよ。でもだったら、さっきの脅しはなんだったんです？」

「お、脅しって」

「脅したでしょ。そもそも、リークってどこにですか？　ぼく程度の知名度じゃ、がっつりゴシップで扱うには弱いでしょ。二年もまえの、しかも一日で収束したしょぼい炎上ネタなんか、いまごろ？　て感じですし、いきさつほぼぜんぶ、ウィキにあるし……」

言いながら、灰汁島はうんざりをとおりこして、情けない気分になった。

仕事を請け負っていた五年前も――いや、出会った十年前の時点で、そうだった。

この男はネット全般が苦手で、連絡はいつも電話か、添付書類などがある場合のみメールだった。時間もかまわず自分の都合でかけてくる電話のおかげで、灰汁島は電話ぎらいになったようなものだ。

（しかし本当に、こっちに興味がないんだよなあ……）

おそらく結木は、灰汁島のツイート自体、チェックしたことすらない。どころかおそらく、組んでいた仕事以外の灰汁島の作品を、一行たりとも読んだことがないだろう。

灰汁島のツイッター宛に執拗にＤＭを寄越すわりに、この男の複数のアカウントが、こちらのフォロワーになったことなど一度もなかった。そもそもツイートを一度も見たことがない時点で、薄々感じていたことだ。

他人なら、他業種の人間であるなら、べつにそれでもかまわない。だが、ともに仕事をしようとする相手に対して、そうまで無理解無関心のままでいるのは、まともに取り組んでいない証拠ではないのか。

ネット嫌いについてもそうだ。テレビより動画配信がメインメディアになっている人間も多い。出版にしてもこれだけ電子書籍が売り上げを伸ばし、業態自体が大きく変革している時代に、発信者側にいる結木がろくに関心を持たず情報もいれようとしないのでは、もはや現実が見えていないとしか言いようがない。

(それも、早坂さんと仕事しなかったら、気づかなかったことだけど)

たとえば好きな本や食べ物、音楽について語ったり、たとえば熱を出したとぼやいたり。そういう、やくたいもないことを考えるとき、灰汁島はどうしてもツイッターに吐きだす。滅多にひとに会わない生活のなかで、対話の少ない環境で、それが世界へつながる手立てでもあるからだ。

そういう灰汁島の趣味嗜好(しこう)を綴ったことばたちを『みひ』こと未紘は上手に拾う。担当作家がなにに興味を持ち、そこからどう仕事につなげられるかを、彼は常に考えている。

同じく、灰汁島の、いささか露悪的にさらした心のうちを、『孤狐(こぎつね)』こと瓜生は丁寧にすくって、やわらかい言葉で包んでくれる。

瓜生は友人であり、つきあいはじめの恋人でもあるわけなので、話がだいぶ違うのはもちろんのことだが、それでも、熱心にこちらへ興味を向けてくれる相手を得て、あらためてわかったことがいくつもあった。

とにかく、結木は灰汁島のことをどうでもいいと思っていた。こちらにまったく興味を持っていなかった。それはこちらが書いた原稿に対してすらそうで、いつだって否定的なことしか言われなかった。

――本当におまえの文章、下手だしつまんないし。なにがよくて売れるんだ？　こんなオタクくさい本。

それでも、彼が灰汁島の話をつまらないと思えば思うほどに数字はあがっていったので、当時、ある種の嗅覚（きゅうかく）だけはあるのだと思っていた。

だが思えばそれも、たまたまの話だった可能性もある。なぜならば、彼は「つまらない」と言うだけは言うが、いま早坂がそうしてくれるように「だったらこうすればよくなる」といった提案などを、一度として言わなかった。

途中からはもはや灰汁島を全否定するのが仕事だと思ったようだったし、どう修正するかは灰汁島が考えることだと、一発で完成稿にできないのは無能だと突き放された。そしてそんな歪んだ関係性が、仕事だけでなくプライベートにも影響した結果が、あのセクハラまがいの出来事だ。

長年のパワハラに麻痺（まひ）しきっていた灰汁島も、諾々（だくだく）と従ってしまった。だからこの男はここまで、増長してしまったのかもしれない。哀れだなあと、思う。

どこかで逃げるか反論しさえすればすむ話だった。だが、渦中にいるときはパブロフの犬よろしく、無力感だけを植えつけられているので、それができない。

冷静になったいまだから、言える話だと、灰汁島は苦く思う。

（なんか、この程度のことなら、わざわざ会わなくてもよかったかな）

今回の対話に応じたのは、けりをつけたかったのがひとつ、それから、ないとは思うが、瓜生との関係を見抜いて変なふうに脅してくるのでは――という危機感を覚えたからだ。

けれど、考えてみれば彼と恋愛関係になってまだ日も浅い。そもそも、お互い多忙のため、告白しあった夜から、なんら関係に進展はない。それどころか顔を合わせてすら、いない。

そうしてよくも悪くもだが、瓜生が『灰汁島ガチ勢』なのはあの対談とインタビュー動画のおかげで世間に知れ渡っており、「大好き」だの「愛してる」だのという言葉を使う場面を見られたところで、なまぬるく笑われるのが関の山だろう。オタク構文ばんざいだ。

（ほんと……身がまえすぎたなあ）

正体見たり枯れ尾花。まさしく、怪物はおのれのなかにあり、だ。

むろん、それだけ瓜生のことが大事だからでもあるけれど――毛ほどの迷惑も彼にかけたくないからではあるけれど、考えすぎも大概にしなければ。

灰汁島は自分にため息をついた。そして思索から現実に目を戻すと、とてもちいさな男が見えた。

　この数年、灰汁島をぼろぼろに痛めつけてきたはずの結木は、こちらがまったく怯えもせずにいるせいか、片端から論破したせいなのか、なんだか呆けた顔をしている。

　もういいかな、と灰汁島は話を締めにかかった。

「どちらにせよ、今後なにがあっても、あなたとお仕事することはないですし、あなたに便宜を図るような必要も感じてません」

「おまえっ……おれにたてついてどうなるのか、わかってるのか！」

「だからね、さっきから言ってるそれ、恫喝ですよ？　刑事案件にします？」

　ひんやりした声で言う灰汁島に、結木はぎくりとした顔になった。

「言っておきますけど、ぼくわりと粘着質なので、不愉快なこと忘れないし根に持ちますし」

「だ、だからなんだ……」

「いままであなたにされたこと、ぜんぶテキストにまとめてるんですよね。いつかネタになるかなって思って。なので、これ以上続くなら、出るところに出ますよ。ハラスメントで」

「そんなもの、証拠に――」

「日記ってちゃんと証拠になりますよ。あとうっかりお忘れみたいですけど、発言ぜんぶ、録音してますよ」

　スマホを振ってみせれば、結木は呆然と、こちらをまるで、化け物でも見るかのように見ていた。

この目は覚えがある。散々に灰汁島を傷つけて、言葉でいたぶって、そのくせにまるで、異界の生物でも見るかのような、怯えの混じった目つき。

「というか、本当に繁浦さん、……じゃないや、結木さん、あなた」

そうまで怯えるなら、それらしく振る舞ってやろうかなとすら思ってしまう。なにしろ、頭のなかで山ほどキャラクターを作っている人種なのだ。ロールプレイは得意中の得意だ。

冷ややかに目を細め、灰汁島はうっすらとした笑いを浮かべた。

「ぼくのこと、いったいなんだと思ってたんですか?」

ひとは、わりと簡単に箍(たが)をはずす。いじめっ子がいじめられっ子を、そうして踏みつけにしていいものだと思いこむように、相手を同等の人格を持った人間だと思わず、踏みにじり搾取していい対象だと、勝手に見なすようになる。

踏みつけたその足を摑んでひっくり返すだけのちからがあると、想像すらしていないのだ。

だから反撃されると、ひどくもろい。

「……あ、や、……ええと」

さきほどまでふんぞり返っていた男は、じっと見据える灰汁島のまえで、ひどくおどおどとしはじめた。

灰汁島は、ぬるくなったコーヒーをひとくちすすって、立ちあがる。

カウンターで先払いして注文するタイプの店を選んだのは、こうなったときにさっさと去ることができるからだ。

「もう、連絡はご遠慮しますので。これ以上しつこくされたら……わかりますよね」

冷ややかに言って、こくり、とうなずいた結木の姿を確認し、灰汁島は店を出ようとした。だが、どうしてもこれだけは聞いておきたいと振り返る。

「なんで、ぼくの文芸の仕事、つぶしたんですか。他の編集に取られるとか思うほど、ぼくのこと大事でもなんでもなかったですよね」

「……だって、それはおまえ」

「なんですか」

もごもごとする結木にじっと視線を浴びせれば「どうせ失敗しただろうがよ」と歯切れ悪く言った。

「あんな面白くもない、勢いだけでオタクに受けてるだけの小説で、文芸なんかに行ったら恥かくだろう。それにべつにおまえだって、やりたかったわけじゃないだろ？」

恥とはどういう意味だ。どこまでひとをばかにしている。一瞬かっとなりかけて、違う、と灰汁島は目をしばたたかせた。

(違う。このひとは『自分が恥をかく』と思ったんだ。自分が担当していた作家が、自分以外と仕事したら確実に失敗すると、そう思って)

なんの筋も通っていない、ほとんど子どもの独占欲のような理屈だ。それも愛情のうえに成るものでもない、格下に反抗されたのが気にいらないと、そういった程度の感情だ。

本当にいったい、どうしてこんな男に振りまわされたのかと思いながら「もうひとつ」と灰汁島はため息交じりに言った。

「瓜生さん紹介したとして、どうするつもりだったんですか？　まさかですけど、あのころのぼくみたいに、飲み会の餌なんかにでもするつもりで？」

問いかければ、結木は激しく目を泳がせた。そして、本当にその程度の情けない理由に、あの瓜生を使おうとしたのかとあきれ果てた。

「……あなた本当に……いや、いいです」

「な、なんだよ」

「だから、いいですって。……それじゃ、本当に二度と、連絡しないでくださいね」

言いおいて、今度こそ灰汁島はその場を離れた。

終わってみれば、ひどく不毛で、ただただ疲れる会話だった。

ものすごくモヤモヤとしていて、ちっともすっきりしてはいない。

（なんだったんだろう、ほんとに）

こんな程度のものに怯えていた自分がばからしいような、むなしいような。

それでも、この感覚を誰かにわかってほしくて、もどかしく落ち着かない。きっといままでならツイッターにぶつくさ、よくわからないことを垂れ流していたのだと思うけれど――。

『瓜生衣沙』

登録した連絡先を呼び出し、通話にするかメッセージか散々に悩んで、忙しい相手のためにけっきょく、短い言葉をフキダシに書きこんだ。

【きょう、電話できる時間ありますか】

ぽこん、と着信音が鳴って、ポップアップが秒で立ちあがる。

【夜の九時すぎならOKです。電話がいいですか？　それともご飯でも食べますか？】

返信に、わかってもらえてるなあ、と思った。顔を見せて話せないこともある、それこそ文字ツールだけでコミュニケーションするほうがいいこともある。

でも、いま、たぶん灰汁島のいちばんレアで、ごちゃごちゃの感情を見せて、受けいれてくれるのは彼なのだ。

【食事もいいけど、会いたいです】

次のレスポンスには、しばらく間があった。でも不安はなかった。たぶんこれは、照れているんだろうな、と、灰汁島にしてはとんでもなくうぬぼれた、けれど違わぬ事実をちゃんと、理解できていた。

数秒経って『超うれしい！』と泣きながら飛びあがっている、灰汁島の原作アニメのキャラクタースタンプが画面に貼りつけられた。

「……ふふ」

あれだけ冷えた感覚でいたのに、一瞬で自分でも驚くほどに浮き足だったのを感じた。多幸感でふわふわとする。脳が快楽物質のエンドルフィンをだばだばに分泌しているのがわかる。

安心できるというのは、こういうことなのだな、と思った。相手の愛情を疑わず、脳天気なくらいに信じていられる。恋愛するってすごいんだなと、いまさらながらにあらためて、実感した。

そして同時に、なんて怖いんだろうとも思った。

失恋したら、この多幸感も安心も、ぜんぶなくすことになるのだ。

とてつもなくリスキーな関係で、現象だ。しかもこの関係が続くかどうかは、相手次第の部分もある。どれだけ灰汁島が継続を望んだところで、心変わりされたらおしまいだ。

まだ、好きだと言ってほんのわずかしか経っていないのに、告白してから一度も直接、顔を見てすらいないというのに、こんなに自分のなかで瓜生の存在が大きくなっている。

「……すごいな、恋愛」

ぞわぞわとしておそろしい。なのに、灰汁島は口角があがっているのを感じていた。ものすごく覚えのある感覚だが、いったいいつ——と考えて、ふと気づく。

十年まえ、大学卒業間際、突然デビューが決まったとき。

それから、兼業に限界を感じて、なじめなかった会社をやめようと決めたとき。いずれもさきが見えず、リスキーな部分を重々承知で、それでも「いまこれしかない」と、自分の人生を懸けて飛びこむに値すると、そう確信を持てたときだ。

——灰汁島さんって面倒くさいところはあるんですが、メンタル弱いかって言われるとじつは若干、うなずきかねるんですよね。

どうしてか、早坂の言葉が思い起こされる。

いまならたぶん、そうかもしれない、と、彼にうなずいてみせるだろう。

＊　＊　＊

結木と会ったことによるダメージは、自宅に戻ってしばらくしてから、じわじわと灰汁島を苛んだ。

帰宅後、なんだかもうすべてを洗い流したい気分で、まっさきにシャワーを浴びた。髪も身体も念入りに洗って、湯冷めしないよう湯船に浸かって、けれどちっともリラックスはできないまま、ただただ疲れた、とソファベッドに転がる。

「……九時、あと、五分」

ぼうっとひとりつぶやきながら眺めるのは、のろのろとしか動く様子のない、スマホの時計のデジタル表示。

おそらくいま、ゲームキャラクターならすべてのゲージがエンプティな状態だ。なんだか誰かに気を遣うこともできない、最悪なコンディションだと自覚がある。

だから、本当なら、いままでなら——ひとりの部屋で布団にくるまって、とりあえずは他人に迷惑をかけなくなる程度回復するまで、じっと閉じていたと思う。

あまえたくなって、会いたくなって、電話をかけるなんてこと、考えられなかったと思う。本当に電話なんかきらいなのに。出てくれるかどうかわからない相手を待っている、このコール音を聞くのも苦手なのに。

かけてもいい、と言われた時間になったとたん、瓜生のナンバーを呼び出している。

(よくないなあ)

すがりつきそうになっている自分が、心底、いやなのに——そうしていいと許してくれた唯一のひとの声が、どうしても聞きたかった。

そして『はい、もしもし』と弾んだ声で答えてくれた彼に、自分の感情がすべて向かうのが体感としてわかった。

「イサくん……?　こんばんは」

『……セイさん、どうしたの』

呼び名をふたりだけのものにしただけで、ただ挨拶をしただけで、ふっと瓜生の声が変わる。ああ、わかられているなと思う。

「うん……」

どう言おう、なにをどう話せばいい。逡巡（しゅんじゅん）している灰汁島がなにを話すよりもさきに『わかった』と瓜生は言った。

『すぐにいくね』

「なん……」

なんで、どうして、そればかりが頭をまわり、ろくなリアクションがとれない。ぱくぱくと口を動かす間に、電話の向こうからは足早な靴音と、『お疲れ様です、失礼しまーす』と、お仕事モードで周囲に挨拶する瓜生の声が聞こえてくる。

「し、仕事は？」

『もうあと帰るだけだった。すぐ行くから。……そんな声したセイさん、ほっとかないから』

ほっとけない、ではなく、ほっとかない。自分の意思だと告げてくれる瓜生は、本当にかっこいいなあ、としみじみした。

『べつにかっこいいとかじゃないでしょ。ふつうですよ』

どうやら声に出ていたらしい。ふつう。瓜生のふつうはたぶん、灰汁島の特別なのだ。

あまったれたい。このひとにあまやかしてほしい。図々しく情けない感情で、本当はひとりで飲みこむべきで、なのに『だいじょぶだよ』とやわらかく言ってくれる瓜生に、我が儘（わがまま）

な気持ちが止められない。

『どこに行けばいいですか？　いまどこ？』

「あー……えっと。うち、にいます。きてください……です」

悩んだ末、自宅に招くことに決めたのは、自分でも意外だった。言ってしまったあと部屋を見まわし、相変わらずの雑然とした場所に一瞬、撤回しようとも考えた。

『……いいの？』

だが、驚いたような瓜生の声に、いまさらだめだと言えるわけがない。なにより、いくらぼうっとしていたからといって、完全に思考が途切れていたわけでもない。

自分から電話して、この部屋に来てくれとせがんでいる時点で、もうなにを取り繕う気力もなくなっているのだ。

「待ってるので、来てくれたら、嬉しい」

それだけを言うのに喉が絡み、かすれてみっともない声になった。けれど、電話の向こうで息をつめた瓜生は『すぐに行くので！』と声を弾ませた。

すこし乱れる息と、カツカツと響く足音。おそらくコンクリートの地面を、ヒールのあるブーツでもはいて小走りに移動しているのだろう。すこし音が反響するから、地下駐車場あたりか。

「もうちょっと電話、つないでてもらっていいかな」

『いいよ。えっと車で行くけど、そこらへんに駐車場とかある？』

「……イサくん、車持ってるの？　自分で運転するんだ？」

マネージャーのひとの車でどこにでも行くと思っていた。そう言うと『そんなのトップ芸能人くらいだよ』と瓜生は笑った。

『おれの事務所とかまだちいさいしね、マネージャーもスケジュール管理くらいしか基本しない……あ、待っててねちょっと』

ピッという電子音と、重たく大きな機械が動く音。車のロックが解除されたあと、瓜生が乗りこんだのだろう。

『おし。ナビ設定するから、住所教えて』

「あ……知らなかった、っけ」

言われて、そういえば自宅住所すら教えていなかったのだといまさら気づき、驚いた。その反応をどう感じたのか、瓜生は一瞬ためらうように『えっと……』と言いあぐねる。

「あ、あの、来てって言ったのはぼくだから。イサくんにはとっくにぜんぶ教えてるつもりだったから、驚いただけなので」

『あ、そ、そう、よかった』

ほっとしたような瓜生の声に、鈍い自分にしては、よく言ったと灰汁島は思った。その後口頭で住所を告げたあと、『ルートを検索します』という合成音声が聞こえてくる。

『……じゃあ、はい、うん。登録した。駐車場……あ、すぐそばにあるね』

「大丈夫そう？」

『うん、こっからなら……えーと一時間かからないと思うから、待ってて』

それじゃあ、と切りそうになる瓜生に「切らないでもらっていいかな」と灰汁島は慌てて告げる。

『運転中はさすがに話せないけど……』

「話さなくていいんだ、音、聞ければいいんで」

『……音？』

さきほど、足音やドアの開閉音が聞こえるだけでも、ひどく嬉しかった。もはや幼児の親に対する追いまわしに近いと思いながら、灰汁島はせがんだ。

「なんでもいい。イサくんとつながってたい」

『えっ』

とたん、電話の向こうでは絶句した気配がある。ちょっとさすがに気持ち悪かったのだろうか。

「……だめかな」

しゅんとして告げれば『だ、だめじゃないけど』と激しく動揺した声が返ってきた。

「けど？」

『……セイさんそれ間違いなく意味、わかってなくて言ったよね……』

「なにが？　って、あ……」

なるほど、受け取りようによってはとんでもない言葉だったかもしれない。というよりも、いまさらながらのシチュエーションに、はたと気づく。

好きな人を、夜、自宅に招くということの意味を、もうすこし深く考えるべきだったのではないのか。

（え、これ、やばいかな）

灰汁島が思わず喉を鳴らすと、『えっととにかく、切らないから！』と瓜生がうわずった声を出した。間違いなく聞こえたのだろう。恥ずかしい。

『電話、つなげとくから、大丈夫だからね』

「う、うん」

少し焦ったように、ガタガタという音がした。おそらくスマホスタンドにでもさしこんだのだろう。そのあとエンジンのかかる音、そしてカーステレオが起動したのか、音楽が流れてくる。瓜生が先日出演したミュージカル、『テイクアウト』の劇伴音楽だ。

（この曲、ぼくが好きだって言ったやつか）

ややあって、劇中歌を口ずさむ瓜生の声が聞こえてくる。もちろん、舞台でうたうときのような張りあげるそれではなく、鼻歌のようなふわふわとした声音だ。

「いい声だなあ……」

ぽつりとした声は、音楽にまぎれ向こうには聞こえない。でもそれでいい。運転中の瓜生の集中をさまたげたくないし、一方的でぜんぜん、かまわない。

「イサくん、ありがとう、好きだ」

まだ面と向かって言うには照れてしまうだろう言葉を、こうして勝手にこぼす。

聞かれないから言える自分のずるさを嚙みしめて、灰汁島は苦く笑った。

＊　＊　＊

予告どおり、一時間足らずで灰汁島のマンションのインターホンが鳴った。

瓜生が到着するまでの時間、すこしだけ迷ったけれど、もはや飾ってもしょうがないからと、いつも会うときのようにそれなりの格好ではなく、洗いざらしのぼさぼさの髪にジャージ姿で出迎える。

「急に呼び出して、それもこんな格好で、ごめんね」

「そんなの、ぜんぜん」

瓜生は、すこし息を切らしていた。我が儘を言ってつないだままの通話で、駐車場からここまでを彼が走ってきてくれたのは知っている。

「えっと、散らかってるけど、どうぞ」

「お邪魔します」

すこしずつ片づけていたとはいえ、まだ雑然とした自宅に迎え入れた瓜生は、いつもだったら灰汁島セイの自宅、と騒いだだろう。けれどいまは、余計なことはなにも言わず、ただ心配そうに問いかけてくる。

「……ひっどい顔してる。なにがあったの」

仕事帰りらしく、セットした髪。ラフに着たように見せて、高級そうなコートは相変わらずおしゃれで、そしていい匂いがする。きれいなかわいいひとが、やわらかい手で頬を包み、さすってくる。

「セイさん、だいじょうぶですか?」

その手があたたかくて、冬の夜、外から来た瓜生よりも風呂あがりの自分のほうが体温が低いことに気づけば、思ったよりダメージが強いことを自覚させられた。

「だいじょうぶ……では、たぶん、ない気がします」

「おれは、どうしたらいい?」

「……こっちきて」

狭い部屋にあがってもらって、いつか妄想したときと同じ位置、リビングのテーブル席に、瓜生を座らせる。まだごちゃごちゃした部屋が背景に見えるけれど、彼がそこにいるだけで、自分の部屋がまるでドラマのセットかのように見えた。

「どうしたの？」

「……瓜生衣沙がぼくの部屋にいるなあって思って」

「なに言ってるんですか」

まじまじと見る灰汁島に怪訝な顔をするから、脳内の言葉をそのままこぼせば困ったように笑われてしまった。冗談でもなんでもなく、灰汁島はわりと感動している。

「飲み物淹れるから、待ってて」

「え……先生の、コーヒー？」

そわそわと腰を浮かせた瓜生に「先生ってなに、いまさら」と問えば「まえに、みひさんがおいしかったって言ってて……」と、ちょっとはにかんだように言う。

うっかりきゅんとした。

「え、えーと、すぐ淹れる、ね」

「はい！」

満面の笑みで姿勢よく座り直す瓜生に、灰汁島は「まいるなあ」とこっそりため息をついた。頬が熱い。

『うみねこ亭』のマスターほどではないけれど、それなりにおいしく淹れる自信はある。

カップに湯を注いであたためておき、その間にふたりぶんの豆をミルで挽く。カップの湯を捨て、粉になった豆をドリップ用のフィルターにセット。沸かしたあとにすこしだけ温度を落とした湯を数度にわけて注ぎ、瓜生のぶんにはレンジであたためた牛乳をたっぷりと。

ひとつひとつの動作をいつもよりもずっと丁寧にした。寒いなか、飛んできてくれた大事なひとに、飲んで貰うために、心をこめた。

「どうぞ」

「い、いただきます」

緊張気味に、瓜生がマグカップを手にとった。極力表情に出さないようにしているけれど、薄い耳たぶが赤い。内心ではまたあのガチ勢モードになって、『灰汁島先生の淹れたカフェオレだ』と感激しているのだろうことは想像がつく。

「わ、おいしい。店で飲むのみたい」

なんとなく座ることはしないまま、斜め向かいから瓜生を見おろしていた灰汁島は、こちらも手にしたカップの中身をすすって「うん」とうなずく。

「イサくんの好きそうな味にしてみたので」

「……え」

「酸味強いコーヒーは苦手って言ってたので。夜だし、あんまりカフェインとるのもあれかなと思って、ほぼコーヒー牛乳のバランスで淹れてみました」

灰汁島のように生活リズムがめちゃくちゃで、深夜に特濃のコーヒーを、カフェイン摂取目的で飲むような人種はさておき、瓜生の場合は肌質から気をつけなければならない仕事だ。

一応は気を遣ってみたのだけれど、正解だったらしい。

「あ、ありがとう……」

瓜生は照れたように目を伏せて、マグを持った指にちからをこめ、くすぐったそうにもじもじとしている。

「まえからちょっと思ってたけど、イサくん、わりとすぐ赤くなるんだね。色白だからかな」

「えっ、や、そんなこともないんだけど……み、みっともない？」

「いや、かわいいからびっくりする」

「ンッ⁉」

ごふっと、瓜生がむせこんだ。灰汁島はきょとんとした顔になる。

「な、なんで言った先生がそんな顔してんの」

「えー、いや、ぼく、いまめっちゃ歯が浮くようなこと言ったなって思って……うわあ」

「だからなんで自分でびっくりしてるんですか⁉」

「そんなこと言えてしまった自分にも、そしてたいして照れてもいない事実にも驚いてます」

他人ごとみたいに……と恨めしそうに瓜生が睨んでくるが、実際そうなのだからしかたない。考えるよりさきに、ぺろっと口から出たのだ。

ついさっきまで、好きだと真っ正面から言うのは照れるなどと、ひとり膝（ひざ）を抱えていたのに、生身の瓜生が目のまえにきたら、そんな羞恥心やためらいを感じる回路が壊れるらしい。

（恋愛、おもしろい）

これもまた発見だ、とひとりうなずいていれば、誤魔化すような咳払いをしたあとで瓜生がきっと眦（まなじり）を決してきた。

「それで？　なにかあったんですよね？　話したいことあるなら、ちゃんと聞くよ」

きりりとした表情の奥に、心配が滲む。じっとそのちいさな顔を見おろして、灰汁島は息をついた。

「話は……あったんですけど、なんかもうどうでもよくなったというか」

「えっ」

「どうでも、いいんです」

いまここで、自分の淹れたカフェオレを飲んでいるあなたがいれば、あんないやな男のことなんかどうでもよくなった。さすがに口にはできないが、それが掛け値無しの本音で、自分に呆れそうになる。

（でもそれ、ただ顔が見たかったってだけになるな……いや、そうなんだけど）

こんな夜半に呼び出しておいてそれはないだろう。内心唸った灰汁島がコーヒーをすすりつつ次の言葉を探していると、どうしてか瓜生の肩が落ちている。

「どしたの」

「……おれはやっぱり、話し相手にはならないですかね」

どうやら、逡巡している間になにか、誤解が生まれたようだった。

「え、あ、いや、そういう意味じゃなくて――」

「みひさん……早坂さんのほうがやっぱり、いろいろ本音が言えるんでしょうね」

「ん？」

なんでここで早坂の名前が出る。以前からずいぶんと気にしていた様子は垣間見たけれども、それでも流れが読めずに首をかしげると、頼りなさそうに眉をさげて瓜生は苦笑した。

「一部で、みひさんは灰汁島先生のカノジョじゃないかって噂出てるの、知ってますか」

「はい⁉」

灰汁島は、ぎょっとして声を裏返した。持っていたカップのコーヒーが跳ねて「あつっ」と慌てふためく羽目になる。

「だ、だいじょうぶですか」

「や、平気だけど」

雫の跳ねた手の甲を咄嗟に舐めとり、行儀悪かったかなと思いながらひらひらと手を振る。

「なにそれ……どこで噂になってるの」

「噂ってほどでは。ただあの……例の騒ぎのとき、みひさんがものすごく先生に尽くしてるふうだったし、もともと名前とイメージのせいで、女性だと思われていたので」

一部では本名がばれてもいたらしく、それが邪推に拍車をかけたらしい。たしかに彼の下の名前は女性名でも通じなくはない。

「それに、作家と編集が、って話もよくあるって言いますし……」

「いや否定はしないですよ、そういうカップルも。でもぼくと早坂さんは違うので」

どんどん落ちていく瓜生に、思いもよらないところで不安を与えていたらしい。よもやの疑いに、灰汁島はただただ驚いていた。

「そもそも早坂さん、十五年くらいラブラブの旦那さんいますし、ぼくもそういう感情はあのひとにはまったくないです」

「あ、そうなんで……えっ旦那さん?」

「あっ」

一瞬ほっとしたような瓜生は、しかしすぐにその言葉に目を瞠った。しまった、これではアウティングになってしまう。口が滑ったことに、灰汁島はひどくあせった。

そしてあせったオタクは、無駄に饒舌(じょうぜつ)になってしまうものである。

「やっ、えっと、この場合早坂さんの相手がどうとかではなくてですね、そもそもぼく自身が恋愛事にまったく興味がなかったというか、あー、だから恋愛要素いれろとか言われてもピンとこなくって、それでただのおっぱい要員みたいなとってつけキャラなら追加したくないとか、早坂さんともちょっと揉めたりして……ってこれはもう愚痴ったっけ」

内心では悲鳴をあげているし、背中には変な汗を掻いているのに、変に平坦な声が出てしまう。表情もおそらく変化はないだろう。こんな勢いでまくしたてて、なに言ってんだこいつ、という顔をされたっておかしくないのに、瓜生はふんふんと相づちを打ち、重複した話題でも「あ、ですね。この間、お話ししたときに」とおだやかに笑ってくれる。

やさしい。そして顔が瓜生衣沙だ。現在の灰汁島には世界一きれいでかわいい、一番星の瓜生だ。

「……めっちゃ好き」

「はい?」

「いえなんでもないです」

また脳直で本音が漏れた。もう本当に情緒が散らかりすぎている。ごほ、と咳払いして、誤魔化しきれないまま灰汁島は強引に話を続けた。

「その、とにかくぼくは、ひとを好きになったこととかまったくなかったです。一時期は、アセクシャルを疑ったこともあったくらいで」

「えっとアセクシャルってあれですよね、恋愛感情持てないとかいう……」

詳しくないけど、と首をかしげる瓜生に、灰汁島は「それです」とうなずいた。

「ちゃんと調べたら、ただ単にぼくって人間が、他人と関わるのが下手で、偏狭なだけなんだなって思い知ったんですが」
ひっそり抱えていたコンプレックスを、また瓜生に打ち明けてしまった。そしてやっぱり真剣な目でうなずき、彼は受け止めてくれる。

剝き出しの本音をさらしているのがわかるのだろう、言葉を挟まず、瓜生はひたすらじっと、聞いてくれる。だから、彼になにを話しても傷つかないと信じられてしまう。

本当に怖いなあ、と灰汁島は目元を歪めて笑う。

「ひととしての好き嫌いは、もちろんありますよ。少ないけど、ともだちもいます。早坂さんは大事な仕事仲間です。……でも、恋愛ってしたことなかったです」

創作の世界にどっぷりひたっていられれば、それで充分だった。性欲もそれなりにあったけれど、たまの処理で済んだ。学生時代は年ごろらしく、多少は非モテであることや童貞であることに劣等感もあったが、それは、例のホストもどきをやらされたことで覚えた、肉食系男女への嫌悪感に相殺されてしまった。

「恋愛っていうより、他人全般に興味、なかったんですよ。で、だいたい似たような人種としか接触がなかったんで、どうも思わなかったというか……」

たぶん瓜生と出会わなければ、こんな感情になることもなかった。しみじみ、巡り合わせだなと思った灰汁島があらためて彼を見れば、瞳孔すら開いているかのような目つきでこちらをじっと見ているからぎょっとした。

「え、な、なに」

「いや……いまの話って、本当ですか」

「ほ、本当ですが」

あれ、なんだろうなんか変。灰汁島は首をかしげた。

わりと、あなたが初恋なんですよとか、そういうロマンチックな方向の話をしていたつもりなのだが、瓜生のこの反応は、なにかがずれている気がしてならない。

「念のための確認ですが、それってメンタルだけでなくフィジカルもですか」

「は、はい？」

「だからその、経験はあるけど的な……恋愛は、したことはない的な……」

言葉を濁した瓜生の言いたいことを察し、灰汁島は乾いた笑いが出た。要するに素人童貞かと問いたいのだろう。

もういまさらかっこつけてもしかたないと開き直るが、話題が話題だけにどうにも気まずく、目をそらして口ごもった。

「お、お恥ずかしながら、あらゆる意味で童貞です……」

言ったとたん、瓜生が息を呑んだ。さすがにないわと思っているのかもしれない。

引いただろうかと、うつむいていた顔をあげれば、そこにはあのきれいな顔を両手で覆い、ぶるぶると震えている瓜生がいた。

「あの……？」

「解釈……一致……ッ」

え、なに言ったのこのひと。よくわかんない。いやわかるけどわかりたくない。

なんとなくなまぬるい気持ちになりながら、あらためて名を呼ぶ。

「すみません、あの、イサくん？」

「あっ、すみません、取り乱しました」

はたと目を瞠り、体勢を戻した瓜生が、きりっと取り澄ました顔をする。その姿を見て、灰汁島は、本当に、本当に残念だと思った。

瓜生はこんなにかわいくてかっこよくてきれいなのに、読書家で、分厚い脚本を覚えるほどに賢く記憶力もよく、殺陣やダンスもこなせるくらい身体能力も高いのに——どうして、こんなにも中身がグダグダのオタクに育ってしまったんだろう。

それもしかも、オタクに目覚めたきっかけが灰汁島の書いた小説のせいだなんて。なんだか本当にせつなくなってきた。

（どこに着地するんだ、この会話）

ため息をついて、灰汁島は肩を落とす。話の方向性が明後日（あさって）に爆走して見えなくなったことに混乱しつつ、無意識にじっと見つめていた瓜生がもじもじと指を組み合わせる。

どうしてかその瞬間、ぴんと来た。

「えっとあの、セイさん、おれはね――」

「あっ、いいです、言わなくていいです」

こちらの恥を暴いた代わりに、自分もと思ったのだろう。なにごとか――おそらく自分の経験を告白しようとした彼に、灰汁島は手のひらを見せて制した。

ほんのわずか、瓜生が傷ついたように眉を寄せる。

「……聞きたくない、ですか？　でも引くほどのことは」

「じゃなくて、えっと」

これだけのひとなのだから、それなりの経験はあって当然と灰汁島は思っている。だが、生々しい話を聞いて平然としていられるかと言われれば、それはまたべつの話だ。

「えっと、たぶん、嫉妬するので、いいです」

「嫉妬……」

言ったとたん、また瓜生は顔を覆って天を仰いだ。いや、だからもうそれいいから、とツッコみたいのをぐっとこらえる。

「あの、ふつうにしてもらえないですか、リアクション控えめで」

瓜生は顔を覆ったまま、「無理……」とうめき、ふるふるとかぶりを振った。

「いや、無理って。だからほら、手、おろして」

そっと手首を掴んでみたら、ものすごく冷たくて驚いた。そして耳たぶが真っ赤で、あれ、と思う。

「……イサくん、ひょっとして緊張してます？」

「はひぇ……」

噛んだ。あの瓜生衣沙が噛んだ。目をしばたたかせていると、びくっと肩を揺らしたひとが、こらえきれないようにぶるぶる震えだす。

「ちょ、ちょっと」

「だから無理です、むり、だって……」

「だって、なに」

両肩を摑んで、顔を覗きこんでみる。ひぃ、とちいさく声をあげた瓜生は、涙目になって目を泳がせている。

「だって、素のおれとか、ぜ、絶対気にいってもらえないし、どう話せばいいのかわかんなくて、あんなふうにしか話せなくて」

「ああ、なるほど……」

灰汁島はやっと、腑に落ちた気分だった。

おおげさなくらいのオタクなノリは、たぶん灰汁島にあわせた――というより、対灰汁島用の仮面のようなものでもあったらしい。瓜生は役者だから、おそらくそういう『しぐさ』を真似るのがうまいのだろう。むろん、あの特殊用語を使いまくってなじんでいるあたり、本人にオタクの資質があるのは間違いないが、それがすべてではない、ということだ。

「……ははっ」

なんだかおかしくて、灰汁島は笑ってしまう。急に噴きだしたことに、瓜生が怪訝そうな顔をする。じわじわとしたおかしさに、灰汁島の笑いは大きくなり、顔中に広がっていく。

「なんでイサくんがそんなこと思うの。こっちとか、きみが穿ったような素人童貞どころか、純正の童貞ですよ？　風俗に行くのだって怖くてできないくらいなのに」

「え、素人……？　なにそれ」

ぽかんとする瓜生に、「え、なにそれ？」と灰汁島もおうむがえしになる。ややあって「嘘でしょ！」と瓜生が声を裏返した。

「フーゾクとか考えませんでしたよ！　じゃなくて、先生そんなかっこいいんだから、身体の関係だけでいいみたいなひととかいただろうしって、そういう意味で！」

「……待ってイサくん、それ、どこのティーンズラブのキャラですか」

雑読家の灰汁島は、漫画はジャンル問わず読む。女性向けのセクシャル系創作では、ひとでなしのヤリチンが初恋に目覚めるパターンも散見する。灰汁島もエンタメとしては楽しく読んだし、女性はこういう身勝手な男がかっこよく思えるのか、とキャラ作りの勉強もさせてもらったが、その手の人種になぞらえられるのはさすがに勘弁いただきたい。

実際の灰汁島の異性体験はと言えば、合コンまがいの飲み会で肉食系作家に迫られ、怯えて逃げ惑った経験しかないのだ。

「言ったでしょう、セクハラにびびって逃げ帰ったことあるって」

「……それだって、相手の女性から見れば、つれない男だったって思ってるかも」

「いやほんとそれはないです……」

這々(ほうほう)の体、という言葉のとおり、腰を抜かして床に倒れこみ、涙目になった灰汁島にあきれて、女性のほうが席を立ったのだ。自分の見苦しいさまも、重いトラウマになっている。

「ほんとに、かっこいい男じゃなくてすみません」

「……謝らないでください」

苦笑して頭を掻けば、立ちあがった瓜生がその手を握りしめてくる。もう、その手は冷たくなかった。

「おれにとっては、灰汁島先生は——セイさんは、最高にかっこいいひとなので、謝ってほしくないです」

見あげてくる彼の目は、相変わらず本当にきらきらだ。こんな目で見られて、いつか幻滅されたらと思うと、身がすくむほど怖い。

「ひぇ……っ」

怖くて怖くてたまらないので、灰汁島は瓜生を抱きしめる。

「イサくん」

「は、はい？」

そもそもひとと顔を合わせることすら稀な灰汁島は、上手な抱きしめかたなど知らない。下心を持って誰かにふれることもこれがはじめてで、加減もなにもわからない。

口説き文句だって、かつて読みあさってきた膨大なフィクションたちくらいしか参考にできるものもない。しかも、それをそのまま使うのは盗作するようなものであるし、なによりこんな場面でロールに徹するのは、瓜生にも失礼だと思った。

だから、不器用でみっともなくて、それでも本音まるだしの自分をぶつけて、きらわれたならそれまでと開き直るしかない。

「誰かを恋愛の意味で好きになったのも、セックスしたいなと思ったのも、ぜんぶ、イサくんがはじめてです」

「え……」

「ぼくは、許してもらえるなら、あなたで童貞を卒業したいです」

本当にひどい口説き文句だ。言うにことかいて、とあきれられてもしかたないけれど、これが素の阿久島星なのだから、しかたない。

（ああでも、これでふられたらさすがにちょっと、立ち直るには厳しいな）

緊張で鼓動が激しく、耳が痛い。喉から心臓が飛び出るのではないかと思いつつ、へたくそな抱擁であっても抱き心地だけは最高とわかる瓜生を抱きしめ続けていれば、ふるふると震えが伝わってきた。

「ごめん、あの……」

笑われるのか、拒否されるか。覚悟を決めてわずかに腕をゆるめれば、にゅっと伸びてきた、細く見えるけれど案外力強い手が、灰汁島の頭をがしりと掴む。

（えっ、なに、こわい）

下から睨めつけてくる瓜生の表情は、いっそ険しいくらいにも思え、灰汁島は息を呑んだ。

「……だめ、もう、我慢できないです」

「ふ、不愉快ならすみま――!?」

思いっきり頭を引っ張られ、十センチの身長差ぶんだけかがまされて、唇を奪われた。

「ん、んん、んんんん!?」

ファーストキス、というには濃厚なそれは、お互いの口腔に残ったコーヒーとカフェオレの後味を消し去るくらいに激しく、奥歯まで舐められ唾液を飲まれて、灰汁島は目をまわした。

（うわ、やばい、やわらかい、あとやらしい、それから……なんかとにかくやばい！）

どっと唾液が出る。同時に脳からもなにかわからない興奮物質が出たのがわかった。背筋がぞわぞわして、震える。そして勝手に、腕が、瓜生の引き締まった腰に巻きついた。

「ン……っ?」

やわらかい舌が口腔をさぐっているばかりでは我慢できなくなって、こちらからも動かしてみる。舌が空振りして、どうやら逃げたのだと理解し、今度は覆いかぶさるようにしてあまい唇に嚙みついた。

「ふ、ぅ、ンン、ま、ん……っ」

舌をいれると、びくっと瓜生が震えた。さきほど彼がしたのをそっくり真似て返しただけなのに、胸を押し返して逃げようとするから、むっとしてさらにきつく抱きすくめる。

（あ、見つけた）

自分から仕掛けてきたくせに逃げていった臆病な舌。嚙みついて、引きずりこんでしゃぶりつくと、瓜生が悲鳴をあげる。声にならないそれが自分の喉に飲みこまれていくのも案外気持ちよかったけれど、けっこうなちからで肩を叩かれ、しぶしぶ離した。

「っは、ちょ、……っと、ちょっと、待って！」

「ん？」

とたん、腕をめいっぱい突っ張られて、その長さのぶんだけ距離ができる。離れた身体が不満でむっとした顔をしてしまったけれど、全身を真っ赤にして目を白黒させている瓜生はかわいかった。

「い、いきなりそんな濃いキスする？　え、童貞って嘘？」

「嘘じゃないけど」

そんなことって、どれだろうか。逆に童貞だから加減もなにもわからないのだ。そもそもキスをしかけてきて舌をいれたのは瓜生のほうだ。まだ濡れている唇をべろりと舐めて首をかしげれば「ヒエ……」と妙な声をあげる。

そのままうしろにさがろうとするので、それはだめ、と両腕を摑んだ。

「わりとぼくも、学習して活かすのはできるほうかなと思って」

学習、という言葉に瓜生は顔をひきつらせた。

「待ってまさかと思うけど、それBLとか？」

「とりあえず、ネットで、紳士の皆さんにも実用的だって評判のやつ百冊読んだ」

「それ実用の意味違……ッあ、や、やだ」

こめかみの生え際から、目尻にかけて舌を這わせる。びくっと震えた瓜生は、もうすっかりたじたじになっていて、ちょっとだけ楽しかった。

「そんなとこ、なんで舐めるの……っ」

「え、なんか、なんとなく」

いつ見ても整っている顔だちだけれど、なかでも清潔そうできれいな額からこめかみ、耳元あたりが、瓜生の顔のなかでも気にいっているポイントだった。よく見ないとわからないくらいうっすらとだが、目尻と眉のしたにほくろがふたつ。ふだんはメイクで隠れているのかな、と思う。なにか、大事な秘密を暴いたような優越感で、胸が膨らむ。

「あの、やっぱり童貞って嘘では?」

「まじめに事実です。……まあ、イメトレは習慣みたいなものなので」

実践はなくとも知識でどうにかするのは得意なほうだった。見て来たように書くね、と言われたことはいくらでもあったし、想像力も観察力もあるほうだと思う。

ただ、瓜生を思ってあれこれと膨らませた妄想の中身を本人にすべて言うわけにはいかないことくらいは、いくら灰汁島が童貞でもわかっている。

「どんなイメトレしたの……」

「そこは黙秘したいです」

目を逸らした灰汁島に、瓜生は余計怯えた顔になった。震えて、顎を引いて、涙目になっている。なのに顔は赤いままだし、これ以上の距離を取ろうとはしない。

手を伸ばす。頬にふれる。びくりとするけれどやはり逃げない。痩せて見えるのに頬はやわらかく、肌は掌に吸いつくようだった。長い睫毛が伏せられていて、すこししっとりしたそれが、どこにでもある室内電灯の下でも輝いて見えて、灰汁島はうっとりしてしまう。

「ほんっとに、きれいだなあ、イサくん」

「し、仕事道具なので、メンテナンスは欠かせないです、し」

言い訳がましいことを言う瓜生に、彼もまたなかなか面倒な自意識を持っているなあと思う。それでも表現者としては破格に素直なほうだろう。

「……いいですか？」

言いたいことはいろいろあったし、瓜生という存在に見合うだけの口説き文句も与えるべきかとも思ったけれど、いろいろいっぱいいっぱいになっている灰汁島にとってはこれが限度だ。

もう一度抱き寄せた瓜生は、一瞬だけ肩をこわばらせて、それでもこくりとうなずいてくれた。

「は、い」

「……ありがと」

ほっとするような心地で、今度は灰汁島から求めた唇は、さきほどの何倍も気持ちいいキスで、ひたすらに夢中になった。

「んむ……っ」

吸いつく唇が、絡む舌が、ぜんぶ気持ちよかった。やめどきがわからなくなって、これ以上すると口が腫（は）れると瓜生に叱（しか）られて、すこしだけむっとしてしまったのが顔に出たらしい。

「もう、セイさん、なんて顔、するんですか……」

「こっちの台詞（せりふ）なんですけど」

そんなとろけた顔して「もうキスしたらだめ」だなんて、あんまりだ。名残に濡れた唇を舐めて睨むと「だからっ」と瓜生が両手で顔を覆う。

「まだ、ちょっと、待って。ここでそんな飛ばしたら、おれ、保たないからっ」

「これ、飛ばしてるんですか……？」

わりと我慢してるんだけど。ぽつりとつぶやけば、かすかに瓜生の顔がひきつる。その顔もやっぱりきれいで、灰汁島はあまえるように鼻先をきれいな頬に押しつける。

「イサくん、いいにおい」

「……マジで待って……天然怖い……」

倒れそう、と寝転んだままに呻く瓜生の気持ちなどわからないまま、あちこちに鼻をくっつけて犬のようにふすふす嗅いでいたら「もう、ハウス！」と叱られた。

＊　＊　＊

準備があるというので、シャワーは必須と言われて浴室を貸した。その間に灰汁島は、先日通販しておいたものを箱から出し、ベッド脇に並べた。

本当に、地道に大掃除して寝室をあけておいてよかったと胸を撫でおろす。

ローションと、コンドーム。いくつか開封済みなのは、使用時に失敗しないための練習もしたからだった。いい歳をして、と思ったけれども、いざ本番となった際にもたついて、相手を興ざめさせたりしらけさせるほうがよほどみっともないし、失礼かと思った。

とりあえず、こんなときこそと言わんばかりに仕事で鍛えた情報収集能力を使い、肌にやさしく使い心地のいいものを揃えてある。

緊張と興奮で頭がごちゃごちゃになりつつ待っていれば、シャワーの音が止まった。

２ＬＤＫの狭いマンションだ。風呂からあがればベッドのある部屋まですぐ。固唾を呑んで待っていると、脱衣所のドアが開いて、ひょこりと瓜生が顔を出した。

「……おふろ、ありがとうございました」

「あ、えっと、……いえ」

バスローブのような洒落たものはないので、風呂あがりにと貸したのは、灰汁島のジャージだった。ふだん一日中着ているよれよれのものではなく、多少出かけるときのためのこぎれいなものではある。

とはいえ、ジャージはジャージだ。ブランドもののおしゃれ感のある服ではなく、グレーに黒地のラインがはいっている程度の、なんの変哲もない地味なもの。

自分でもいやほど見た、いかにもなスポーツウェアだというのに、裄丈の違う瓜生が、肩からだぶついた状態で着ていると、とてつもない破壊力だった。

「あの、先生おっきいから、萌え袖になっちゃいますね、あはは」

「……っ」

あげく、美人がちょっと恥ずかしそうに、風呂あがりの火照った顔で言わないでほしい。

ぽかんとなったまま、ろくなリアクションもとれないでいた灰汁島に、「あの」と瓜生が首をかしげてくる。

「先生、ドライヤーってどこですか」

「あ、ごめん、そういうの持ってないです」

「え、持ってないって……その髪いつも、どうしてるんですか？」

「どうって……ほっといてるからこうなんですが」

くしゃくしゃとしたくせ毛は、本当にただの洗いざらしだ。しかしひどく驚いている様子から、瓜生の目にはいわゆるナチュラルなエアリースタイルにでも見えていたのだろうか。

「すみません、だらしなくて」

「え、いいな。うらやましい」

発言は同時で、「えっ」とお互い驚いた顔で目を見交わす。

「うらやましいって、なんで？」

「だってほっといてもそんな感じにまとまるんですよね？　おれとか、専用のトリートメントでがっつりヘアパックして、ブローしないと寝癖大爆発ですもん」

さらりとした艶（つや）のある髪は、手入れもそれなりに大変らしい。そのため髪は洗わなかったらしいが、湿気でたしかにあちこちがくるりとしはじめていた。

「イサくんもくせっ毛なんですか」

「ですよ。必死でまとめてます。スタイリストさん泣かせなんです。だから逆に、二・五の仕事は楽なところもあって」

「あ、カツラ」

「そうそう」

あはは、と和やかに話をしつつも、お互いがびりびりと意識しあっているのはわかっていた。瓜生の目は風呂から出てきた一瞬で、灰汁島がベッド脇に置いた専用のそれに向けられたし、いまはわざとらしいほどに目を逸らしている。

ふと沈黙が落ちて、灰汁島はごくりと喉を鳴らした。ベッドに座ったままの灰汁島のまえで、瓜生は目を伏せ、立ちつくしている。

「……こっち、来てくれますか」

声をかけると、こくんとうなずいて、裸足のままぺたぺたと歩み寄ってきた。爪先（つまさき）は、冷えてしまったのかすこし赤い。

「今度、スリッパかルームシューズ買いますね」

「……」

手を取って声をかけると、ふるふるとかぶりを振った。したから覗きこめば、おおきな目がめいっぱいの涙目になっていて、胸が苦しくなる。

かわいくて、いとしくて、大事にしたくて、でもめちゃくちゃにもしたい。灰汁島の情緒もなにも彼にぐちゃぐちゃにされたから、同じくらいぐちゃぐちゃに仕返したくもある。

「その顔、いやだからじゃないですよね?」

かすれた声で問えば、こくり、と下唇を噛んでうなずく。

「ぼくが、抱いて、いいですか?」

こく、こく、とうなずいた瓜生の目から、ついに雫がこぼれて、たまらなくなって、引き寄せて抱きしめて押し倒した。

「ん……っ」

キスは、さっき教えてもらった。たぶんもう、瓜生の好きなところも覚えた。湯あがりでしっとりとして、いっそう密着感の増した唇を堪能(たんのう)しながら、肩から腕を撫でおろし、指をぜんぶ絡めて手をつなぐ。

「イサくん」

「……はい」

「好きにならせてくれて、ありがとう」

「え」

額をくっつけて礼を言うと、きょとんとした顔になる。まださきほどの名残の涙が睫毛に浮いていて、指で払うと子どものようにびくっと目をつぶった。

「好きになってくれて、じゃ、あの……な、ないの?」

「うん。……ちがう。ここにいてくれて、ありがとう」

あなたじゃなければたぶん、誰も、ぼくに恋を教えるひとはいなかったと思う。

「いまさらだけどね、きょう、めちゃくちゃいやなことがありまして」

「……うん」

ふっと真顔になる瓜生は、もっと怒っていいのではないだろうか。どうして、いまさらこんな話をはじめたと、灰汁島をなじらないのか。

愚痴を言うなら言ってもいいし、自分で憂さ晴らしをしたいならそれでもいい。言葉ではなく目で語る彼に、そんなことはしないよと、額をくっつけた。

「でもいま、こうしているので、ぼくはすごく、しあわせになりました」

「え……」

「わがまま聞いて、来てくれて、あまやかしてくれてありがとう。……好きです」

吐息だけの声でそう告げると、瓜生は目を泳がせ、またじんわりと目元を濡らした。

「もう、セイさんは、も……もう……っ」

また瓜生が泣いてしまいそうで、それもやっぱりかわいくて、何度も湿った目尻を拭った。

その手を取られて、濡れた指を舐められる。流し見られて、ごくり、と喉が鳴った。

「……えっちだなー……」

「しみじみ言うのやめてください！　……んっ」

たまらなくなってもう一度キスをしつつ、惜しみながら指をほどいて着慣れたジャージのうえから瓜生の身体をさすった。肩から腕、胸元、腰、するりと背面にまわって脚までを撫でたとき、違和感に気づく。

臀部にも、鼠蹊部にも、あるべき引っかかりが、ない。ざわ、と灰汁島の首筋が総毛立つ。

「……下着、穿いてないの」

「だ、って、換えの服これだけだったから」

せっかく洗った身体に、脱いだ下着を穿きなおすのはいやだったのだろう。困った顔で見あげてくる瓜生に、だが灰汁島は口を歪める。

「ちょっとわざとでしょう……」

半眼になって見おろせば、なんのことやら、という顔をしていた瓜生が、とたん艶冶に微笑んだ。

「だってこういうあざといの、先生、きらいじゃないですよね？」

「読まれてるなあ」

残念ながら大好きです、と呻いて薄い胸元に突っ伏せば、瓜生は機嫌のいい声でけらけら笑い、灰汁島の額にキスをした。

はじめてのセックスは、想定したよりは、うまくできたと思う。

瓜生は穿った方向で想像したようだけれど、もちろん創作物だけではなく、実践系の記事も大量に読んだ。オタク気質の小説家の検索能力をここぞとばかりに活かしまくった。性的興奮を煽るための、ＰＶ稼ぎの記事ばかりでなく、医師の監修つきでアダルトグッズを開発している会社のサイトで、丁寧なハウトゥーが記されていた。

そうしてまじめに総ざらえしてみた結果、灰汁島が思ったのは、案外とみんな真剣に、恋愛やセックスの『正しい』情報を求めているのだな、ということだった。

インターネットは手軽に情報が得られるぶん、逆に本当が見えづらい。刺激的なポルノ創作や、過激な動画はいくらでも見つかるけれど、まじめに好きなひとを愛する方法を教えてくれるサイトは、とても少ない。

けっきょくのところ、手探りなのは変わらないのだろう。最低限、安全に、やさしくできるように、知識と思いやりを持って抱きしめたいと思った。

（とにかく丁寧に、やさしく、あせらず、慎重に）

どの指南書でも共通で書かれていたことを念頭に置いて、灰汁島はひたすら丁寧に瓜生の身体をひらいた。

服を脱がせるときも、素肌を重ねあうときも、正直緊張で汗はかくし指の震えは止まらないしで、みっともないし恥ずかしかったけれど、それよりも瓜生を傷つけるほうが何万倍も怖かった。

「あの……慣れてるから、そこまでしなくても……」

途中、瓜生が戸惑うような声を出したけれど、過去に経験があるからといって、雑に扱っていいわけでもない。ましてやこちらは本当の初心者なので、どこまでどうすればいいのかは、これから知っていくしかないのだ。

「なんにもわかんないから、間違えたときとか、いやなときだけ教えてくれますか?」

真剣に言えば、瓜生は「わかりました」と微笑んでくれた。

その結果、どうなったかと言えば——瓜生はムダ毛ひとつないなめらかな脚をガクガクさせながら、灰汁島の指に身体の奥をこねくりまわされている。

丁寧がすぎる愛撫のせいで、すでに二度射精し、いま、彼のペニスは半勃起の状態で、だらだらと体液を垂れ流しているだけだ。

「も……い、もう、いい……っ」

乾きにくく、長時間のなめらかタッチを保証、という謳い文句のローションはかなり優秀だったようだ。それを灰汁島が指ですくい、体温であたため、瓜生がきれいにしてくれた場所に塗りつけた時点から、彼は「あれ」という顔をしていた。

「なんで、も……なにこれぇ……?」

指をいれても本当にすんなりとはいっていって、それは彼が経験者だからかと思っていたけれど、相当に戸惑う顔をしていたから、すぐに違うのだと知れた。

もちろん、キスもたくさんしながら、全身をくまなく愛撫した。手入れの行き届いた肌は本当になめらかで、やわらかくて、そっと撫でるだけでも気持ちがよかった。

瓜生の仕事柄、痕（あと）がつくようなことは避けないといけないので、ちから加減には気をつけて、指でふれるときも、唇を這わす際にも、とても気を遣った。

唯一、どれだけ好きにしても痕が残らないのが舌での愛撫だったので、これはしつこくなってしまったかもしれない。

してみたかったので、フェラチオにも挑戦してみた。瓜生は「そんなことしなくていい」と遠慮したけれど、ペニスの形まできれいで、むしろ灰汁島としては興奮したし楽しかった。

だが、あまりのチャレンジぶりに、瓜生は途中から本気で泣いていたように思う。

というか、いまもまだ股間（こかん）にしゃぶりついているせいで、ひぃひぃと細い喘鳴（ぜんめい）に似た息を漏らしながら、わななく足でシーツを蹴り、とろっとした手触りの内腿（うちもも）を痙攣（けいれん）させている。

「もぉ……嘘……なんで……?」

「嘘ってなにが」

もう硬度を保てなくなってきたペニスから口を離し、べろりと汗ばんだ腹を舐めて問いかければ、真っ赤になった目で睨まれた。

「せ、先生が童貞って絶対嘘だっ」

「嘘って言われても、童貞でもフェラチオくらい知ってますよ」

「そういうこと言わないでください！」

ズバリと言えば、真っ赤になって耳を塞いだ。そのくせ、直截な単語をこちらが口にしただけで、下半身をひくつかせたのが見えてしまった。

（すごいな）

感受性と共感性の高い瓜生は、たぶん敏感なのではないかなと思ったら、そのとおりだった。それに、さすが芸能人——というといささかあれだが、本当に、全身のどこもかしこもきれいで驚いた。

手入れもされているのだろうけれど、身体の細かい造形までもがあまりに整っていて、男のひとではないような、やや現実味のない性別不詳の存在というか、そんな感じだ。

（なんていうのか、イサくんてほんとに二・五次元な感じというか……）

灰汁島も男なので、不思議で清潔できれいな生きものに、抱いてほしいと言われたら、それは嬉しいし滾る。

そして、どこまでどうすればいいのかわからない童貞なので、当然、加減というものを知らない。

「……こっちも舐めてみていいですかね」

「そういう上級者みたいなこと、いきなりしなくていいです！」

こっち、と指をいれた場所を揺り動かせば、涙目で却下された。そう言われてしまえばたしかに灰汁島は初心者なので、引っこむしかない。

「じゃあ、そのうち上級者になりますね」

「……先生ほんとになりそうで怖い……っ、あ、や、やぁ、やっ」

残念、といいながら尖(とが)った乳首を吸い、やっと見つけた瓜生のいいところをゆるゆると指の腹で押し撫でる。

「イサくんも、そこまでこっち上級者じゃないですよね」

「……っ、さっきは、聞きたくないって」

「うん、聞きたくはないので、勝手に、見つけるので」

言う――というか言葉は封じたので、ほのめかされたほどには、慣れていない身体だった。手順はむろん知っているし未経験ではないだろうけれど、こちらへの挿入ですぐに感じるほどには熟れた身体ではないらしい。

「ここ、いい？」

「や、そこや、先生、いや」

いやいや、と髪を振り乱すほどかぶりを振る瓜生は、本当につらそうに赤い顔をしかめている。けれど反面、細い腰は嬉しそうにグラインドし、ぬるついた粘膜はずっと灰汁島の指を食い締めて離さない。

そして瓜生の理性はもう、だいぶ飛んでいるらしい。さきほどからこちらを呼ぶ名称が、変わってしまっているからだ。

「こういうときの先生呼びはちょっと……よくないなあ」

「あっあっ、だ、め、ぐりぐり、いや」

「かといって、本名でも呼ばれると困るんだけど」

「……っ、こ、こういうときに笑わせにかかるの、やめてくださいってば……っ」

「じゃあちゃんと呼んで」

「わか、わかった、からぁ……！」

うんうん、と必死にうなずく瓜生の顔を覗きこみ、いいだけ奥をやわらげていた指を抜く。灰汁島も汗だくだった。本当のところ、腰の奥が爆発しそうでけっこうつらい。愛撫するのもわりと疲れるものだな、とふやけた指をシーツでぬぐって、コンドームのパッケージを手に取る。

漫画によくある、口でくわえて切るやつは、中身も破ってしまいがちらしいので、袋包装ではなくブリスターパックのケース入りにした。

練習したとおりに手早くつけて、もう一度覆いかぶさると、すこしだけクールダウンしたらしい瓜生がふてくされた顔で睨んでくる。

「童貞詐欺だと思う……」

「詐欺と言われても」

「おれがいろいろ教えてあげたかったのに、教えることがない！」

「言ったでしょう、学習するのは得意」

脚を抱えると、わりとずっしり重たかった。まっすぐできれいな脚はすらりとして見えるのに、筋肉の密度が高いのだろうな、と思う。

「……先生」

「名前」

「……セイさん、楽しそうですね？」

ひくついている穴に先端をあわせながら、手も握りあう。ふくれた顔をしてみせながらも、瓜生が緊張しているのは伝わってくる。

灰汁島だって緊張している。痛がらせないだろうか。暴発しないだろうか。気持ちよくできなかったらがっかりされないか。

必死で、汗だくで、だいぶみっともないなあと思っているし、やっぱり怖い。

それでも、このきれいなひとを抱けるのかという興奮で、舞いあがってもいるし、嬉しくて、だから――総合的な感情で言えば。

「……うん、すっごい、楽しい」

「ん、ふぃ……っ」

灰汁島はうっすらと笑いながら、あまくて熱いぬかるみに踏みこんだ。全身がぞわっとするほど気持ちよくて、片目をすがめたまま顔をしかめる。とたん、しがみついてきた瓜生が涙目をひどくした。

「そ、な顔、ずるい……っ」

「ずるいって、なに?」

自覚のないままひどく獰猛(どうもう)な顔になっていたらしく、ぶるっと震えた瓜生が「怖くて、すごい、かっこいい」と耳元にささやきかけてくる。だが、やわらかく濡れたそこがうねりながら締めつけてくる心地よさに、灰汁島は頭が煮えたっているのを感じた。

じゅぶじゅぶに濡れたあたたかな場所におのれの身体で最も性的な部分が包みこまれ、ずるり、ぬるりと、自分のものではない脈とリズムでしゃぶられる。

汗で身体がこんなに滑る。シーツはすでに透けるほどびっしょりで、ついた膝に繊維が絡んできしむ。

腕を摑まれ、腰に腿が絡んでくる。腕のなかのもうひとつの身体、なのにつながって、ばくばくする心臓の、重ならない鼓動を重ねあっている。

セックスの生々しさはいっそ暴力的で、そして快美だった。

「や、ばいですね、これ」

「うん、うん」

つながって、ゆっくり揺すっているだけ。いきなり激しくしたらデリケートなところは切れたり壊れたりしかねない。だから、やさしく、やさしく——。

「も、と、もっと、そこ、して」

ああ、でも、相手が欲しがったらどうすればいいんだっけ。腰が止められない場合には？

「あっあっ、あっ、き、もち、い……っ、いい、いい」

「いたく、ない？　平気？」

「ん、平気、も、もっといれて、もっと……！」

それでもってその相手が、あの瓜生衣沙で、色気たっぷりに、そのくせこちらにすがって泣きながら、気持ちよくしてとねだってきたら？

（あ、だめだ、もう）

気づけば、ゆっくりなんて無理だった。腰を摑んで、揺すって、まわして——もう、なにも考えられないまま、勝手に身体が走るままに、灰汁島はびりびりする肌を瓜生にこすりつけ続ける。

「いさくん、ごめん、ごめんね腰、止まんない」

「うぁ、まっ、まってあの、せん、せ」

「ここで先生呼びやめてってば……！」

なんだかよくわからない扉が開きそうだ。歯を食いしばり、自分のしたでぐらぐら揺れているきれいなひとを見ようとして、涙目になっていることに気づく。

(気持ちよすぎて、泣きそう)

それはさすがに情けないので、ぎゅっと目をつぶりかぶりを振る。ぶるりとしたその振動がどう作用したのか、瓜生が背を反らしてあますぎる悲鳴をあげた。

「あ――あ、だめ、それ、だめ……っ、あ、すき、すきっ」

とんでもなくかわいくあえいだ瓜生に、きゅう……と奥が締めつけられて、灰汁島は奥歯を嚙みしめる。

スパンと頭が真っ白になって、あとはがむしゃらに絡みつき、お互いにめちゃくちゃになるまで腰を振ったことしかわからない。

「せんせ、好き……っ」

「――……っ！」

食いしばりすぎた奥歯がぎちぎちと痛んで、額から流れた汗がひどく、目に染みた。


たぶん、一度目はそんなに保たなかった。それでどうにかゴムをはずすために身体をほどいて、でもぜんぜんおさまりがつかないのはお互いさまで、つけなおして、またいれて、今度はだいぶ慣れた動きで腰を使ったから、瓜生が泣いて「いく、いく」と言ってくれた。

さすがに三度めは、と思ったら、膝のうえに頭を乗せた瓜生があちらから「もう、むり?」と言って灰汁島のペニスをつつき、ついでに口でしてくれて、さらにはゴムも口でつけてくれて、うえに乗られてしまった。

そうして今度こそ、経験者らしい手管を使われて、騎乗位のビジュアルも、流し目で「ねえ、いい?」と煽りながら腰を使ってくるのも刺激が強すぎて、もうギブアップだと白旗をあげた灰汁島のほうがさきに達したわけだが——。

「……やっと、勝ったぁ……」

涙目でえへへと笑った瓜生があんまりかわいく色っぽく、そして悔しかったので、結果、さらなるリベンジへともつれこんだ。

灰汁島のはじめてのセックスは、そんな具合にものすごく幸せで、ものすごく気持ちよかった。最高の経験だったし、快楽だけではなく、泣きそうなほどの幸福も味わえた。

けれど。

(……筋トレ、もうちょっと頑張ろう)

今後もこの調子でいくなら、瓜生に体力負けしないようにせねばと、かたく心に刻んだ。

* * *

アニメ『ヴィヴリオ・マギアスとはぐれた龍の仔』の放映が終わりになるころ、タイアップの番外編とその勢いに乗せた連続刊行フェアで、『花笠水母』シリーズの最新刊『朽ちない花――漂う水母の還る先――』がリリースされた。

帯の惹句はすこし穿ったもので、『長い旅路、孤独の果て。はじめて芽生えた、恋着』と、恋愛要素を匂わせたものになっており、早坂もあざとい真似をするなと灰汁島は感心した。

当初はネットの書評サイトなどで「まさかあの灰汁島セイがラブ要素⁉」などと驚かれていたが、蓋をあけてみれば、「いつもとそんな変わらなかった……」という、がっかりしたのか安心したのかわからない、と苦笑する反応も見受けられた。

それも当然で、エピソードとしては人嫌いの気があった主人公が、ようやく『他人』に心を許した程度の話だ。はっきりしたお色気があるわけでもない、どころかその対象となるキャラクターが青年と少女の兄妹セットという状況だったので、「もしや売りに走って媚びたのか」等、読まずに否定していた連中も静かになった。

灰汁島は最後まで、これでいいのだろうかと、いささか迷いつつも改訂稿を書き綴った。物語の筋道にためらいや迷いはなかったが、そもそも提案された恋愛要素は最後まで、はっきりしないままであったからだ。

だが、毎度の喫茶店で打ち合わせの際、すこしばかりの懸念を口にした灰汁島に対して、「充分です」と早坂は言った。

「充分……ですか？　最初に早坂さんが言ったこと、なにも反映してませんが」

首をかしげれば「あれはあくまで方向性を示すためのたとえですよ」と早坂は苦笑した。

「わかりやすいラブシーンはないですけど、この主人公の心のなかが、彼らによって乱されているのは伝わってきましたので。これから、彼も変わるんだなって確信が持てました」

「そう……ですかね」

「だから、おれとしては満足なんです」

だったらいい、と思う。そして同時に、自分の書く話のキャラクターは灰汁島であり灰汁島ではないということを、痛感する。

たぶんそれこそこの話の主人公は、肉体関係だけはあっても恋愛を知らなかったタイプなのだろう。それがほかの誰かの存在で乱れて戸惑うさまは、やはりというか女性読者にけっこう受けているようだった。

二次創作の多く投稿されるポータルサイトでは、主人公と兄、主人公と妹、もしくは三人でカオスな関係に陥り——などなど、いろんな組み合わせと解釈で、自由に楽しまれているようだった。興味本位でちょっとだけ検索してみて、やっぱり自分のキャラがずっぷりの愛欲に溺れている様はよくはわからなかったけれども、なかなか達者な絵師や字書きたちにキャラクターが愛されているのは見てとれたので、今後も自由にどうぞ、とブラウザを閉じた。

「男性向けより女性向けのほうが二次も多いらしいですよ」

「みたいですね」

すでに確認したとは言わず、灰汁島は軽くうなずくにとどめる。おや、と早坂は目を瞠り、くすりと彼らしいおだやかな笑みを浮かべた。

「それにしても、このところの灰汁島さんの変化、すごいんですけど……なにか、いいことでもありました？」

見透かすように早坂が言う。いままでの灰汁島であれば、もしかしたらこの担当に、恋をしたことも打ち明けたのかもしれない。

だが、言わないでいようと灰汁島は思った。

どんな形であれ、瓜生と自分の間にある感情は、自分たちだけのものであって、ほかの誰にも見せられないくらいの、大事なものだ。

それにその感情が尊すぎて、とても言葉で伝えられるとは思わない。

「まあ、……知らなかったことをいくつか知ったりは、しました」

「なるほど」

聡(さと)くて有能な担当は「いいことだったみたいですね」と笑って、それ以上を追求しない。

きょうも『うみねこ亭』のコーヒーはおいしく、灰汁島はジャージで、〆切はまたやってくる。

傍目(はため)からは、なにも変わらない、昨日の続きのきょうで、明日だ。

スマホのちいさなモニターのなかで、恋人のためだけに新しく入れたメッセージアプリだけが、いままでとの違いを主張していた。

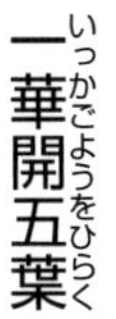

一華開五葉（いっかごようをひらく）

ひさしぶりの楽しい夜だった、と小山臣(こやまおみ)は酒精に色づいた息をほわりと吐きだす。

東京、銀座の街を訪れたのは、だいぶひさしぶりのことだ。新幹線から電車を乗り継ぎ、記憶にあるよりずっとごちゃごちゃな地下鉄の路線に混乱しつつ、どうにか目的地にたどりつけたときはほっとしたものだ。

昼の間は立ち並ぶビルとひとの多さに圧倒されそうにもなったけれど、もう夜も更け、あたりはすっかり静かになっている。

大きな通りに並ぶ、ブランドの看板を掲げた店などの大半は営業時間を終えていたが、それでもふだん暮らすあの町よりは、ずっと明るく華やかだ。

「大丈夫ですか、臣さん」

「んん、へいき、へいき」

「平気って、ほんとに？　けっこう酔ってるように見えますが」

臣は心配そうにしながら隣を歩く男——いまでは伴侶(はんりょ)となった秀島慈英(ひでしまじえい)の気遣いに、へらへらと笑って手を振る。

「酒自体はそんな量飲んでねえし、気分がふわふわしてるだけだってば」

そこまで弱くないのは知っているだろうと告げれば「ならいいですが」と慈英が肩をすくめる。

「浩三さんたちに鍛えられたからなあ、ちょっとやそっとじゃ酔わないよ」

「……それもそうでしたね」

なつかしいと言いたげに、慈英の目が細められた。

かつて、臣と慈英が『駐在さん』と『絵描きの先生』として、濃密な時間をすごした山間の、ムラ、と言った方がいいほど小さな町。そこで出会った丸山浩三とは、互いにいまも途切れず交流はある。とはいえ、同じ県内に住む臣ほどには、慈英は頻繁に顔を合わせられないけれど。

「次に先生が帰国するときは、絶対顔だせ、って言ってたよ」

「計画立ててますよ。アインもまあ、浩三さんに会うってことならそう強く言わないでしょう」

現在ではニューヨークを拠点として活動している慈英だが、長年世話になっていた画廊のリニューアルパーティーがあるため、ひさかたぶりに短いながらの帰国を果たしていた。

そしてそのパーティーのプレとして、知人や関係者のみでの集まりが開かれたのが今日。

久々に会う知己らや、最近仲間にくわわった青年、そして長いこと、その存在だけは知っていたものの、なかなか直接の挨拶をするに至らなかった、画廊の主。

おひさしぶり、をたくさん、はじめまして、も同じく。いろんな相手と言葉や笑顔を交わしあい、屈託なく笑いあった。

そうしてまたたく間に楽しい宴は終わり、二次会と称して気心の知れた連中だけで軽く飲んだあと、この日は解散となっていた。

現在、深夜を軽くまわりそうな時刻となっているが、臣と慈英は酔い覚ましも兼ねて、手配ずみだというホテルへの道をぶらぶらと歩いている。

「――たぁのしかったな、きょう」

「ええ、とても」

にっこりと微笑む彼も同じ気持ちのようで、臣はほっと安堵する。うん、と伸びをしながら、深い息混じりに言葉も吐きだした。

「にしても、サプライズうまく行ってよかったぁ」

「ほんとに驚きましたよ。来られないって言ってたひとが、突然現れたんですから」

「ふはは。まあ、頑張った!」

ふだんは長野市内で県警の刑事として働く臣は、このたびのパーティーに招待を受けたものの、参加できる状況ではないだろうと慈英に答えていた。

じっさい話をもらった当時は仕事も立てこんでおり、職業柄他県へ出る場合にはもろもろの許可や手続きが必要なため、むずかしいだろうと踏んでいたのだ。

「頑張ったとか、そういう問題なんですかねえ」

「そういう問題だよ。……無理はしてない、でも頑張った」

にこりと笑えば、困ったような笑みを浮かべた慈英は無言でかぶりを振った。言いたいことは伝わっただろうし、それでいい、と臣は微笑む。

「まあ、頑張ったのおれだけじゃなくて、主に朱斗（あきと）くんが、って感じなんだけど」

「なんだか八面六臂（はちめんろっぴ）だったらしいですね？」

くすくすと笑う慈英に「ほんとそんな感じだった」と臣も苦笑する。

「なんかね。おれ、最初に話もらったときは、ちょっと無理めだし、やめとこうってほんとに思ってたんだ。って、おまえにも言ってたよね？」

「ええ、まさかこんな計画が進行してるとは知りませんでしたし」

ちょっとばかり恨めしげに、慈英はうなずく。臣はますます笑みを深めた。

「だから、あの時点ではほんとに、来ないつもりだったんだってば」

「まあ、信じますけど……でも途中からはサプライズする気満々でしたよね？」

実際この日、彼にはめずらしいくらいの驚愕（きょうがく）をあらわにしていた。言葉をなくし、ただ自分に抱きついて——あれは抱きしめたというより、抱きつかれた、が正しいだろうと臣は思っている——ちいさく腕を震わせていた慈英を思いだし、臣の唇がほころんだ。

サプライズは、相手が驚く以上に喜んでもらえねば意味がない話だ。だからこそ、ひと目も憚（はばか）らずに腕を伸ばしてくれた慈英の反応に、臣はほっとしたし嬉（うれ）しかった。想像した以上に、自分がこの場にいることへ感動してくれた彼に、ほんの少しだけ泣きそうになって——

「落ち着け、センセイ」などと茶化したのは内緒だ。

たぶんまあ、慈英はともかく、あの時いた周囲の面々にはばれているのだろうけれども。

「んで、まあ。予定通り断ったんだわ、最初。……でも朱斗くん、わざわざおれに電話くれたりして、どうにかならないか、って言ってくれてさ」

日本とアメリカ。離れて暮らすようになってだいぶ経つ伴侶——法律上は養子となっているが——に会える機会を逃したくはない。だが、互いの道を進むために物理的な距離があくことを選んだ際、慈英と臣はある約束をしていた。

いずれはまた日本に戻ってくる。それまでの数年——もしかしたらもっと長くかかるかもしれないけれども、その間は絶対に、それぞれの生活を優先する。そして無理も、無茶もしない。

でなければいずれ疲れてしまう——それも主に、臣の方が——ことを、たぶんお互いに、知りすぎるほど知っていた。

だからこそ、タイトなスケジューリングはあえて避けようと思っていたのだ。

一本気な臣は、なにごとにつけてもやりすぎてしまう悪癖があって、一度こうと決めればブレーキのかけかたがわからないところがある。

それは恋愛にしても、仕事についてもそうだ。

出会ってからすぐ恋に落ちた慈英に対し、臣は長いこと、心身共にかなりの依存をしていた。自覚もあったが、ほんのわずかに距離が離れるだけでも取り乱す性質はなかなか直らず、その結果、慈英は生まれ育った関東から長野まで、臣のために移り住ませてしまった。

山間部への異動の際もおなじくで、どこまでも自分を優先してくれる彼から、欲しいだけ注がれる愛情の心地よさに、ただただ溺(おぼ)れていた時期もあった。

それから本当に、いろんなことがあって、自分自身の根底から作りかえるような、そうせざるを得ないようなできごとをどうにか乗り越えたのち、ふたりで決めた結論が、籍を入れること、そして国すらまたいだ遠距離恋愛を継続することだった。

このさき、を続けるために、一度正しく離れることを、受けいれなければならない。臣がそう思うだけのできごとはあったし、慈英もまたそれを理解してくれたからこその、決断と選択だ。

さみしいとは思う。せつなくもある。だが後悔はないし、案外と、慈英と離れてもちゃんとやっていけている自分を誇らしく思ったし、彼にもそう思ってほしいと感じていた。

(おれも、大人になったなあ、なんて思ってたんだけど、なあ)

しかし臣の自認する現在と、周囲から見た姿はすこしだけ、ずれてもいたらしい。

「……遠慮すんな、って言われたんだよね、じつは」

「ん？　朱斗くんに、ですか」

「うん。たしなめられちゃった」

そのときの会話を思いだして、臣はひっそりと苦笑する。

――せっかくですよ！　秀島さんと会う機会、せっかくあるんやから、そこは逃さんようにせんとあかんでしょ！

臣と慈英との再会を、今回もっともあきらめなかったのは、主催側である画廊の職員、志水朱斗だった。

行けそうにないし、忙しいし――という臣の返答をひとつも受けつけず、メールのやりとりでは埒があかない、としまいには電話をかけてきた。

――頑張ったら会えるんやし、ちょっと頑張りません？　おれ、手伝いますから。

なんでそこまで、となかばあきれ、なかば不思議になって問いかければ「だって納得いかんです」と朱斗はすこし憤慨したように言った。

――秀島さん、そら毎日連絡はとってるかもしれんけども、帰国されるん、何ヶ月ぶりです？　しかも、前回も仕事で来てとんぼ返りで、おれよか小山さんの方がリアルで会うてへんて、おかしいでしょ。

べつにおかしいことはない、と臣は思う。画家である慈英と画廊の職員、しかも日本での慈英の代理人補佐である朱斗の方が接点が多いのは当然ではないのか。

そう告げたら、朱斗はむむと唸ったあと、ひどく長いため息をついた。

――だって、滅多なことやないでしょう？　その時ちょっと頑張るんの、なにがあかんのか、おれにはわからん。だって絶対、小山さんも秀島さんも、嬉しいことでしょう？

こちらが驚くくらいに静かな、そして冷静な朱斗の声。思わず臣は、口をつぐんだ。

そうするほかにできなかった、とも言う。

「……見透かされたかなーって、どきっとした」

じっさい、朱斗に言われるまでもなく、『頑張れば』会うことは可能だった。だが、暴走気味の性格であることを自覚するだけに、臣は自身の『頑張り』と『無理』の区別がいまいち、ついていないのも事実だった。

「慈英はさ、わかってると思うけど。どこまでが努力で、どこからが無茶なのか、おれわかんなくって」

「……ええ」

色々これでも考えてるけど、やっぱりバランスむずかしいんだ。そう言うと、彼は静かに微笑んだまま、うなずいてくれた。

「まあ、だからさ。だったらすこし引いたくらいが、おれにはいいのかなあ、って思ってたんだけど」

「それは、違うと？」

「うん……朱斗くんには、一刀両断でぶった切られた、かな」

刺さる言葉だった、と臣はうつむいてちいさく笑う。

なかなか引いてくれない朱斗に対し、臣が「無理や無茶をしない、やりすぎないと約束したから」と告げれば、彼はしばし沈黙したのち、こう言ったのだ。

――小山さんがやりすぎんように自分をコントロールして、精神的に自立すんのと、そこで変に遠慮して行動に起こさんのは、まったく話が違う思いますけど？

「……だってさ」

「それは、また」

ずばりと言ってのけたという朱斗の言葉に、慈英が目を瞠った。最初に出会ったころのおどおどした青年とは別人のようだ、と彼が思っているのが、その表情から伝わってくる。

あげく臣のためらう理由がどこにあるのかを察した朱斗からは、こうも言われてしまったのだ。

――わかりました。そしたら段取りはぜんぶ、おれがやります。頑張って道筋つけんのおれ。小山さんはそこに乗っかるだけ。そんなら、小山さんは無理も無茶もしとらんし、ええでしょ。

詭弁もいいところだ、と思ったのだけれど、朱斗のあまりの熱心さと勢いに、思わずうなずいてしまった。

あげく、朱斗は持てる伝手のすべてを使って臣の直属上司である堺にまで連絡をとりつけた。なにをどうすれば臣の非番がもぎとれるのだという話までも聞き出すという行動力を見せた彼には、あっけにとられるしかなかった。

——はい、というわけで堺さんの了承とりました。あとは小山さんがいまのノルマこなすだけです。ファイトですよ！

そう言って本当に、すべての道筋をつけてしまった朱斗に「さあ、頑張って」と言われた際にはもう、感服するほかないと苦笑した臣だ。

「そんなわけでおれは、あとはあの子の段取ったとおりに、目のまえのこと片づけただけ」

まあちょっとだけ、結構タイトなスケジュールになったことはなったし、非番の交代を頼みこんだ同僚などに借りは作ったけれども。そこは伏せたまま笑ってみせる臣に、「お疲れ様でした」と、おそらくだいたいのところを察しただろう慈英が苦笑する。

「……しかしほんとに彼、大人になりましたよね」

「うん、もう色々感心した。仕事の手際がいいってだけじゃなく、ほんとに……強くなったよなあ、あの子」

「おれもよく驚かされます。出会ったころは学生だったからっていうのもありますけど、もっとずっと、不安定な感じがあったんですけどね」

いったいなにがあったものやら、と首をひねる慈英に、臣は「あー……」と目を据わらせた。

「それはまあ、あれじゃない？　おれとかおまえが変わったのと、同じ理由じゃない？」

「ああ……弓削くん」

苦笑いしてうなずく慈英も、あの尖った美貌と才能の持ち主を脳裏に浮かべたらしい。

臣は慈英ほど朱斗と親しいわけではないけれども、朱斗が彼の恋人にさんざん振りまわされてきた経緯は知っている。その恋人、弓削碧と直接対峙したこともあるだけに、あれは厄介そうだと自分を棚にあげて思ったものだ。

「あんな、二癖も三癖もありそうな男と長いことつきあってんだし、そりゃ達観もするんじゃねえ？」

「うーん……あれでもだいぶ、弓削くんもまるくなったと思うんですけど」

「そうなの？」

「ええ、すくなくともこの間、ＮＹでやる個展の招待には応じてくれましたし」

えっ、と臣は目を瞠った。

「え、それ、朱斗くんに引っ張られて行くとかでなく？」

「招待は別個にしましたよ。朱斗くんは残念ながら、仕事のスケジュールで渡米が無理だそうなので」

それはたぶん、渡航費用が経費で落ちなかったりもしたのだろうなあ、と臣は察しをつける。

慈英はやはり人間関係に対しては——というより、臣以外の人間に対しては、どうにも鈍いところがある。傲岸不遜（ごうがんふそん）を絵に描いたようなあの弓削が「まるくなる」などということがあり得ないのは、今夜場をともにした佐藤一朗（さとういちろう）や大仏伊吹（おさらぎいぶき）の話からも想像がついた。

——弓削Pかあ……まあ初対面のことはまるっと忘れられたし、二度目のときもなかなかその……インパクト強かったっす、ね。

伊吹は弓削との邂逅（かいこう）について、できるだけ恋人（佐藤）の友人であり、友人（朱斗）の恋人である相手を悪く言わないようにと言葉を選んでいたのだが、その後佐藤が大変具体的に状況を説明してくれたため、彼の気遣いはまるっきり無駄に終わっていた。

（およそまるくなった、とはほど遠いと思うんだけど……いや、それとも、あれかな）

弓削碧は——彼自身がどう思っているか想像はつくけれど、慈英のなかではとてもめずらしい、『慈英に初手から認識されている』人間なのだ。口に出た言葉は一見、弓削の才能を認めてすらいないような、軽んじているような響きに思えたかもしれないけれど、あの当時の慈英にとっては、けっこうに希有（けう）な存在だったとも言える。

「……本人たちだけ、自覚ないんだろうけどなあ……」

「？　なんの話です、臣さん」

「いや、なんでもない」

あまりここを突っこむと、怖い話になる気がする。ふるふる、とかぶりを振って、臣は話を自分のことにもどした。

「そういえばさあ。朱斗くんに『自立すんのと、変に遠慮すんのは違う』言われた、つったらさ、堺さんなんかひでえの」

むっと顔を歪めた臣に、慈英は興味深そうに目を輝かせ「なんて仰ったんです」と促してくる。

「めっちゃうなずいたあとに『暴走しない臣なんか臣じゃないからな』……って」

「——ふはっ！」

噴きだした慈英を横目に睨むけれど、広い肩を震わせる彼は顔を逸らしてしまう。

「ちょっと笑いすぎじゃねえ？」

「え、いや、だってその……」

すみません、と謝りつつ、彼の笑いは止まらない。臣はわざとらしくむくれてみせた。

「おれだって大人になったんですぅ」

「そ、そんなふてくされたまま言われても」

くっくっと喉を鳴らす慈英に身体ごとぶつかってやる。悔しいながらびくともしない。二度、三度と肩を軽く殴っていれば、その手を取った彼にやんわりと握りこまれてしまった。

「……まあ、でも、うん」

「なんだよ」

「……頑張ってくれて、ありがとうございます。おかげでおれはいま、とても、しあわせな気分だ」

ふふっと笑う慈英に軽く頭を撫でられて、斜め上の端整な顔を見あげる。そこにはたしかに、言葉どおりしあわせそうにふわふわと笑う慈英がいて、ちょっとめずらしいものを見た、と臣は目を瞠った。

「なんです？」

視線に気づいた慈英が、やさしくなごんだままの目をこちらに向けてくる。いや、と口ごもったあとに、すこしだけ火照った頬を隠すように臣は目を逸らした。

「なんか、……思ったより嬉しそうでびっくりした」

「ずっと喜んでたでしょう、おれは」

なにをいまさら、というふうに、慈英が首をかしげる。

「えー、……うん。そうなんだけども」

そうなんだけど。

もごもごと言って、臣は舗装のうつくしい銀座の街の地面を見つめる。

「そこまで全開で嬉しそうにしてる慈英って、なんかあんま、見たことないから」

「……そうでしたっけ？」

慈英は首をかしげた。あえて不精に見えるよう整えている髭を、長い指が軽くこする。その仕種はとても好きだなあ、とぼんやり見ほれつつ、硬質に見えて柔らかい彼の唇が、またゆるりと弧を描くのを見つけた。

「ああ、うん。たしかにゆるんでますね、顔。さわるとわかる」

むにむにと自分の指で顔をこする慈英に対し、臣は「自覚なかったのかよ！」と目を剝いた。

「はあ。あまり、にやけるということが経験ないので」

「にやけ……たことは、うん、あんま、ないな。たしかに。……てそれ、にやけた顔なの？」

「だから、したことない顔なので……ただ気分的に該当するのはそこかなと」

とにかく大変、ゆるんでます。まじめな顔を作った慈英に言われて、臣は噴きだしてしまった。

「あっは、あはは！　も、慈英、笑わすなって」

「臣さん、笑わすなって言うけど、そもそもさっきからずっと笑ってたじゃないですか」

「そうだけど、あっははははは！」

臣の仕事が仕事であるため、ふだんはできるだけ表情はしかつめらしくしている。だがその反動のようにひどく自由に動いた表情筋は、すこしだけ疲れているのだろう。いまもまだ微笑んだまま、顔が戻らないのは自覚していた。

「はー……もう。明日、夜には夜勤にはいるってのに。顔、ちゃんと引き締まるかな」

両頬を指でぐにぐにと引っ張りながら言えば、「お仕事モードに戻れば平気でしょう」と慈英があっさり言う。

「適当に言うなよ」

「適当なつもりはないですよ。臣さんはそういうひとだから」

肩を寄せ、ふ、と笑い混じりに告げられた言葉が臣の前髪を揺らす。

そして、なぜだか突然、泣きたくなった。

慈英とは、お互いの時間が許す限りビデオ通話で会話をしている。だから厳密に言えば、『顔をあわせての会話』はそこまでひさしぶりではない。

けれどリアルで語らうとき、隣にいる体温や、気配、彼の長い後ろ髪がわずかに首へこすれる些細(ささい)な音——そういうものは、カメラ越しにはやはり伝わってこないのだなと、この瞬間不意に臣は思った。

「臣さん?」

「……うん。明日には、ちゃんとな。仕事の顔に、なると思うよ」

でも、いまは。伸ばした手は、正しく、あやまたず、恋人の長い指に閉じ込められて包まれる。

目があって、その瞬間どろりと、頭のなかでなにかが溶けた。慈英の笑みはすっと薄くなり、臣の左手を包んだ指が皮膚をくすぐって手首まで到達する。

強く、引いて、彼は歩きだす。臣もまた、なにも言わないままついていく。

こんな蕩けた目を見交わした夜のさきになにがあるかなんて、それこそお互い、いやというほど知っていた。

＊　＊　＊

準備のいい朱斗のおかげで、ホテルのチェックインも荷物の運び込みもすべて済まされていて、カードキーに示された部屋へとふたりはまっすぐに向かった。

内幸町にある、日本で最も有名かつ高級と言われるホテルのひとつ。その豪奢なロビーも、臣がいままで泊まったこともない、自宅より何倍も広いだろう部屋の贅沢さも、しかしなにひとつ、目にはいってこなかった。

「ふぁ、あ……っ」

「……っは」

ドアが閉まるなり、壁に押しつけるようにしてキスをされた。臣からもしがみついて、慈英のまとったコートを広い肩からむしるようにしてひきおろし、質のいいスーツが皺になるのもかまわずに、そこかしこへと手をすべらせる。

「じえ、慈英……ふ、……服、もう」

「……ええ、邪魔だ」

お互いの目のなかに淫猥（いんわい）な獣（けもの）を見つけて、それを愛でるように口づけながら、その邪魔なものを取り去っていく。ひさびさの高揚感に、頭がぐらぐらと煮えるようだった。

「ふ、ふふ」

「なにがおかしいんです？」

「だって、めちゃくちゃがっついて、る……っ」

臣は自分を笑ったのだけれど、慈英はそうと受けとらなかったらしい。

「……悪かったですね」

低くひそめた声で、耳をいきなり噛（か）んでくる。ぐじゅ、と濡れた音を立てる舌で、髪の生え際と耳の端境を舐（な）めてみせるのはわざとだ。

「ち、がう、違う、おれが」

「んん？」

「おれ、すっご、もう……やばい、から」

だから、お願いだから耳をなぶりながら腰や胸を撫でまわさないでほしい。まだベッドが遠い。朱斗が気を利かせたのか、デラックスツインなんて用意してくれたものだから、部屋の入り口から思うさま抱きあうところまで距離がありすぎる。

もどかしい、さわりたい。もつれるようにお互いの服を引きむしりながら、部屋の窓際、いちばん奥まったベッドのほうへ近づこうとはしたけれど、キスの合間にすがりついた慈英の肩越しに見えたそれに臣が諦めの息をついた。

「慈英、あそこでやんの、ちょっと無理、かも」

「え……なぜ」

いかにも不服そうに言われて、すこしおかしく、だいぶ嬉しかった。べつに行為そのものをやめると言ったわけでもないのに、と臣はすこし苦笑しながら「いや、だって」と口ごもる。

「だって、なんです?」

「顔怖いって慈英。……あのベッドメイキング、かなりがっちりだから」

「え」

慈英が振り返ったさきにあるツインベッド、そのいずれも、高級そうなリネンの隅は、寝台の端できれいに折られてマットレスとの間に敷き込まれているし、張りのある布を使ったベッドライナーもかけられている。

「シーツ剝がすの大変かなって……」

振り返った慈英が問題のベッドを確認したのち「……なるほど」と変に納得したような声を出し、臣は顔を赤らめた。

勢いまかせで絡みあったものの、変なところで正気に戻ってしまった。いっそカバーのことなど考えないまま、行くところまでいってしまえばよかったのかもしれないけれども――。

(う、いたたまれねえ……)

中途半端に恥ずかしくなり、ちょっとどうしよう、と迷った次の瞬間だ。

「……じゃあこっちにしますか」

「えっ」

ぐいと腰を抱かれて、九十度に方向転換させられる。そこにあったのは浴室のドアだ。開けるなり、ルームフレグランスのふわっとしたあまい香りが強くなる。たたらを踏んだ臣が、アメニティ類の並んだ大理石らしい洗面台に手を突くと、うしろからのしかかってきた慈英がベルトに手をかけた。

「えっ、ちょっ……こ、ここで?」

「どうせシーツを気にしたのも、後始末を考えたんでしょう」

「……うっ」

だったら最初から、汚れてもきれいにしやすいところのほうがいい。耳を噛むようにしてささやかれ、うう、と臣はうなって洗面台に突っ伏した。

目のまえにある鏡のおかげで、背後の男がどんな顔でそれを言ったかまで見えてしまって、とても顔をあげていられない。

「……だって、おれ、……知ってんだろ」

「ああ、すごく濡れやすいですよね」

「そんなずばっと……って、え⁉　は⁉」

あけすけに言われ、思わず顔をあげかけたところで、下着ごと一気にボトムをさげられた。しかも膝でたぐまったそれを、慈英は靴で踏みつけるようにして床に落としたのだ。

「おま……その脱がせかたは、ねえだろ……」

慈英があちらで購入し、似合うからと送ってくれた気に入りのスーツも、もうぐちゃぐちゃの皺だらけだ。呆然とつぶやけば、肩口に噛みつくようにした男が鏡越しに睨んでくる。

「クリーニングだなんだはあとで考えればいいでしょう。なんだったら、新しいの買ってあげます」

「お、おまえそれ……ちょっと、その発言、けっこう最低だからな⁉」

臣が真っ赤になってわめくと、「最低でけっこう」と鼻で笑われた。

「変なこと気にしてじらす臣さんより、意地悪くはないでしょう」

「いじわ、るとか、じゃ……うわ、あ、あ」

変な声が漏れたのは、鏡のせいで慈英がなにをしているのか逐一見えてしまうからだ。自分に対してより、よっぽど荒い手つきでボトムをはだけ、苛立ってでもいるかのようにかぶりを振ってネクタイを緩める姿は、ふだんの慈英の落ち着きが嘘のように乱雑だった。

首のうしろがかっと熱くなった。久々に見る、恋人の雄の顔は刺激が強くて、落ち着きなく身体を震わせていれば、逃がさないとばかりに腰を摑(つか)まれる。

「どうする？　臣さん」

「ど、うって、なに？」

　ざわざわと落ち着かない心臓に、息があがっていく。こういうときの慈英は意地が悪い。問いかけるふりで、けっきょくは臣に選択肢などろくにない、そういう言葉で耳を犯す。

「ここでいますぐ、最後までするか、それとも――」

　言葉を切って、火照りを帯びた内腿(うちもも)に、手のひらが這(は)わされる。ゆったりと撫でる動きはあくまで脚だけを愛でるものだけれど、その手首は、わざとか、わざとでないのか、興奮しきった臣自身をかすめて腰を震わせる。

「ここで、一度」

　ほかに誰も聞く者などいないのに、ぎりぎりまで絞った声に、たっぷりと息を絡めて吹きこまれた。

「おれを、楽にしてくれて、それからゆっくり、愛される？」

「……っひ、ぅぁ……っ」

　ぞくぞくぞく、と背中が震えた。臣の頭のなかはもう、いま示唆された状況や、そこからさきにつながるできごとでいっぱいになっていて、どろりと爛(ただ)れたあかい色に染まっている。

「どっちがいいですか、臣さん」

「も……慈英……っ」

選んで、と言いながら、熱くて固いそれを押しつけてくるから、臣は声もなくかぶりを振って、おずおずとわずかに腰を突きだした。

「それじゃあ、どっちかわからない」

「おま……っ、いじ、わるぃ……っ」

言わせるな、もう言葉を発するのもむずかしいくらい昂(たか)ぶって苦しいのに。鏡越しに睨んでみせたつもりだったけれど、こんな顔をしていたら抗議にもなにもならないと自分でもわかった。

(わかってるくせに)

どんなに清潔な顔をしてみせたところで、自分が彼と会うとき、このことを期待していないわけがない。セックスを、意識しないでいられるはずが、ない。

喉(のど)が鳴った。口を開くと、粘度の増した唾液がどろりと舌のうえで揺れる。それを見せつけるようにして、臣は訴えた。

「知ってんだろ、はいる、すぐ、はいるように、してるから……なってるから、だから……っああぁあ！」

腰を両手で摑まれたと思った次の瞬間には、奥まで犯されていた。びしゃりと前がはじけて、脱ぎそびれていたシャツの裏側に精液がかかる。

「んぁっ……あっ……」

「まだ、いれた、だけですよ」

洗面台にすがりつくようにして突っ伏した臣の背中を、慈英の声と手のひらがやさしく撫でた。汗が一気に噴きだし、重怠く感じる身体から、さきほどとまったく違う、うやうやしいほどの手つきでジャケットが脱がされていく。

「ねえ、だいじょうぶですか？　臣さん」

臣はちいさく呻いて、無言のままこくこくとうなずいた。

慈英のこの問いかけは、気遣いではない。ただの確認で、もちろんそれを臣も望んでいる。証拠に、挿入されただけで悦びきった身体は、奥まで受けいれた男のそれをしゃぶるようにして蠢いている。

「あっ……」

ゆさ、と身体が揺さぶられた。位置を合わせて、深く、激しく、強く、この身体を彼の好きにするための、予備動作だった。お互い、知らないところのないほどの身体だからこそわかる、『いつもの』仕種。

臣は洗面台に肘をついて腰を反らし、かかとをすこしあげた。身長差のぶんだけ、腰の位置は違う。背後の獣に好きなだけ貪ってほしいなら、自分からそこを明け渡さないといけない。顔をあげて、ちゃんとねだって、愛してもらわなければ。

上気した頬の色も、潤んだ目も、本当は口づけてほしくてゆるく蕩けたままの唇も、鏡ごしに全部、すべてさらして、希(こいねが)う。

——……し、て。

慈英にだけ届く、吐息に混ぜこまれて消えそうな、そのくせどろどろと重たい情欲を孕(はら)みきったとわかる声で、臣は言った。

そうして一度、臣のまともな思考はそこで、途絶える。

＊　＊　＊

部屋のなかは、濃度の高い粘液と、快楽と愛情をこね回し、混ぜあわせては押しつぶすような、そんな音と気配に満ちていた。

「んんん、ぁあ、あ〜〜……っ！」

ぼやけた視界に映るのは、清潔でうつくしい天井。そしてそれへ向かって伸び、男の肩越しにゆらゆらと揺れている自分の足先。

いやらしくてはしたなくてどうしようもないくらいに開ききった身体をぜんぶ委(ゆだ)ねて、ぐちゃぐちゃにかき混ぜてもらっているこのいまの至福が、臣のすべてを支配している。

洗面台で一度、そのあとシャワーを浴びながら交わって、それでも結局満ち足りることのないまま、ようやくたどり着いたベッドの上で、もうずいぶん長いこと、睦みあったままだ。

きれいなベッドメイクもなにもかも、もうぐちゃぐちゃになっている。けれどそんなことを気にする余裕など、いまの臣にはもう、ありはしない。

「も、でな……っ、でな、い」

「……うん」

ひきつったように泣きながら、さんざん絞られたペニスをまだ撫で続ける長い指を摑んだ。わかっている、というように手を握り返されて、ほっとしたのもつかの間。

「でも、こっちでいくでしょう?」

「っひ――……!」

こっち、と言いながら腰を強く叩きつけられ、返事をするより早く、この夜何度目かもうわからないドライオーガズムに達した臣は、開いた唇から痙攣する舌をのぞかせ、声にならない悲鳴をあげた。

「息して、臣さん」

「……っか、はっ、あっ……はぁ、はっ……!」

軽く頰をはたかれ、呼吸すら止まっていたと気づかされる。軽く咳きこんで息を吸いこんだとたん、どっと血の巡りが変わってめまいすらした。

(また、イッた……あたま、とけ、る)

ぶるぶるぶる、と全身がこわばり、おかしいくらいに痙攣する。心臓はもう破裂するのではないかというくらいに激しく血を送り出していて、どこもかしこも充血しているようだ。そしてなにより、たっぷりと濡れてふくれた粘膜は、慈英のペニスを食んだまま、くちゃりくちゃりと咀嚼でもするように動くことをやめない。

恥ずかしい、と頭のすみでは思っているのに、腰が勝手に上下に揺れてしまう。かくり、かくりと不規則に動くそれは自分ながらあまりに卑猥で、どうしたらいいかわからない。

どうしたらいいのか、わからないから。

「慈英……っ」

手を伸ばし、たすけて、と唇だけで告げる。そうすればすぐに口づけは訪れて、ぐるぐると行き場のなかった情欲の嵐が、それ以上の激しさで求めてくる男の腕で散らされる。

もう一度背中をベッドに沈めて、すぐに覆いかぶさってきた慈英の背中に爪を立てた。

「あっ、あっ、あっ、あっ！」

捕まって揺さぶられて、摑んで、揺らして、混ぜあわせる。酸欠で視界が白くなりはじめて、それなのにキスをやめたくもないし、濡れた身体の奥をいいようにされることも、やめてほしくない。

（だって）

次は——いつ、こんなふうに抱きあえるのか、わからない。

渡米してからの慈英の活動は、あの辣腕エージェントの目論みどおり、世界的なものになった。あちこちの美術館に企画を持ちこみ、業界にいままで以上に名前を売りこんだ。日本やアメリカのみならず、ヨーロッパにもアジアにも活動の場を広げており、皮肉にもそのことで国内の知名度もさらにあがっている。

臣には、美術世界における慈英の詳しい状況などは、まるでわからない。

ただ彼がとてつもなく忙しいことと、彼のエージェント――アイン・ブラックマンが考えている『秀島慈英』という画家の飛躍は、臣が想定する状況をはるかに凌駕しているものであることだけは、うっすらと理解している。

アインがああまでろこつに妨害してきた理由も、いまならばわかる。逆に、そこまでの逸材をよくもまあ、この身ひとつで何年も、あの狭い土地につなぎ止めておけたものだと思う。

――おれが日本の片隅に埋もれて、画家としてつぶれたとき、その責任があなたに負えるのかと言われたとき、あなたはそれを突っぱねるだけの確信を持って、おれといられますか。

年々、あの言葉の意味を嚙みしめる。

激情のままに抱きあうことがあたりまえの日常だったあのときだから、臣は彼を選ぶことができた。それは結局のところ、画壇における慈英の存在やなにかを、はっきりと理解しきれていなかったからだと、いまではわかっている。

もし、いまならば、どうだろうか。

あれだけもの知らずで、それでも迷い続けたあげくの答えを、彼と離れ、客観的に見ても大きすぎると知った『秀島慈英』を、それでも、自分は――。

「――……っあぁ！」

不意に、脳まで痺れるような深い突きあげを喰らって、臣は悲鳴をあげる。目をしばたたかせれば、頬に伝った汗を舐めとりながら、片目をすがめる慈英がいた。

「よけいなことを考えない」

「な、んで」

「おれはあなたしか見てないから、どっかにいったら、すぐにわかる」

ふふ、とやさしく、そのくせにほの暗いものを滲ませて笑う慈英に、どうしてか臣は、ほっと息をついた。

（うん、そうだな）

目のまえに自分がいるというのに、物思いに耽ることすら許さないというような執着を隠さない目で見つめられて、心底から満ち足りる。そして、なにをおとなぶって、できもしない想像をめぐらせていたのかとおかしくなった。

どれだけ時間が経っても、結局は変わらない。

「臣さん？」

「うん……」

相手を灼き焦がしてしまいそうな情念と恋着は、このいま抱きあう相手とでなければ、到底耐えられるようなものではないのだ。

（おれもおまえも、……お互い以外には、重すぎるもんな）

いまさらほかのなにかで贖えるようなものではないのだ。そのことがやけに嬉しくて、微笑んだまま、臣はそのしなやかな手足を蔦のように男の身体に絡みつける。

「捕まえといて、慈英」

「体勢的には逆な気がしますけど？」

わかっていて、言葉をわざとすべらせる。こんな会話ができる程度には、すこしだけずるくもなったし余裕もできたのだろう。

「もっとだよ。時間、めいっぱいまで……おれに、思いださせといて」

「……ずるいひとだな、まったく。おれは、忘れたことがそもそも、ないのに」

笑いを含むそのぼやきに、どこがだ、と臣は笑いながら思う。

本当にすこしも楽にならない。

しあわせで、たのしいけれど、この男との恋が『楽』であったことなど結局、いちどもないのだ。

目を見交わして、ふと笑いが消えた。噛みつくようにして唇に食らいついたのは、果たしてどちらがさきだったのだろうか。

わからないまま、指を、舌を、そのすべてを絡みつけたまま深く深く、臣と慈英は夜のなかにもつれたまま根を張り続ける。

どろりどろりと重たくこごる情の泥のなか、首をもたげて咲く花のように、臣はその細い身体をしならせた。

＊　＊　＊

翌日の昼近くまで眠ったふたりは、ひさびさの交合に溺(おぼ)れた身体の疲れも抜けないまま、急いで身支度をする羽目になっていた。

「ってかおまえ、パーティー本番のまえに雑誌の取材あるならあるって、昨夜のうちに言っておけよ！　未紘(みひろ)くんから連絡なかったら、どうしてたんだよ！」

「言える状況じゃなかったでしょう。そもそも臣さんだって、目覚ましもかけずに寝るから」

「アラームなんてかけられる状況じゃなかったろうが、おれが寝たときは！」

抱きつぶしておいて勝手なことを言うなとわめきながら、臣は大慌てで寝癖のついた髪に手ぐしを通した。

目が覚めたのは、帰りの新幹線に乗るためには、あと三十分でこのホテルを出なければ間に合わない、という時刻。起き抜け、もっとも臣が青くなったのは、ぐちゃぐちゃにほったらかされたままのスーツや衣類だった。端から拾い、まともにたたむことすらできないままランドリー袋に突っこもうとしたけれど、「そこまで丸めて突っこんだら、さすがに形がダメになりますよ」とそのダメにしかけた張本人に止められた。

「あとはもう、おれが拾っておきますから」

「悪い、頼む！」

とりあえずもう一泊する予定の慈英がクリーニングに出したのち、宅配で送ってくれるというので任せることにした。——といっても、実際にそれをやるのはおそらく朱斗なのだろう。

（うん、もう、あの子相手にはあまえるしかない）

本音を言えば羞恥(しゅうち)で死ねそうだったけれども、どうでも会えとそそのかしてくれたのは彼なのだから、ここは面倒を見ていただくことにしよう。

「よし、んじゃ、出るぞ」

「ああ待って、臣さん」

さきに出ないと間に合わない臣が、旅行用の鞄(かばん)を抱えてドアを出ようとした瞬間、腕を摑んで引き留められる。

「うん？　なに――」

言葉ではなく、静かに唇をあわせられ、驚きに目がまるくなる。ほんのわずか、名残惜しげに吸われて離れたそれは、どこまでもやさしいキスだった。

「……いってらっしゃい。お仕事、頑張って」

その瞬間、臣のなかによみがえったのは、ふたりで暮らしたあの日々のことだった。

いつでも、毎日、こうして送り出されて、帰ってきたら彼がいて。彼の愛情にあまえて、あまえて、貪るように飲み干して、それでも尽きないほどの情を与えられていた日々。

ぐうっと、身体のなかからこみあげるものがあって、涙腺が疼いた。

「おまえ、ひどいやつだな」

「そうですね」

置いていくのは自分のくせに、こうして思いださせる。それでも泣かないまま顔をあげ、臣は苦笑してみせた。慈英は、なにが楽しいのか、あかくなった臣の目尻に長い指を這わせて、そこにも口づけをひとつ、落とした。

「……でもこれで、しばらく、おれのことばかりでしょう？」

「しばらくどころじゃねえし」

くそったれ、と舌打ちして、今度は臣が襟首を摑む。下からすくい上げるように、思いっきり吸いついて、啞然とした男の口の中で舌をひらり、動かした。捕まえられるまえにすぐに引き抜いて、そのまま、あかんべえのポーズで見せつける。

「どうせおれは、ずっと、慈英のことばっかだよ」

「臣さん……っ」

「いってきます。あと、……おまえも、頑張れ」

じゃあな、と笑って、臣はドアから出ていった。

ゆっくりと閉まっていくそれが慈英と自分を隔てる最後の一瞬、彼が困ったように頭を掻いて笑っているのが見えた気がしたが、臣はもう、振り返らない。

ふたつのキスでロストした時間のぶん、急いで行かねばならないのだ。

ホテルのなかを走るわけにいかないから、早足で、できるだけ早く、早く。

別離のさみしさより、次の再会を喜んで笑いあうために。

心も目も、ただひたすらまっすぐに向けて、臣はその足を踏み出した。

無事是貴人（ぶじこれきにん）

「……なあ、きょう、佐藤くんち泊まっていい？」

なんだかんだとにぎやかだったパーティーのあと、二次会という名の無礼講を終えて、この日集った面々は、それぞれの帰途についていた。

佐藤一朗と大仏伊吹は、どうにか間に合った電車に飛び乗り、アルコールの酩酊と軽い疲労感に包まれたまま、その長身をドア脇のポールにもたれさせ、ふらりふらりと揺れに任せて揺らしていたところだった。

「どうしたの伊吹くん。泊まるのはいいけど、その顔」

佐藤はすこし驚きつつ、眉をさげて唇をへの字に結んでいるという、まるで拗ねた子どものような伊吹の表情を見やった。

「……なんかあった？　疲れちゃった？」

佐藤としては信頼できる気心の知れた顔ぶればかりだったが、伊吹にとっては初対面の人間の方が多い集まりでもあった。案外と気にしいなところのある彼には疲れたのだろうかと思えば、帰ってきた言葉は想定とすこし違った。

「うーん、や、なんかね、めっちゃ楽しかった」

「……うん？　楽しかったのに、そんな顔？」

どういうこと、と目をしばたたかせれば、電車の揺れでぐらり、伊吹がかしいでくる。反射的に腕を伸ばして捕まえ、そのましれっと肩を抱くけれど、終電近い電車のなかは案外すいていて、皆一様に疲れた顔を伏せているため、見るものなどもいない。

ふだんなら照れたあげくつっけんどんに押し返してくる伊吹も、まだ酔いが残っているのか考えに耽(ふけ)っているのか、佐藤に支えられるままになっている。

「んーと、あるじゃん、なんかこう、祭りあとのさみしさ的な」

「ああ、はいはい」

「すげえ楽しかったぶん、なんかいま、すんげえさみしい感じ」

ふー、と息をついた伊吹のしょんぼりした様子に、なるほどと佐藤はうなずいてみせる。

「けど、あれな。朱斗(あきと)くんと未紘(みひろ)くんて、面子のなかじゃちっこい方から数えて一、二って感じなのに、めちゃくちゃタフなのな」

「あー……あのふたりはねえ。見た目で判断すると大変なことになるから」

二次会のあともまだ仕事をすると言いきった、小柄なふたりを思いだし、佐藤は苦笑する。

主催側であった志水(しみず)朱斗は片づけと明日の準備も兼ねて、今夜は画廊の事務所に泊まりこむらしい。なんでもしょっちゅうイベントごとがあるので、今回のリニューアルで仮眠室まで設置したのだそうだ。

——最近、家よりこっちで寝てることの方が多い気ぃするわ。

そんなことをのたまう朱斗にもあきれたが、その場には剛の者がもうひとりいた。

有名出版社で小説の編集を手がけているという早坂未紘は、おそろしいことに二次会解散後、「担当作家の原稿あがったみたいなんで、これから出社します」と、のたまった。

——わりとギリなんで、プリントアウトしてゲラチェックと同時進行しながら読みこまないとなんですよ。おれんちだと、プリンターないから。

あたりまえのように言う未紘の背後にはちょうど、銀座和光の時計台があった。確認できた時刻は、夜の十一時をまわっているというのに、さっと手をあげタクシーを止めた彼は「じゃ、お疲れ様です！」とさわやかに笑って去っていった。

ちなみにその未紘のパートナーである秀島照映は、明日は出張があるため早いのだとかで、二次会の途中で中座していた。

「じつは照映さんのほうが、未紘くんより体力ないっていうか、体質的に弱いらしくて。しょっちゅう熱だしたりとか、風邪引いたりするらしいよ」

「マジかー、意外。けっこう体格よかったのに」

見た目じゃわかんねえな、とくすくす伊吹は笑う。だがまたすぐに、あのさみしげな顔に戻ってしまった。

（うーん？）

やはりなにか、思うところでもあるのだろうか。肩にかけた手にちからをこめると、ほんの少しだけ、こちらに体重をあずけてくる。しばし考え、佐藤はふと気づいた。

三々五々散らばっていった二次会メンバーのなかで、完全に同じ場所に戻るのは佐藤と伊吹だけだ。

いや、厳密に言えば、今夜だけは同じホテルに泊まる、秀島慈英と小山臣のふたりも、連れだって歩いてはいたけれど——。

「……あのふたり、ものすごい遠距離だよね」

ぽつりと、伊吹に語りかけるよりはすこし浅い、そんなひとりごとに近い響きで言葉を漏らせば、ふれた肩がわずかに反応するのがわかった。

（ああ、なるほど）

感情豊かな伊吹の目が、一瞬泳いだあと、軽く上目遣いをするように佐藤に向けられ、だがすぐに逸らされる。たぶん、言いたいことはあって、でも電車のなかでは言葉にするにはすこし、といったところだろう。

伊吹の明日の予定は、ダンス教室が夜の部から。佐藤もまた、きょうのこの展開を見越して、有休をとってある。

「あしたはゆっくりできるし、ふたりですこし飲む？」

「んん……酒はもう、いいけど」

言葉を切った伊吹が、周囲から見えない角度の位置で佐藤の指を一瞬だけ握り、すぐに離した。すこし臆病(おくびょう)でやさしい彼に似合いの、さらりとしたあまえ。ふれた時間の短さに反してそれは、佐藤の胸に深く濃く、響いた。

＊　＊　＊

その後も言葉すくななまま、電車を乗り継いだふたりが佐藤の自宅に戻るころには、もうすっかり日付が変わってしまっていた。

「コーヒーでも淹(い)れる？」

さきに座って、と定位置になっているソファをすすめた佐藤が台所に向かう途中で問いかければ、伊吹は「んん」と首をひねった。

「や、時間も時間だから、水で」

「りょーかい」

身体(からだ)を整えておくのも仕事のうちである伊吹は、「でもありがとう」と微笑(ほほえ)んだ。佐藤はなんとなく苦みがほしい気分だったので、自分のぶんだけ手早くインスタントコーヒーを作る。伊吹にはミネラルウォーターのボトルを渡すと「あれ」と目をしばたたかせた。

「水道水でよかったのに」

「いいよ。それ伊吹くん用の買い置きだから」

「えっ、そうなのか」

佐藤はいままで、あまり水を買う習慣がなかった。なんとなくペットボトルを常備するようになったのは、いま言ったとおり、伊吹が水を飲むよう心がけていると知ってからだ。

気遣い、というほどのものでもない。つきあっている相手の習慣を知って、ならば過ごす時間を共有する自分の部屋にも、それがあったほうがいいだろう。佐藤にとってはその程度の話だ。

——なのに。

「えっ、ちょっとちょっと、伊吹くん⁉」

突然、ペットボトルを握ったままの伊吹が目を潤ませて、ぽろっとおおきな雫をこぼすから、佐藤はぎょっとなる。あわてて近づき、情緒が揺らいでいるらしい彼の両肩に手をかければ、そのままぽすんと胸に頭を預けてきた。

「あー、ごめん、佐藤くん。背中ぽんぽんってやってやってくれっかな」

「え? あ……い、いいけど」

言われたとおり、すこし丸まっている伊吹の背中を軽く、子どもにするように叩いてやった。そうする合間にも、はあ……とこぼす伊吹の息はずいぶん熱いし、ぽとぽとと涙は落ちている。そのわりにずいぶんと平静な、落ちついた声をだすから、佐藤はますます混乱する。

「なあ、どうしたの伊吹くん、ほんと。なんかあった？」

「いやこれ、おれのことで泣いてんじゃねえから……」

「へ？」

「たぶん、酒もはいったんでよけい、『あたった』っていうか『あてられた』みたいな、そういうの」

「……うーん？」

よくわからない、と佐藤が首をかしげる。ずず、と洟をすすった伊吹は「ティッシュもらえる？」とやっぱりおだやかな声で言う。

はい、と差しだせば、手早く何枚か抜き取ったのちに勢いよく洟をかみ、「ふあ」と気の抜けたような声を発したのち、すんと真顔になって背を正し、佐藤を見つめる。

「な、なに」

「んー、ちょっと」

そして今度は、むぎゅっと抱きついてくる。本当にきょうのおれの彼氏はいったいどうした。なかば遠い目になりながら、それでも言われたとおり、ぽんぽんと背中を叩き続けていれば、「はぁあ〜〜……」と魂まで抜けるような息をついて、伊吹が離れた。

「ありがと。もう平常モードんなった」

「お、おう。それはよかったね」

でもいったいなんだったんだ。目を白黒させている佐藤に「んっと」と伊吹は立てた親指を顎に添え、首をかしげてみせる。きゅっと眉を寄せるさまは、元の顔立ちが非常によろしいのも相まって、かなりかっこいい。

「おれさ、たまぁにあるんだけど、感覚酔い、みたいなやつ。美術館とか、けっこう濃いめの作品がどわっと、物量的にも質的にもすごいとこ行くと、うわってなるやつ……わかる？」

「あー、ごめん。おれそっちの方向にアンテナ弱くて、さっぱり。でも言わんとすることはわかるよ」

思想、思考を訴えてくる芸術作品などは、それだけでひとを酔わせる作用がある。酩酊感や多幸感を誘う、という意味だけでなく、あまりにその作品からの訴えが強すぎて、悪心やめまいなどを引き起こす場合もなくはないのだ。

これはなにもオカルト的な話ではなく、感受性の問題なのだと思う。残念ながらあまりそのあたりが鋭敏でない自覚のある佐藤はともかく、ダンサーという身体言語を操る職業の伊吹が、感受性が豊かでないわけがない。

そして、あのちいさな画廊で行われたパーティー。物量で酔わせるほどの作品は飾られていなかったけれど、ひときわ目を引く作品がいくつか——若いころの秀島慈英の習作と、今回のために描きおろされた作品と。

なにより、それを手がけた本人が、その場にいた。

「やっぱり伊吹くんのそれ、秀島さん酔い？」

「って言っちゃうと身もふたもない感じだけどまあ、たぶん……あのひと、なんだろね。エネルギー量みたいのが尋常じゃないわ。作品集見たときもそう思ったけど、現物見るとすさまじかった」

帰途についた時点で、伊吹が当てられたのは、慈英たちになのだろうと察してはいたが、いったいどういう理由でなのか、佐藤はよくわかっていなかった。

「でも、なんで？　わりとふつうにしてたよね。っていうか伊吹くんのほうから話しかけてたし、見ててもそんな感じしなかったけどな」

「んん……や、途中までは、あのひとほんと、ふつうだったんだけど」

銀座駅の近くで道に迷いかけた伊吹と、地下鉄の駅から地上に出たばかりの慈英は、偶然出会っている。その際に、伊吹はごくふつうに話もしていたし、それからも変わった様子は特になかった――と佐藤は思っていたのだが。

「……小山さん、来たあたりから、なんかもう空気が」

「あー、はいはい、そーね……」

それは理解、と佐藤も苦笑するほかにない。

おそらく十年はつきあいが続いているはずのあのふたりだけれども、彼らのすごした日々について、佐藤もそれほど詳しく知っているわけではない。

けれど、幼なじみの弓削碧や、仕事で関わることも多い朱斗などから話を聞くに、波瀾万丈な年月であったことは想像に難くない。

その結果が、入籍したというのに国すら違う遠距離恋愛。すごいことだなあ、と佐藤などは単純に、感心していたのだけれど、伊吹はなにか違うものを見たのだろうか。

「逆にあれでびびったんだよ。小山さんと一緒にいるとき、なんかこう……本人からぶわーって、こう、なに？」

「いや、なにて。おれに聞かれましても」

「……だよなあ。まあ、とにかくなんか……あ、あれだ。いわゆるオーラ？　オーラが違う」

「ああ、それはわかる気が。めっちゃしあわせオーラ出てたよな、あれ」

佐藤もそう深いつきあいではないけれど、ふだん冷静でいかにも大人、といった秀島が、突然取り乱して恋人を抱きしめたあの様は、なかなかにめずらしいものだった。そう告げると、伊吹は「そっかあ……」と、また目を潤ませてしまう。

「えー、なんなの伊吹くんのその涙腺は」

「いやだからこれ、おれの感情からきてんじゃないんだって……」

「イタコみたいなこと言わないでくれよ」

「そういうスピリチュアルなのと違うんだって、えっとだから」

どう言えばいいのかなあ。すっかり飲むことを忘れているペットボトルを手の中で転がしながら、伊吹は軽く空を見る。

「ボディランゲージって、相当訓練しないと、嘘つけねえんだよ。とくにああいう、素の状態でとっさの反応の場合って」

「うん」

「んでさあ。あのひとら、あんなにすげえ、しあわせそうでさ、でもふだん、一緒にいねえんだな、って。で、たぶん納得はしてんだろうけども……」

また、表情を変えないまま、ぽろりと伊吹が涙をこぼす。佐藤は手を伸ばしてそれをぬぐった。伊吹は反応しないまま、すん、と洟をすすった。

「好きなんだろうなあ、って。お互い」

「……うん」

「で、そういうふたりが一緒にいないのって、なんかちょっとせつないな、っても思っ、た、んだけど……」

ひゃく、としゃっくりまで出はじめて、ああまったく、と佐藤は苦笑した。

「……やっぱ伊吹くんがせつないんじゃん」

「え、これ、そうか?」

「あとたぶん、アルコールもけっこう抜けてないと見た。それで感情とかいろんなの、ちぐはぐになっててんじゃないかな」

そうかあ、とすこしぼんやりした声で言って、伊吹はおいでと広げた腕に、素直におさまった。あまえるのがへたなのかうまいのか、相変わらずこの彼はよくわからない。

「そのへんで泣くのやめとこ、あした顔腫れるだろ」

「おー……しかしながら佐藤くん、おれにも止め方がわかんねえんだ、これ」

「あらら、困ったねえ」

伊吹には、いわゆる胸の痛みは、ないという。ただほたほたとこぼれるままの温かい水を落とし続ける。どうしようもないので、とりあえずタオルを一枚、背中には自分をひとつ用意して、佐藤は彼のためだけの座椅子になっておく。

「しゃっくりは水で止まるかも」

「マジか。飲んどく」

ぼろ泣きしながら交わすには奇妙な会話だけれど、佐藤はべつにかまいはしないのだ。

「まあでも、いいよ」

「う、ん？」

「おれと離れたらどうしようとか、そういうんで泣いてんじゃなければ」

ちょっとだけそれを心配していたと言えば、ものすごくきょとんとした顔で伊吹が振り向いた。

「わりと佐藤くんて、おれの思いつかんこと言うよなあ」

「いや……ふつうこの流れだとそっちの方に思考がいったのかと思うんだけども」

「ごめん、そこまで想像力豊かではない、と思う」

いや充分豊かなほうだと思うけれども、という言葉は佐藤の胸のなかにだけしまっておく。

（無自覚かあ。まいるな、これ）

そして思いっきり、にやけてしまいそうだ。

なにしろこの彼氏ときたら、きょう知りあったばかりの『ごふうふ』の遠距離生活にせつなさを覚えるくせに、現在進行中で背中をあったためている恋人との別離については、考えたこともない、と言いきってくれたのだから。

「……なんで笑ってんの、佐藤くん」

「笑ってないよ」

「いや笑ってんだろ、なんだよ。そんな変？　おれ」

「変じゃない、変じゃ」

じゃあなんだよ、と睨(にら)んでくる目からは、まだぽろぽろと落ちるものがある。なんだかだんだんもったいなく感じてきて、佐藤は肩越しに首をかたむけると、その涙を舐(な)めてやった。

ぺろりと唇を舐めて「しょっぱい」と言えば、一瞬ののちに伊吹の顔が真っ赤になる。

「ぬぁ!?」

「……あ、止まったねえ、涙」

「えっ、いや、舐めっ……⁉」

もっといけない体液の味も知っている仲だと言うのに、いまさら涙程度舐めたくらいで、そこまでうろたえないでほしい。

そうでないと、敏感な感性にこの日いちにち、あれこれと詰めこまれた情報でパンクして、そのおかげで泣いて火照っている肌に、無体なことをしてしまいそうになる。

（それはなあ、さすがに）

疲れてもいるだろうし、伊吹の心身に負担をかけるのは、本当に佐藤はいやなのだ。

とりあえず泣くのはおさまったのだし、このまま寝かしつけようかと考えていたら、視界の端に、まだ赤くなったままの伊吹の、きれいに整った顔が近づいてくる。

「え……」

身をよじった彼が、不意打ちのお返しだというように唇を押しつけてきた。体勢のせいでうまくふれられなかったそれは、唇の端を軽くかじるようにして、すぐ離れる。

「……お返し」

ふん、とそっぽを向かれてしまったけれども、耳も首筋もなにもかもが赤くて、涙の止まった頬もむろん、同じ色をして――。

「……なんでここで、そういう、おいしそうな顔するかなあ」

「おいし……って、はぁ⁉」

はあああ、と佐藤は、腹の奥からため息を吐きだした。びくり、と伊吹が震えるけれど、もういまさら、遅い。

「おれの気遣い、わりと無駄にしてくれるよなあ、伊吹くん」

「え、いやいやいや、待って？　なんで、えっと、腰？　掴まれた？」

「なんでだと思う？」

にっこりと笑ってやれば、伊吹の顔が引きつった。けれど抱き込んだ身体はどんどん熱くなるし、顔はますます赤くなって、抵抗らしい抵抗もないのだから、これはしかたない。

佐藤は大きく口をあけて、いつものとおり絶対に痕を残さないいちからの加減で、がぶり、無防備な恋人にかじりつく。

びくりと震えた伊吹の唇から漏れたのは、さきほどのようにうわずった間抜けな悲鳴でも、驚きをあらわにする叫びでもなく。

ぽろぽろとこぼしていた涙にすこしだけ似た、温かく湿った、やわらかな声だった。

あとがき

こちらは前作「あまく濡れる呼吸」からおよそ二年ほどあとのお話になっております。とはいえほぼキャラクターは新規、お話としてもまるっと新作状態ですので、過去作を知らなくても問題なく読めるかと。

今作はじつは、ちょっと予定外な感じで思いついてしまった話でした。まさかの、灰汁島主人公。そしてまさかの攻め。わりと予想外な方も多かったかなと思いますが、とても楽しく書いてしまったので、楽しく読んでいただければいいなと思います。

ちなみにちらっと出てきた、未紘の旦那が乗ってた車は、その旦那のいとこが渡米する際に譲り受けたものだ、という裏設定があります。

巻末掲載「一華開五葉」と「無事是貴人」は、同人誌からの再録、ルチル文庫「溺れてみてよ」掲載の「日々是好日」の後日談。このあと収録のSSも同じくですので、いずれもあわせてお楽しみいただければ嬉しいです。

今回も、蓮川先生には大変ご迷惑をおかけしました。しかしながら毎度のクオリティ、完璧な解釈一致のキャラデザ、さすがです。なにより表紙、口絵ともにダサジャージの灰汁島に、イエス！　と拳を握った次第です。担当さんも毎度ながらありがとうございました。

久々の新作、おかげさまでじっくり腰を据えての改稿ができました。下読みしてくれた友人イロハさん、いつもいっぱいありがとう。冬乃さん他友人たちも家族にも、諸々お世話になりました。なにより、読んで支えてくださる読者さま方に、ただただ感謝です。

二〇〇一年の旧ノベルズ版からはじまった慈英×臣シリーズ、じつは今年で二十周年。佐藤×伊吹あたりからサードシーズン的な感じで綴ってきましたが、気づけばキャラも本当に増えました。これも長く読んでくださる方や、新しく手に取ってくださる方のおかげです、ありがとうございます。

今後もそれぞれのキャラたちのその後や、新しく増える仲間のお話を綴っていければいいなあ、と思っております。

さて先日、公式LINEなるものを開設しました。ツイッターやブログと違い、こちらは個別のメッセージとして登録者様に届くので、情報漏れがないです。@602fsomyで検索、もしくは崎谷のツイッター@harusakisoraにQRもあるので、そちらからご登録ください。

基本は週に一度ほどメッセージを配信、新規の告知は随時で。たまに裏話や番外編のSS配信なども行っています。よろしくお願いします。

相変わらず色々ある今日このごろ、体調のこともあってゆっくりペースではありますが、今年も色々チャレンジしていきたいと思います。また見かけた際には、お手にとっていただけると幸いです。

佐藤×伊吹おまけSS

大仏伊吹（おさらぎいぶき）は最近、恋人である佐藤一朗（さとういちろう）について気づいたことが、ひとつあった。

自分も含め、背の高い人間が必ずやるお約束、というものがある。それは日本人規格にしつらえられている、各種建造物ほかの入り口、いわゆる鴨居（かもい）に突っかけることだ。

近年では天井の高さにドアもあわせている建物も多いのだが、それでも鉄道車両や古い日本建築基準のアパートなどでは、どうしても額を痛めることが多い。

一八二センチの自分より十センチも背の高い彼氏なぞはさぞかし――と思っていたのだが。

たとえば、通い慣れた飲み屋ののれんをくぐるとき。同じく近所のうどん屋にはいるとき。自分の住む狭くて古い、昭和仕様のアパート――後に知ったが、畳の基準では最もサイズの小さな団地間換算だった――に訪れたときにも、すっときれいに頭をさげて、どこもぶつけることなくするりとその空間へと佐藤は踏みこむ。

（でかいと案外、末端もてあましたりすんだけど……身体（からだ）の使い方うまいのかな）

ただ体格がいいだけでなく、体幹なども鍛えられているらしいのは見ていてわかる。それにしてももと不思議になって問いかけてみれば、彼はいつものとおりおだやかに微笑（ほほえ）みながら、言った。

「鴨居にぶつけたこと？　んー、覚えてる限りはないよ」

「覚えてる限り？」

ちなみに現在は夜半遅く、夕飯後に恋人が部屋を訪れるとなればそれはまあ、それなりのことをして、とりあえずちょっと疲れた身体を隣あわせに横たえている時間だったりする。

「中学くらいまではちょっとあったかも」

「もしかして成長スピードに目が追いつかないやつ？」

「そうそう、一晩で数センチ伸びたから、あのころ」

それは理解できるので、伊吹はなるほどとうなずきつつ「でも成長止まってからはないんだよな」と首をかしげた。

「そんな引っかかるとこ？」

「いや、だっておれよりでかいんだから、単純に突っかける確率高くなりそうだなって」

んむ、とうなっている伊吹に佐藤はちいさく噴きだす。なんだよ、と眉を寄せれば「単純な話だってば」と彼は笑う。

「伊吹くんの場合はさあ、目線がギリ、鴨居のしただろ。だから目測誤って額ぶつける」

「ええ？　うん。……あっ？」

「そう。おれはもうね、鴨居のうえなの」

目のまえに壁がありゃ、そりゃ頭さげるよ。提示された答えは至極単純なもので、伊吹は

「なんだあ」と息をついた。

「佐藤くんよっぽど身体の使いかたうまいのかなって思ってた」

「そりゃ運動神経悪いとは思わないけど、さすがに伊吹くんより身体能力がうえなわけないよ」

くすくすと笑いながら、佐藤は「こんだけ鍛えてるし」と裸の腕を撫でてくる。そのふれ方がなんとなく含みの多いものの気がして軽く身をよじるけれど、あっという間に捕まえられて抱きしめられて組み敷かれた。

「……やっぱり身体の使いかた、うまくない？」

「ん？　ふふふ」

にっこり笑った彼の精悍な顔が近づいてくるのを感じ、伊吹は長い夜になりそうだと重いながら、目を閉じた。

✦初出　ぼくは恋をしらない…………書き下ろし
一華開五葉……………………同人誌「一華開五葉」(2019年3月)
無事是貴人……………………同人誌「一華開五葉」(2019年3月)
佐藤×伊吹おまけＳＳ………ペーパー(2019年3月)

崎谷はるひ先生、蓮川愛先生へのお便り、本作品に関するご意見、ご感想などは
〒151-0051 東京都渋谷区千駄ヶ谷 4-9-7
幻冬舎コミックス　ルチル文庫「ぼくは恋をしらない」係まで。

幻冬舎ルチル文庫

ぼくは恋をしらない

2022年1月20日　第1刷発行

✦著者　崎谷はるひ　さきや はるひ

✦発行人　石原正康

✦発行元　株式会社 幻冬舎コミックス
〒151-0051 東京都渋谷区千駄ヶ谷 4-9-7
電話 03(5411)6431[編集]

✦発売元　株式会社 幻冬舎
〒151-0051 東京都渋谷区千駄ヶ谷 4-9-7
電話 03(5411)6222[営業]
振替 00120-8-767643

✦印刷・製本所　中央精版印刷株式会社

✦検印廃止

ISBN978-4-344-84986-0　C0193　Printed in Japan

本作品はフィクションです。実在の人物・団体・事件などには関係ありません。

幻冬舎コミックスホームページ　https://www.gentosha-comics.net